Bragelonne
35, rue de la Bienfaisance - 75008 Paris

E-mail : info@bragelonne.fr
Site Internet : http://www.bragelonne.fr

Michael Gerber

Barry Trotter

et la Parodie Éhontée

Traduit de l'anglais (États-Unis) par erreur et Alain Névant

Bragelonne

Collection dirigée par Stéphane Marsan et Alain Névant

Un message de l'éditeur original de ce livre :
Que la série originale soit satanique ou pas, ce livre, lui, l'est à donf. Il est très mal écrit, d'une bêtise incroyable, et il contient des blagues sur certaines fonctions corporelles qui embarrasseraient même un gamin de cinq ans. Cette édition est la meilleur marché qui soit, avec de l'encre toxique et du papier de mauvaise qualité. Toutes les économies de bouts de chandelles possibles et imaginables ont été faites pour sa réalisation, comme la suppression d'un mot tous les cinq cents ou l'emploi de correcteurs ne parlant que l'espagnol. Ce livre n'existe que dans le simple but de se faire facilement de la thune.

Un message de Satan :
Ah non, ce coup-là, c'est pas ma faute ! Ce livre est nul à chier !

Un message du conseil universel de l'Église :
Quelque bouquin que ce soit, méprisé aussi ouvertement par Satan, est logiquement bon. Autrement, pourquoi Satan le détesterait-il ? Par conséquent, j'implore tous les vrais chrétiens – ainsi que toute autre personne de bonne volonté mais d'une autre confession – de lire cette parodie.

Un message de ton petit frère :
Ce livre est zarb', je ne l'aime pas. Harry ne fume pas. Fumer, c'est pour les nuls.

Titre original : *Barry Trotter and the Shameless Parody*

ISBN : 2-915549-02-8

À Jon et Kate...
Ainsi qu'à J.K. Rowling,
avec une admiration des plus impudentes.

« Les adultes ne sont que des enfants obsolètes,
alors qu'ils aillent au diable. »
Theodor Seuss Geiseil (Dr Seuss)

Note de l'auteur : toute forme orthographique, grammaticale ou de ponctuation non conventionnelle, est purement *intentionnelle*, et doit être prise à la blague…

Table des matières

BARRY
TROTTER
A L'ALCOOL
ROLLINS

Chapitre Un

Les Glandus, poil aux mains...

L'école des sorciers Coudbar était la plus célèbre école de sorcellerie au monde, et Barry Trotter en était l'élève le plus célèbre. Par sa simple présence, une vingtaine de postulants se bousculaient chaque année au portillon, dès qu'une place se libérait, et ce malgré les tarifs exorbitants de cette institution. De fait, Barry et l'école étaient arrivés à un arrangement tacite : quelles que soient ses notes, Barry pouvait rester là aussi longtemps qu'il le souhaitait. Il venait d'ailleurs d'entamer sa onzième année. Cet arrangement rendait toute forme d'étude inutile, et transformait automatiquement toute soirée de bachotage frénétique en moment de contemplation passif sur les événements de la journée. Cela lui laissait aussi amplement le temps de faire des bêtises.

Affalé en travers d'un fauteuil trop rembourré de la Salle Commune de Frittondpor, devant un bon feu multicolore, Barry plaignait en silence les autres élèves. Et les professeurs aussi – en fait, toute personne n'étant pas aussi peinarde que lui. Il monta le volume de son casque où jouait son groupe favori, Neuf Quatre, un groupe si résolument agressif que n'importe quelle chanson de leur répertoire avec le mot « tuer » dans le titre passait aussitôt pour une ballade.

« Nous érigeons nos peurs en dieux » lut Barry.

Qu'est-ce que ça veut dire ?

Son esprit se mit à vagabonder, comme toujours lorsqu'il était confronté à une pensée difficile.

Il posa son exemplaire de *L'Existentialisme pour les nuls* et tira sa pipe de sorcier de sa poche. Il l'avait achetée la semaine passée dans l'allée des Enclumes, le quartier des boutiques magiques de Londres. Barry trouvait que cela lui donnait un air mystérieux et mature, les deux seules choses, finalement, qu'un éternel étudiant ne pouvait posséder. Et les filles semblaient d'accord avec lui. (Enfin, les Glandues surtout.)

Les pipes de sorcier étaient mille fois mieux que les versions glandues ; on n'y devenait pas accroc, et on ne puait que rarement de la gueule. Il n'y avait pas besoin non plus de les bourrer. Barry serra la petite merveille entre ses dents.

— *Colibri !*

La pipe s'alluma aussitôt, et un léger filet de fumée s'éleva dans les airs. Le bol de la pipe était sculpté dans l'écume de mer la plus pure, qui, comme le clamait la pub, se transformait en une réplique parfaite de son propriétaire.

— Cool ! s'exclama Barry en sortant l'objet de sa bouche un instant pour regarder le portrait qui se formait.

Il y avait même une petite pipe qui saillait de la bouche du portrait – sur laquelle, supposait Barry, un portrait encore plus petit était en train d'apparaître… bon sang, un tel concept donnait le vertige.

Barry toussa. En fait, c'était la première fois qu'il

allumait sa pipe, car d'habitude il ne s'en servait que comme accessoire ; et à part jouer avec la fumée, il n'en voyait pas l'intérêt. Il avait un drôle de goût dans la bouche, comme s'il mâchait de l'écorce d'arbre. Mais la fumée, elle, était rigolote – la fumée des pipes de sorciers pouvait prendre la forme que vous voulez. Barry se fit un sombrero, une flèche qui lui transperçait la tête et des cornes de diable à la suite.

Tout en tirant sur sa pipe, Barry prenait conscience que les chances pour que cette parodie devienne un jour un best-seller partaient littéralement en fumée.

Bon, pensa-t-il, *foutu pour foutu, autant se marrer un bon coup.*

— Putain…

De la cendre venait de tomber sur ses genoux. Il la brossa frénétiquement mais trop tard ; un petit trou était apparu dans la vieille Cape d'invisibilité de son père.

— Bordel ! gronda Barry. J'ferais mieux d'éteindre cette saloperie avant de me foutre le feu.

La pipe s'éteignit toute seule et Barry la rangea dans sa poche. Puis, il jeta dans la cheminée le livre qu'il tenait. Comme ce dernier était magique, il cria beaucoup.

Barry avala une portion de riz au lait qu'il avait volée au réfectoire et enfila sa Cape d'invisibilité avant de se rendre jusqu'à la porte d'entrée de Coudbar. Il était le summum de la fainéantise, sauf lorsqu'il s'agissait de se fourrer dans le pétrin, de se faire un peu de thunes, ou les deux à la fois ; il prenait son pied en voyant jusqu'où il pouvait pousser le vieux Céldèlbore et toute sa clique. Les premières années ici avaient été plutôt agréables, du genre « Ooh-regardez-c'est-le-célèbre-garçon » : on essayait toujours d'avoir son approbation du coin de l'œil et de temps à autre on lui volait ses baskets pour les revendre aussi sec sur eBêêê. Puis, un jour, pour une poignée de dollars, une amie journaleuse de son oncle et de sa tante glandus avait écrit une série de bouquins sur sa vie (tout y était presque fictif). À partir de là, les choses étaient devenues intéressantes.

Près de la porte d'entrée, Dick-Presque-Sans-Cervelle tirait derrière lui son cerveau et son épine dorsale comme un enfant son jouet, laissant dans son sillage une traînée de bave spectrale. Il fit attention de ne pas percuter l'esprit afin de ne pas éveiller ses soupçons – bien que la dernière fois où cela lui était arrivé, Barry avait laissé échapper un léger « meuh ! », et depuis lors, Dick croyait que le fantôme invisible d'une vache hantait les couloirs de l'école.

— Je tremble en pensant aux circonstances affreuses qui ont conduit cet esprit à demeurer enfermé dans ces couloirs humides. Le meurtre, peut-être ? Ou une histoire d'amour contrarié ? avait-il déclaré quelques jours plus tard au dîner.

Barry s'était froissé un muscle en se retenant de rire.

Une fois à l'extérieur de l'école, il se faufila en vitesse au milieu de la foule de jeunes crasseuse et nauséabonde. Il n'avait toujours pas réussi à s'habituer à l'odeur de moisi qui l'assaillait ainsi chaque soir. Est-ce que les fans de tout le monde étaient aussi sales ? Ce n'était pas simplement une odeur désagréable née de la promiscuité de tant de gens sans aucune installation sanitaire, mais une espèce de fumet pénétrant et insupportablement tenace qui suggérait un désordre organique contenu tant bien que mal. Et, ce soir, il y avait également une odeur de centaure rôti dans l'air, qui venait rajouter une strophe à ce poème. Le tout étant mélangé à une odeur de tabac à pipe froid, le résultat était plutôt horrible. Il toussa et cracha pour se débarrasser de l'odeur dans sa bouche. Le glaviot atterrit sur une petite fille mince à lunettes qui, assise jambes croisées dans la crasse, relisait une copie usée de *Barry Trotter a l'alcool dans l'gosier.* Elle porta la main à ses cheveux et leva les yeux au ciel. Barry éclata de rire. Si seulement elle savait ce qui venait de se passer, elle ne se laverait plus jamais les cheveux !

Barry atteignit la Forêt Inédite. Dans une clairière se trouvait Grobid, le forestier géant de l'école, entouré d'une vingtaine de femmes de tous physiques. Deux centaures, Thelonius et Bird, étaient en train de lui parler, tout en fumant de petites cigarettes. Rarement sans bérets, et *jamais* sans lunettes noires, les centaures étaient les créatures les plus branchouilles du monde magique.

Barry retira sa cape et toutes les femelles glandues poussèrent un cri d'exclamation. Il ne s'en lassait jamais.

— Tiens, tiens, v'là smoky… Sortez les flashs.

— Hey, T., mec, t'as pas un gimmick, mec ?

— Mais si, il en a un. (Thelonius regarda Barry pardessus ses lunettes.) Tu sais bien que tout le monde en parle.

— Eh ben, y va y avoir du sport.

— Ouais, mec, mais toi, reste tranquille. Allez, on s'arrache.

Les deux centaures rajustèrent leurs bérets et s'en allèrent dans les bois. Au loin, on entendait un bongo solitaire résonner.

Barry se tourna vers le forestier géant.

— Merci, mon vieux Grobid, dit-il tout en lui lançant une pièce que le balourd extralarge manqua d'attraper. Et maintenant, tu connais la musique : va t'amuser une heure ou deux avec tes bogarts (1).

(1) Un bogart est une créature qui peut prendre la forme de votre peur la plus redoutée – personnifiée généralement par l'acteur que vous détestez le plus.

Grobid se baissa pour ramasser la pièce et la mordit.

— 'rci, Barry, répondit-il en s'en allant d'un pas chancelant et incertain dans la forêt, une bouteille à la main, cachée dans un sachet en papier marron.

Chaque nuit apportait un lot de groupies différentes. Aujourd'hui, ça l'emmerdait à mourir, mais d'une certaine manière, cela lui rappelait qu'il était une star, quelqu'un de spécial. Et de plus (essayait-il de rationaliser), c'était ce qui s'appelait rendre la monnaie de leur pièce aux fans (2).

— Okay, les filles : mettez-vous en rang que je vous jette un sort afin de vous débarrasser de vos poux et de vos puces (3), qu'on puisse s'y mettre, ordonna Barry. Au fait, vous vous êtes toutes lavées ?

Le lendemain matin, au petit déjeuner, Barry décrivit ses exploits à grand renfort de détails visuels à un groupe de flagorneurs extasiés. Comme de coutume, ils étaient justement critiqués par le contingent femelle de Coudbar. Et tandis qu'une élève de cinquième année, particulièrement indignée, du nom de Pénélope Bluggs préparait un sort de Démangeaison Infernale, les hiboux du matin arrivèrent. Tout le monde couvrit vite son verre et son bol pour les protéger de l'habituel nuage de plumes et d'acariens qui accompagnait généralement leur tournée. Les hiboux avaient une manière dégoûtante de livrer le courrier.

Barry reçut une lettre du directeur et la montra au groupe.

— C'est peut-être une bonne nouvelle. Peut-être que

(2) En liquide…

(3) NdT : le fameux sort de dépucelage dont parlent tous les garçons dans les cours de récré du monde… et pas seulement à Coudbar.

le vieux Gogue a chopé un cancer de la baguette, déclara Manuel Rodriguez, un étudiant de troisième année qu'on ne reverra plus mais qui sert à montrer que tout le monde dans cette histoire n'est pas forcément blanc, de classe moyenne, et britannique.

— Y a peu de chance : c'est un gueulard.

Barry l'ouvrit.

— Dans mon bureau immédiatement ! gronda la lettre. Et amène avec toi ce bon à rien de Lon !

Des gloussements fusèrent par endroits, mais Barry les réduisit au silence d'un regard méchant et d'un geste *trademark*.

Lon Muesly, le compagnon de toujours de Barry, était effectivement un bon à rien. En tout cas, à pas grand-chose. Il avait été victime d'un tragique accident de Quichecuite au cours de sa cinquième année – un Branleur avait frappé un Connard qui était venu se loger à grande vitesse dans la caboche de Lon. Toute tentative de déloger la balle l'avait fait s'enfoncer davantage ; elle était finalement ressortie de l'autre côté, laissant un judas dans la tête de Lon, de la taille d'une pièce d'une livre sterling. (Quand le vent soufflait au bon endroit, cela sifflait.) Madame Pommefritte, l'infirmière, lui avait fourré dans le crâne un nouveau cerveau adéquat, qu'elle avait trouvé, comble de chance, dans la tête d'un golden retriever euthanasié à la hâte. De fait, Lon s'était retrouvé avec les capacités d'un gentil garçon de sept ans, et des tendances résolument canines.

— Allez viens, lui dit Barry, distrayant Lon de sa sempiternelle quête pour se lécher. Le vieux veut nous voir. (Lon sentait pire que d'habitude.) Est-ce que tu t'es encore roulé dans du caca de raton laveur ?

Lon pourchassait également les voitures. Mais d'un autre côté, il était extrêmement fidèle.

Alors qu'ils quittaient la pièce, le sort de Démangeaison Infernale de Pénélope heurta le mur derrière eux.

— Bande de porcs ! hurla-t-elle.

Pfffffft.

Pludbus Céldèlbore mélangeait les cartes tout en contemplant en contrebas une scène qui semblait échappée de Woodstock. Il choisit une carte.

— As de trèfle ? Non. Enfer et damnation.

Cela faisait maintenant des semaines qu'une ville de tentes des plus affreuses avait poussé sur la pelouse de Coudbar, et ce depuis que quelqu'un avait publié l'adresse de l'école et expliqué comment s'y rendre dans *Franche-Poire*, l'infâme tabloïd britannique. Celui-ci était devenu célèbre en prétextant que toutes les femmes dans ses pages étaient modifiées par ordinateur de façon à apparaître nues. Cela avait fait des miracles en matière de ventes, sauf les jours où la reine mère faisait la une.

Enfin bon, la pelouse de Coudbar avait été transformée presque aussitôt en marécage par la foule de Glandus lecteurs de *Franche-Poire* et amoureux de Barry qui campaient dessus. Céldèlbore fit la grimace en voyant quelqu'un se soulager dans le lac. Il marmonna un mot et un petit monstre marin, genre lamproie, vint s'accrocher à l'objet du délit.

— Ça t'apprendra ! dit Céldèlbore à voix haute.

Céldèlbore entendit un grand plouf ; des Glandus se poussaient du haut de la falaise de Coudbar au rythme de cinq à l'heure. Le Kraken mangeait à sa faim. L'un de ses tentacules brandissait une pancarte encourageante qui disait : SAUTEZ !

Malgré cela, le nombre de fans ne diminuait pas – il en arrivait de plus en plus tous les jours.

Saletés de hippies, pensa le directeur en voyant une paire de fans faire « le livre à deux couvertures » dans l'herbe. *Drogués. Joueurs de D&D.*

S'il pouvait, il les réduirait tous en cendres, même ceux qui n'étaient que des rats de bibliothèque en manque de héros et de merchandising. Mais il y avait également des adultes dans cette foule. Peut-être des fans des romans, ou des disciples de Charles Manson.

— Eh ben, fit-il. Que Dieu protège les soiffards, les blondes et les Glandus. (Un as tomba de sa grande manche.) Te voilà, chenapan.

Est-ce à cause des filles, ou de la carte que j'ai vendue, ou autre chose de mal que j'ai fait mais dont je ne me souviens plus ? se demanda Barry, alors qu'il gravissait en compagnie de Lon les escaliers qui menaient au bureau de Céldèlbore.

Si c'était à cause de la carte, personne ne pouvait lui en vouloir ; il avait vraiment eu besoin d'argent. Son parrain, Siroz Emplack, avait englouti la totalité de son héritage dans un stratagème à deux balles qui avait échoué, et Barry avait depuis longtemps flambé l'argent que J.G. Rollins lui avait donné pour qu'il raconte sa vie. Un été dans le monde des Glandus – sous les rillettes des Durdurdesslevey, pas moins – nécessitait moult cigarettes et suffisamment de bière pour supporter le choc.

Mais Céldèlbore ne voudrait rien entendre. Déjà qu'il avait voulu que Barry foute le camp l'année passée.

— Personne dans l'histoire de Coudbar n'a jamais redoublé cinq fois de suite ! avait-il hurlé. Trotter, c'est honteux. Et je sais que tu le fais exprès. Toute cette publicité t'a transformé en feignant cosmique et magicien de pacotille tire-au-flanc. Rends-nous service et rejoins le côté obscur de la Farce – ils ne s'en remettront jamais.

Le vieux sorcier tout moisi avait raison, et Barry aurait été le premier à le reconnaître. Mais qui pouvait reprocher à Barry de vouloir rester étudiant ? Ici, on le traitait en roi, en dieu même. Célèbre, assailli par de nombreuses marques trop désireuses de lui prêter des voitures ou de laver son linge, tous voulaient rendre service au grand Barry Trotter.

À partir de maintenant, ça ne peut plus aller qu'en chute libre, pensait-il.

En tout cas, du point de vue de Barry, sa dernière escroquerie avait fonctionné à merveille. Non seulement on l'avait bien payé pour la carte, mais voilà à présent qu'une foule fétide en haillons campait sur la pelouse de Coudbar. Aucun professeur n'avait osé s'en prendre à lui depuis, avec une armée de cinq mille vandales pro-Trotter à portée de main.

Et pourtant, cela commençait à l'ennuyer un peu, lui aussi. Leurs interminables chants d'amour imbéciles ajoutaient une touche sonore désagréable à l'élément visuel déjà si intense que procurait leur apparence maladive et incroyablement négligée. Ils étaient désagréables et puants et cela avait encore empiré lorsqu'ils avaient découvert la distillerie de Grobid, car des bagarres générales avaient alors éclaté.

Aucune personne saine d'esprit n'aurait voulu tripatouiller les réserves de liqueur de Grobid ; et si le géant ne vous faisait pas la peau ensuite, son spiritueux genre kérosène s'en chargeait. Un jéroboam d'eau-de-vie magique à quatre-vingt-dix degrés en guise d'excuse avait aplani les choses entre lui et Barry – Grobid méprisait toujours les Glandus, et ils semblaient le savoir, puisqu'ils le lui rendaient à grands coups de billes de frondes. Les fûts de bière à fonds piégés de Grobid avaient envoyé plusieurs intrus à l'hôpital, d'autres étaient devenus aveugles après avoir ingurgité de l'alcool pur, mais Barry savait qu'il pouvait bien sacrifier quelques-uns de ses fans.

Bon sang, ces escaliers n'en finissent pas.

— Si seulement la narration pouvait se presser un peu, déclara-t-il.

Lon geignit son approbation de façon incohérente.

Alors qu'ils approchaient de la porte du bureau de Céldèlbore, ils furent assaillis par un groupe de pipistrelles pickpockets qui les bombardèrent depuis les ténèbres. Tout le butin qu'accumulaient ces chiroptères voleurs et volants finissait à Frèrepétar, la maison rivale de Frittondpor, et gare à qui essayait de récupérer ses biens. Si elles évitaient d'ennuyer Barry, Lon était en revanche leur cible préférée, comme il gardait souvent des restes de nourriture dans ses poches. Les deux compagnons se ruèrent vers la porte en agitant frénétiquement les bras. Celle-ci s'ouvrit toute seule.

— Trotter…

Barry et Lon s'arrêtèrent net et la porte se referma brusquement derrière eux.

— Professeur, je tiens à dire que j'interviewais toutes ces filles pour le journal de l'école, déclara Trotter tout essoufflé.

Céldèlbore se retourna. Il avait l'air exaspéré.

— Trotter, tu sais pertinemment que l'école n'a pas de journal. Et si des filles glandues sont suffisamment bêtes pour s'approcher de toi à moins de quinze mètres, alors elles méritent ce qui leur arrive. Non, le sujet qui me préoccupe est beaucoup plus sérieux. Viens à la fenêtre.

Le duo baissa les yeux vers la masse gluante et boueuse de la glanduserie qui semblait pogoter. Ils étaient des milliers, et pas un urinoir portable en vue. L'odeur était presque visible, comme la chaleur qui s'échappe du bitume.

— Regarde-moi ces veaux ! On dirait une de ces putains de fêtes de la Renaissance, grommela Céldèlbore. Tu sais que j'ai mis un bébé au monde ce matin ? C'est très sale les naissances, chez les Glandus. Évidemment, ils l'ont baptisé Barry. J'ai trouvé ça tellement pathétique que j'ai failli lui vomir dessus.

Barry se pencha par la fenêtre, ce qui galvanisa la foule. Une ovation gigantesque et saccadée monta jusqu'à lui. Des dizaines de bannières à l'orthographe déplorable furent déployées.

— Cassez-vous ! leur hurla Barry.

— Il a dit qu'on pouvait rester, répercuta un Glandu. Hourrah. Hourrah pour Barry Trotter.

— Crétin ! cracha Céldèlbore à notre héros. Écarte-toi de cette fenêtre avant de faire davantage de dégâts.

Rapide comme l'éclair, Céldèlbore se lécha le pouce, releva les mèches de cheveux de Barry et lui frotta la cicatrice qu'il avait sur le front. Cette marque, qui avait la forme d'un interrobang (4), était le résultat de la bataille qui avait opposé Barry à Lord Valdemarne lorsqu'il était enfant. C'était également un signe de grandeur chez les sorciers, et Céldèlbore était convaincu qu'il s'agissait d'une erreur.

(4) Chez les Glandus, l'interrobang est un signe de ponctuation défectueux, qui symbolise à la fois un point d'interrogation et un point d'exclamation. Comme dans, par exemple, « Bon Dieu, mais qu'est-ce que c'est que ça ?! » ou dans « Je viens de manger QUOI ?! » Étant à la fois hébétée chronique et facilement excitable, la mère de Barry s'est senti une certaine affinité avec l'interrobang. C'est pour cela que Barry en avait hérité sur le front.

— Lâche-moi ! s'exclama Barry en repoussant le vieux mago qui sentait autant le patchouli que la naphtaline.

Ils se retournèrent tous les deux et virent que Lon mettait la petite extrémité du télescope de Céldèlbore dans sa bouche.

— Lon ! *Non !*

Lon, surpris, renversa une boîte pleine de fourmis magiques par terre. Elles se mirent aussitôt à former des mots grossiers sur le sol.

Le vénérable directeur faisait ce qu'il pouvait pour garder son calme.

— Écoutez-moi, tous les deux, et écoutez-moi bien, comme ça vous pourrez foutre le camp plus vite de mon bureau.

Dans le coin, le phénix apprivoisé de Céldèlbore, Culsek, fit des étincelles en grignotant un os de sèche en amiante.

Céldèlbore brandit une copie de *Franche-Poire.*

— Quelqu'un – je soupçonne que c'est le rejeton infernal du clan Malaufoie qui monopolise actuellement toutes les places à Frèrepétar – (Barry espérait que son visage ne révélait rien.) a indiqué à ce journal comment venir jusqu'ici. *Ergo,* tous ces débiles en bas. (Il jeta de toutes ses forces *Franche-Poire* dans sa poubelle à papier.) Je suis décidément trop vieux pour ces conneries.

Comme le risque de punition s'évaporait petit à petit, Barry se prit à rêvasser. Il passa en revue les titres des ouvrages sur les étagères de Céldèlbore… *La Décharge héroïque* ; *Quand Harriet fouette Charlie* ; et le préféré de Barry, *Prisonnier dans le collège des filles, ou le Journal intime de Phineas Bantam-Pullet, le châtié.* En première année, Barry avait été extrêmement choqué ; onze ans plus tard, il n'était plus qu'amusé – et Céldèlbore avait une conception très particulière de ce que s'amuser voulait dire ; mais bon, comme tout le monde, non ? Le bruit du journal qui touchait le fond de la poubelle tira Barry de sa rêverie, qui entendit les derniers mots de Céldèlbore.

— Nos sorts de camouflage ne servent à rien ; il faudrait qu'ils soient un tant soit peu intelligents pour se faire avoir par nos illusions. C'est pas gagné.

— Mais comment quelqu'un a pu faire une chose pareille ? Et dans quel but ? Un peu d'argent ! renifla Barry de manière dédaigneuse, mais en en faisant quand même un peu trop. Il n'y a pas que l'argent dans la vie. C'est ce que je dis toujours, pas vrai, Lon ?

— Ouaip, postillonna Lon.

Un grand filet de bave coula le long de son menton.

— Bon dieu, t'es vraiment un débile profond, Muesly. (Céldèlbore fit une pause, ferma les yeux, et pressa l'arête de son nez du bout des doigts avant de reprendre la parole.) Excusez-moi. Ces maudits chants commencent à me taper sur le système. J'ai une migraine à couper au couteau. Enfin bon. Aussi catastrophiques que soient les choses, elles pourraient le devenir plus encore – du moins, si *La Causette du Sorcier* d'aujourd'hui dit la vérité.

Il ramassa un journal sur son bureau et le tendit à Barry.

CACA, épelèrent les fourmis.

— Quoi ? Scandale à l'Éducation Nationale : On couche pour des bonnes notes ? s'enquit Barry en lisant l'un des gros titres.

— Non, en dessous, répondit Céldèlbore.

— La nouvelle peine pour sodomie est taxée d'« incroyablement draconienne » ?

— Hein ? Fais-moi voir ça ! s'exclama Céldèlbore en arrachant le journal des mains de Barry. (Il parcourut en vain le journal – Barry venait de l'inventer.) Tu te crois drôle ? râla Céldèlbore. (Il tapa du doigt sur un article.) Celui-*là*.

— Adaptation cinématographique en cours de la coqueluche magique britannique, lut Barry. Tout Guirlandville est en effervescence à propos du film « Barry Trotter et la Pompe à Fric » qui doit sortir d'ici un mois dans les salles. Les jeunes fans de la série de fantasy devraient prendre d'assaut tous les cinémas du monde.

» La Wagner Brothers part confiante avec ce biopic à gros budget, et pense qu'une déferlante promotionnelle et autres inondations de merchandising feront de ce film un succès international, encore plus énorme que le phénomène littéraire dont il est issu. » Je ne comprends pas, avoua Barry. Cela ne peut qu'aider Coudbar. Vous savez ce qu'on dit : « Pas de pub égale mauvaise pub. »

Devant la bêtise de Trotter, Céldèlbore se frappa le front ; ce faisant, une mite bleue solitaire s'envola des replis de sa robe.

— Trotter, tu es un imbécile. Combien d'enfants lisent des livres, de nos jours ? Un sur dix ? Sur cent ? Et pourtant, regarde dehors…

Il ouvrit les rideaux et une poignée de quelque chose vint éclabousser la fenêtre (ce n'était pas de la boue).

— On veut Barry ! scandait la foule.

Céldèlbore fit un geste obscène à la foule, qui le hua avec vigueur.

— D'après toi, combien de personnes vont venir ici après le film ? Avec les sorties étrangères et la location de cassettes ou de DVD, cela va faire au moins dans les cent millions de spectateurs. Ce qui veut dire que nous aurons cinq cent mille personnes de tous âges en train de se battre, de chanter, de saigner et Dieu seul sait quoi encore, sur notre gazon d'ici Noël.

UH-HO, épelèrent les fourmis, jusqu'à ce que Lon, ricanant, ne décime le deuxième *H* du bout du pied.

L'énormité de la chose vint percuter Barry et une goutte de sueur coula le long de son front.

— Et si nous déplacions Coudbar ? Magiquement, je veux dire ?

— L'assurance, répondit Céldèlbore. Nos avocats à Warlock & Wywern m'ont dit que si nous partions, les assureurs risquaient de nous mettre sur la paille. Autant fermer tout de suite l'école et reprendre les cours par correspondance. Enfin bon, comme tu es la cause de tout ceci, je veux que tu y mettes un terme. Empêche le film de sortir, Barry Trotter, ou Coudbar ne sera bientôt plus que de l'histoire ancienne.

— Mais si c'est un Malaufoie qui a..., prétexta de façon éhontée Barry.

— Ses parents sont administrateurs de l'école, expliqua Céldèlbore. Les tiens sont sur la paille.

— D'accord, d'accord.

Cela pourrait être mon prochain roman, pensa Barry, *et une caisse enregistreuse se matérialisa dans son esprit. Je vais appeler J.G., et... non. C'est déjà ce qui nous a mis dans le pétrin.*

— Est-ce que Lon peut m'aider ? Et Ermine ?

— Étant donné que Lon est notre seul étudiant de ZEP, je ne pense pas que son absence soit un problème. Cette expérience lui fera même du bien. Melle Cringer enseigne à l'école d'infirmières magiques juste à l'extérieur de Piliédbar ; à elle de voir si elle souhaite t'aider.

On frappa à la porte, et Grobid entra dans la pièce.

Comme d'habitude, il portait sa casquette de base-ball usée arborant le logo d'une marque de pâté pour dragon.

— Profess'r Cé'dèb'r, des Glandus sont encor' entrés dans ma cab'ne ! Y fouy dans mé petits ! (Les « petits » de Grobid – une marque de sous-vêtements – avaient la taille d'une tente pour chien.) J'peux lé tuer ?

— Fils de Hutt, grommela Céldèlbore. Non, Grobid, je vais m'en charger. (Il avança jusqu'à la porte et se retourna d'une façon presque maternelle.) Barry, l'école compte sur toi. Si jamais tu te retrouves en situation désespérée, et que tu penses ne pas pouvoir empêcher le film de sortir, je veux que tu te souviennes d'une chose… (Il posa la main sur l'épaule de Barry.) Si l'école ferme, tu devras te trouver un travail.

Puis, lui et Grobid quittèrent la pièce.

Lon ramassa une poignée de fourmis qu'il mit dans sa bouche, laissant les lettres MERD sur le tapis.

— Beurk, fit-il en tirant la langue.

— Comme tu dis, convint Barry.

Chapitre Deux

Le boucher de Coudbar

Après avoir parqué les fourmis profanes, Barry et Lon quittèrent le bureau de Céldèlbore. Ils s'assurèrent que la porte était bien fermée – la dernière fois que Culsek s'était échappé, la majorité d'Aboudsouffle avait été réduite en cendres. Pour des trucs pourtant construits en vieille pierre, ces vieux châteaux brûlaient vraiment bien.

Heureusement pour les garçons, la plupart des pipistrelles chapardeuses étaient endormies, et les rares qui étaient encore éveillées étaient occupées à fumer des cigarettes, à se prendre pour des dures, et à essayer de se voler entre elles. Barry et Lon les dépassèrent sur la pointe des pieds et les abandonnèrent à leurs piaillements flûtés.

Comme les lecteurs de *Barry Trotter et le Pot de chambre des Secrets* le savent déjà, Céldèlbore répondait souvent à l'appel de la nature dans une surprenante réplique en porcelaine de la tête de Barry. Céldèlbore l'avait laissée dans le hall pour qu'un elfe de service la vide ; comme guidé par un sixième sens, le tibia de Lon la percuta, l'envoyant valdinguer en bas des escaliers, où elle se brisa en éclaboussant tout. Les chauves-souris maintenant réveillées leur donnèrent la chasse.

— Cours ! hurla Barry. (Il repéra alors une porte légèrement entrouverte à l'autre bout du hall.) Vite, entrons là-dedans ! cria-t-il.

Et Lon lui emboîta le pas. Ils regrettèrent leur décision aussitôt.

— Oh, MON DIEU ! s'exclama Barry. De tous les endroits, il a fallu que je choisisse celui-là.

C'était les terribles Chiottes des Meufs, du deuxième, où habitait l'un des esprits les moins aimés de Coudbar, Fanny LaFlatule.

— Qui va là ? fit une voix aiguë et tremblotante depuis l'une des cabines. (L'odeur rance des intestins fantômes de Fanny flottait dans l'air.) Ohhh, grogna Fanny, comme une nouvelle salve gastrique prenait vie. Allez-vous-en. Je suis malade.

— Pouah ! déclara Lon en se pinçant le nez.

Ponch... « répondit » Fanny.

— Fanny, quoi que tu manges, *arrête* tout de suite ! cria Barry en respirant par la bouche.

À l'extérieur des Chiottes, les chauves-souris tapaient stupidement du morse contre la porte avec leurs petites ailes.

— Ne me crie pas dessus. Tout le monde me déteste (Prout !) mais je fais pas exprès, expliqua faiblement Fanny. Je ne supporte pas le lactose (Prouatch).

Fanny était une étudiante de première année morte en 1952 après que les troisième année de Frèrepétar eurent caché une grande quantité de fromage dans son repas du soir. En rendant l'âme, bouffée par les crampes, elle avait juré de se venger. Chacun de ses tortionnaires était devenu fou peu de temps après, car une puanteur mystérieuse et manifeste les suivait où qu'ils aillent. Aucune brise ne pouvait la faire partir, et aucun savon ne pouvait venir à bout de la signature sulfureuse des boyaux furax de Fanny – la mort était le seul soulagement. Une fois que ses tortionnaires eurent mis fin à leurs jours, Fanny s'était installée dans les Chiottes et y était morte. Ironie du sort, enfermer des première année avec Fanny était devenu le passe-temps favori des caïds de Coudbar.

Petit à petit, le martèlement des ailes disparu. Barry entrouvrit la porte, afin de laisser entrer un brin d'air frais. Le chemin était libre.

— Okay, Lon, allons-y, dit-il. À plus, Fanny.

— Personne ne m'aime, répondit-elle.

Le reste de sa phrase se perdit dans une explosion abdominale.

Alors que Lon et Barry tournaient à l'angle du couloir, ils tombèrent nez à nez avec l'un des habitants les plus colorés de Coudbar, la sauvage Mme McGoogle. Autrefois chef de Frittondpor et membre très productif de l'université de Coudbar, le professeur McGoogle était aujourd'hui une personne remarquablement négligée, que les tours pendables de Trotter et de ses complices avaient fini par rendre dingue. Après des années de chaos – des tentatives incessantes et maladroites de Lord Valdemarne pour en finir avec Trotter, en passant par le barrage constant de blagues idiotes de Ferd et Jorge Muesly, jusqu'à la déferlante des masses crasseuses sur les pelouses mêmes de l'école – son esprit avait fini par craquer. Dès que la nuit tombait, la formidable Mme McGoogle se transformait en gogole de première classe, arpentant l'école vêtue d'un simple sac à patates, et ne devant sa survie qu'en fouillant dans les poubelles des étudiants à la recherche de restes. C'était un miracle médical qu'elle soit encore en vie ; on murmurait que Céldèlbore la gardait prisonnière dans un donjon sexuel secret, où le vieux pervers flétri sortait ses parties trop ridées pour être normalement exhibées. Autrefois puissante sorcière, le professeur McGoogle se métamorphosait en chatte dès qu'elle était en « chaleur », ce qui, heureusement, à son âge, devenait de plus en plus rare.

— Bouh, fit Barry, essoufflé.

La femme à l'esprit embrumé cracha, couvrant Barry de postillons malodorants, et tourna sur ses talons. Elle détala le long du couloir ; ses ongles longs double-cliquaient sur le sol. Les chauves-souris firent demi-tour et la suivirent, un choix stupide puisqu'elle n'avait plus rien que sa cervelle, et encore, elle n'en avait plus beaucoup. Barry et Lon entendirent le bruit de ses pas disparaître progressivement. Puis, un fracas métallique, comme si la McGoogle avait percuté quelque chose à pleine vitesse, se fit entendre au loin.

— Barry ? Combien de temps serons-nous absents ? s'enquit Lon.

— Pour arrêter le film ? Je ne sais pas.

— C'est parce que je voudrais prendre mon chapeau dans ma chambre.

— Bonne idée, commenta Barry.

Le chapeau de Lon était un chapeau lapon à double cône avec des rennes dessus, et il était vital pour leur voyage dans le monde des Glandus ; ses grands rabats couvraient le trou qu'il avait à la tête, et camouflait son allure joyeuse, celle d'un homme qui abuse de la bouteille.

— Mais avant ça, suggéra Barry, je voudrais qu'on s'arrête chez Zed.

Zed Malbouffe était l'armurier de Coudbar, une

ex-Erreur renvoyée par le ministère après qu'il eut tué un peu trop de Glandus dans sa guerre face aux Mangeurs de Terre (5). Zed en avait toujours un peu voulu à Barry de ne pas être présent dans les romans ; il pensait pourtant qu'il avait tout de la star des films d'action.

Barry, lui, n'en voulait pas trop à J.G. Rollins pour ne pas l'avoir mis dans les livres – Zed était un parangon du mauvais jugement, le cauchemar des parents, un poison à l'état brut. Grossier, prompt à la bagarre, incroyablement hostile, la plus pâle caricature de Zed ferait aussitôt retirer la série entière de tous les CDI des écoles du monde entier. Bon sang, Zed était trop sérieux pour Barry, le gars qui balançait des crottes de nez au Seigneur du côté obscur de la Farce. Il était écrit sur toute la série des *Trotter* que les romans étaient lisibles à tout âge, et pas seulement aux plus de douze ans, ce que la présence de Zed aurait automatiquement provoqué. Et si Zed versait dans le Q ou le X, Barry ne voulait tout simplement pas le savoir.

— Pourquoi doit-on voir Zed ? demanda Lon.

Il avait peur de Zed au point de faire dans sa culotte – ce qui, il faut bien l'admettre, arrivait plus fréquemment à Lon qu'à n'importe qui d'autre.

— Parce que si on lui dit ce qu'on fait, peut-être qu'il nous donnera quelque chose pour nous aider, répondit Barry. Ou quelque chose qu'on pourra vendre.

— Et s'acheter du chewing-gum ?

Lon adorait le chewing-gum.

— Par exemple.

— Yabon, commenta Lon. (Il s'arrêta un instant.) Mais qu'est-ce *qu'on fait* déjà, Barry ?

---

(5) On les appelait ainsi parce que Lord Valdemarne leur faisait bouffer de la poussière comme preuve de leur loyauté à son égard.

— Tu n'as pas écouté Céldèlbore ? Nous allons stopper le film.

— Comment ? s'enquit Lon.

Comme Barry ne savait pas, il inventa quelque chose en vitesse.

— Nous allons kidnapper J.G. Rollins, dit Barry.

— Oh, fit Lon.

Les oreilles de Barry et Lon ne les avaient pas trompés : Mme McGoogle avait percuté une vieille armure fantôme, et son occupant ramassait les pièces en grommelant.

— Maudits Corporels, ils croient qu'ils peuvent rentrer dans n'importe qui, comme ça… aucun respect pour les morts…

Derrière le fantôme se trouvait une porte avec une plaque en bronze qui disait : *Zed Malbouffe, Armurier.*

— Pardon, fit Barry en poussant du bout du pied les différents morceaux cabossés de l'armure.

— Faites gaffe, dit le fantôme d'un ton énervé, vous venez d'shooter dans mon heaume.

— M. Malbouffe ? demanda Barry en tapant normalement à la porte. C'est Barry Trotter et Lonald Muesly.

On pouvait entendre le long couinement métallique de machines qui travaillaient. Comme aucune réponse ne venait, cette fois ils tambourinèrent en hurlant :

— M. Malbouffe !

Barry et Lon entendirent d'un seul coup les machines s'arrêter, et la voix de jeune fille de Zed retentit.

— Reculez, bande de démons !

La porte s'ouvrit et Zed apparut, du haut de ses deux mètres zéro sept. Il était énorme, chevelu, avec une longue barbe rouge et fourchue. Il avait tellement de poils sur le visage que comparé à lui, Céldèlbore le crépu faisait minaud. Il n'y avait pas que la barbe de Malbouffe qui était fourchue... ses favoris aussi. Ses cheveux étaient séparés en de nombreuses touffes différentes, attachées chacune par un petit ruban, et qui ressemblaient à autant de petits soleils qu'auraient dessinés des enfants. Cela lui donnait au final une sorte de look de pirate qui aurait pratiqué les rites sexuels de Bizarro. Rien qu'en le voyant, Barry fut pris de frissons. Son physique de grizzly était emmitouflé dans un tablier en jean tout taché. Il essayait de chasser de la main un essaim de pixies translucides qui lui tournait autour, mais en vain. Manifestement, ces bestioles le narguaient.

— Mais c'est ce bon vieux Barry et son pote Lon, fit Zed en leur tendant une main graisseuse qui broya aussitôt celle de Barry dans une démonstration préhistorique de domination. (Il tenait dans son autre main un plumeau rose, ce qui était apparemment la raison de toute cette agitation.) Bonjour, Sir Cyril, dit Zed au fantôme. Je vois que Cyclone McGoogle est passée par là.

— Certaines personnes ne devraient pas avoir de corps, déclara Sir Cyril les bras chargés de morceaux d'armure. Certaines personnes ne sont pas assez *responsables*.

— C'est pas faux, répondit Zed en fermant la porte. Bouffeur d'oreiller, grommela-t-il entre ses dents. Ne faites pas attention aux pixies, dit-il enfin aux jeunes gens. Cette malédiction commence vraiment à me courir. (Il leur jeta deux paires de lunettes protectrices en plastique.) Mettez ça, leur conseilla-t-il. Ils adorent pondre leurs œufs dans nos fluides oculaires.

— Ahhh !

Barry et Lon fermèrent aussitôt les yeux et se débrouillèrent à tâtons pour enfiler les lunettes. Le professeur Gogue, le professeur des Notions au sale caractère de Coudbar, avait transmis à Zed la maladie chronique des pixies après une dispute quelques années auparavant. Personne ne voulait faire sauter cette malédiction, de peur d'encourir le courroux de Gogue, et celle-ci compromettait toutes les chances de succès de Zed auprès de la gente féminine.

Les petits pixies, complètement abrutis, vinrent se jeter imperturbablement tête bêche contre les lunettes. Tant et si bien qu'au bout d'un moment on n'avait plus l'impression qu'ils étaient là.

— Je vois que tu portes toujours tes lunettes, Barry, fit remarquer Zed. Si seulement tu me laissais t'aider.

Zed avait proposé plus d'une fois à Barry de lui concevoir une nouvelle paire d'yeux magiques, en zinc. Barry avait trouvé judicieux de décliner l'offre.

Malbouffe se tenait debout sur le sol en béton de son atelier, illuminé par des néons fluo, ce qui de manière surprenante était assez moderne pour Coudbar, où le câblage et la plomberie étaient on ne peut plus anglais. Céldèlbore appelait sans cesse les elfes de maison pour réparer telle ou telle chose, mais ils étaient syndiqués et souvent en grève, aussi les gens avaient dû s'habituer à ne pas tirer la chasse aux toilettes, ou aux courts-circuits – ou aux incroyables courts-circuits des chasses de toilettes – et vivre leur vie comme si de rien n'était (6). Zed s'essuya les

(6) Il faut bien reconnaître que Coudbar tombait en morceaux du fait de l'incompétence terrifiante de Céldèlbore en matière de financement. Même si cela ne devait pas être vraiment facile pour lui tous les jours, vu que la plupart des administrateurs de l'école étaient des amis de Valdemarne. Mais la tendance de Céldèlbore à adresser aux plus ennuyeux d'entre eux un bon vieux doigt des familles plaçait les administrateurs dans un état de quasi-révolte permanent. En fait, ils finançaient en secret une armée révolutionnaire de souris.

mains sur son tablier, qui était tellement couvert de graisse (et de sang ? En tout cas ça y ressemblait) qu'elles finirent plus sales qu'avant.

Là, étalée sur l'atelier de Zed, sans défense, se trouvait une poupée gonflable. Elle n'était pas de très bonne qualité ; Barry était prêt à parier qu'elle ne tiendrait pas trente secondes sous Zed. Barry souleva un bras à moitié dégonflé de la poupée.

— Qu'est-ce que vous faites avec votre amie, Zed ? s'enquit Barry. Les poussières ?

— Lâche ça ! répliqua Zed avec irritation. C'est mes affaires personnelles, O.K. ? (Il attrapa la poupée et la fourra dans une grosse boîte.) Tu ne fais décidément pas attention en classe, Trotter ? Ce n'est pas un plumeau, c'est un Enchantomatic. (Il retira sa baguette qu'il avait coincée derrière son oreille et l'enfila dans l'extrémité du plumeau.) Cela permet de mieux canaliser le jus magique. Puis, tu prends l'objet que tu souhaites enchanter (il tira de sa poche une capsule de bière Jeniquekken (7) et la posa sur la table), tu poses directement le plumeau dessus, et… (il y eut un flash et une forte odeur d'ozone) C'est enchanté.

La capsule se mit à couiner et bondir, se tordant en deux pour former un sourire à chaque bond. Zed l'écrabouilla d'un bon coup poing. Elle poussa un petit cri et ne bougea plus. Lon fut très triste. Barry lui, était triste pour la dame en latex condamnée à jouer les Pinocchios pour le Gepetto affamé de Zed. Comme il était de tradition dans les meilleures écoles privées, il y avait quelque chose à Coudbar qui encourageait la perversité. Toutes ces règles, toutes ces hormones adolescentes… les étudiants finissaient par s'en sortir, mais le corps enseignant, lui, devenait bizarre sexuellement (et pour le reste aussi), quasiment sans exception.

(7) NdT : la bière qui fait aimer la baise…

— Qu'est-ce que je peux faire pour vous, les enfants ?

Lon se précipita pour répondre.

— On va kidnapper quelqu'un !

Ce qui n'expliqua rien à Zed, qui regarda Barry l'air confus.

— Nous devons partir chez les Glandus – peut-être même en Amérique – afin d'empêcher des gens de faire un film sur moi, lui confia Barry.

Persuadé qu'il ne ferait pas non plus partie de cette aventure, Zed perdit toute obligeance.

— Eh bien, je ne vois pas comment le misérable armurier de Coudbar pourrait vous aider, déclara-t-il. À présent, si vous voulez bien m'excuser, j'ai une sucette à désarmer.

Il prit ce qui ressemblait à une sucette conventionnelle. Elle était recouverte d'écritures étrangères et à travers un trou dans l'emballage, Barry put voir que le bonbon était d'un orange vif.

Les yeux de Lon étincelèrent.

— Oooh ! Je peux l'avoir ?

— Non, Lon, répondit Zed en lui souriant. C'est peut-être dangereux. Tes brigands de frères l'avaient laissé dans leur réserve secrète de bonbecs près de la Maria de Fer au second étage ; c'est un troisième année qui l'a trouvé. Il a failli le manger, même. Qui sait ce qui lui serait alors arrivé?

Barry acquiesça : manger quelque bonbon que ce soit passé entre les mains de Ferd et Jorge Muesly était une très mauvaise idée. Il se souvenait des bonbons qu'ils avaient donnés aux première année, quelques mois auparavant. On aurait dit de simples truffes au chocolat, mais en fait, ils faisaient éclore des papillons géants dans vos tripes, qui sortaient ensuite à la queue leu leu par votre trou d'balle. Génial !

Zed s'approcha de la porte.

— Je vais en avoir pour toute la nuit, aussi, si vous voulez bien m'excuser…

— Attendez ! M. Malbouffe, écoutez, fit Barry en concoctant un mensonge crédible, la raison pour laquelle nous devons arrêter ce film est que nous avons lu le script. Ils ont tout faux. Il manque des gens, des gens importants – Zed s'égaya – et nous devons faire en sorte qu'ils soient présents dans le film, afin qu'ils aient la reconnaissance qu'ils méritent.

— Hm, bien, alors dans ce cas…

Zed essayait de masquer son intérêt grandissant en utilisant les muscles de son oreille droite afin de projeter en l'air la baguette qui était passée derrière, et il la rattrapa ensuite avec sa main. Ce trait de nervosité habituel était très impressionnant la première fois qu'on le voyait, mais après un mois d'Atelier Magique, il devenait insupportable.

— Que puis-je faire pour vous ?

Quel ballot, pensa Barry qui embraya aussitôt.

— Nous avons besoin de certaines choses pour notre mission. Des choses qui pourront nous aider si la situation dégénère.

— Que dis-tu de cette scie ? lui demanda Zed en brandissant une hallebarde en argent de deux mètres quarante dans les airs. Il n'y a qu'à enclencher ce petit bitoniau sur le manche, là, et… (Les lames à l'extrémité de la hallebarde se mirent à tourner dans un vrombissement affreux.) La meilleure scie au monde. Elle couperait n'importe quoi ! cria Zed. Ce devrait être suffisant pour convaincre ces types d'Hollywood !

Lon, dont le sourire était plus grand que le visage, faisait, les mains plaquées contre les oreilles, des bonds sur place. Les choses qui faisaient beaucoup de bruit l'excitaient toujours. En revanche, Barry ne partageait pas son enthousiasme.

— Non, merci, cria-t-il. Nous avons besoin de quelque chose de plus petit ! Qu'on puisse cacher !

— C'est vous qui voyez ! rétorqua Zed.

Distrait par le raffut, il posa la scie avant de l'éteindre. Elle était aussi efficace qu'il l'avait dit, parce qu'elle découpa sans problème le sol, en balançant un jet de béton émietté. Un hurlement monta de la classe du dessous. Zed tira la scie en arrière et l'éteignit.

— Désolé, hurla-t-il.

— Rallumez-la ! hurla Lon.

Mais on l'ignora.

— Zed, avez-vous quelque chose qu'on puisse dissimuler ?

— J'ai un holster de cuisse pour ta baguette. Ça peut toujours servir quand on se fait fouiller. Tu le veux ?

— Évidemment, répondit Barry.

Zed le lui lança. Il était en cuir, et une femme nue avait été maladroitement dessinée dessus.

— Auriez-vous aussi quelque chose qui fasse Glandu, mais qui ne le soit pas ?

Zed plongea son bras couvert de poils roux dans la poche de son tablier et en ressortit un paquet de chewing-gum.

— Quelque chose comme ça ?

— Trop *top* ! brailla Lon, tout excité. À présent, on n'a plus besoin de vendre…

— La ferme, Lon, intervint Barry de peur que Zed découvre l'arnaque. Lancez-le-moi. Attendez… Ça ne risque pas d'exploser ou un truc dans ce genre ?

— Non, c'est bien dommage d'ailleurs, répondit Zed

en le lançant à Barry. (Cela ressemblait à du chewing-gum et sentait la menthe verte.) Par contre, rien de tel pour vider une pièce. C'est de la gomme à mâcher lacrymale ; mâches-en un morceau et souffle ensuite sur quelqu'un. Il se barrera en quatrième vitesse.

Barry tomba aussitôt sous le charme de l'objet. Avec ça, il pouvait prendre le risque de se trouver dans un sacré pétrin.

— Génial ! déclara-t-il. Autre chose ?

Zed ouvrit l'un des nombreux tiroirs d'un coffre et se mit à fouiller à l'intérieur.

— C'est le début d'l'année, alors j'ai pas grand-chose… Des limaces magiques ?

— Qu'est-ce qu'elles font ? s'enquit Barry, déconfit.

— Elles peuvent écrire ton nom avec leur bave. C'est assez lent. Mais c'est très chouette si tu as un après-midi à perdre. Par contre, c'est pas dangereux. Et ça ? De la Gelée Loyale.

Il se retourna et lança à Barry un machin qui ressemblait à s'y méprendre à un tube de dentifrice. Barry l'ouvrit et appuya dessus pour en faire sortir un peu sur le bout de son doigt. Il eut instantanément la sensation qu'on venait de l'embrasser avec la langue sur le doigt.

— Très utile comme truc. Ça a été fait par des abeilles suraffectueuses. Il n'y a rien que cette gelée ne puisse faire pour toi.

— Mais que fait-elle réellement ? demanda Barry.

— Elle arrête les fuites, protège ta peau du chaud et du froid… tiens, si tu as un toast coincé dans le grille-pain, par exemple. Tu te mets un peu de gelée sur les mains, et elle se fera un plaisir de brûler jusqu'à la mort afin de protéger les doigts de celui qu'elle aime.

Pas franchement convaincu de l'utilité de la chose,

Barry l'empocha néanmoins.

— Merci, Zed.

Comme les adultes continuaient de parler, Lon se mit à quatre pattes et plongea son nez dans un trou de souris pour renifler. Tout à coup, une aiguille avec du fil jaillit du trou et se ficha dans son col. Une petite ovation se fit entendre dans le trou. Lon fut si surpris qu'il se redressa d'un coup et recula. Un vieux patin à roulettes d'autrefois, récupéré d'on ne sait où, émergea du trou, transportant sept souris. Lon prit la fuite.

— Et qu'est-ce que vous avez encore ? demanda Barry. Dont vous puissiez vous séparer, je veux dire. Nous prendrons soin de tout ce que vous nous confierez.

— Ahhh ! hurla Lon en courant devant eux, suivit d'un patin zigzaguant chargé à ras bord de souris.

— Pas si vous vous en servez correctement, répondit Zed en riant.

Tout en continuant de courir dans l'atelier, Lon réalisa que le patin était attaché à son col, aussi se décida-t-il à taper dessus. Il délogea l'aiguille, et les souris continuèrent leur route. Sauf que cette fois, leurs vivats étaient remplacés par des cris d'effroi, jusqu'à ce qu'elles percutent le mur. Quelques-unes furent blessés mais aucune sérieusement. Elles repartirent titubantes dans leur trou, tirant leur patin derrière elles.

Zed continua de fouiller dans le coffre.

— Tiens. Ça, je ne m'en suis jamais servi. Mais c'est pratique pour mettre hors d'état de nuire un ou deux Glandus.

Il jeta une conserve marron et argent à Barry qui lut l'étiquette : « ChocoMorve de la ferme Flegmberry ». Il retourna la boîte : « À l'intérieur de cette conserve se trouve le meilleur ChocoMorve au monde. Cette boisson savoureuse, une recette secrète de la famille Phlegmberry, est un mélange du chocolat en poudre le plus riche et de l'expectorant industriel le plus puissant de la création. Une seule gorgée et vous direz : “Mmmm… mes sinus sont secs.” Puis, votre nez se mettra à couler – à la vitesse d'un cheval au galop ! Vous cracherez des bouchées de flegme durant des heures. Les crottes de nez, c'est fini, avec les produits Flegmberry !»

— Je réalise que c'est profondément dégueu, Zed, mais à quoi cela pourrait-il bien nous servir ?

Zed ne leva pas la tête.

— Cela distraira vos assaillants.

Lon tendit la main.

— Hmmm. Ça sent le chocolat. Fais voir.

— Non, Lon, lui dit Barry en lui mettant une gifle en plein nez. Mais, Zed, et si je ne souhaite pas distraire les Glandus ? S'il me faut en décalquer un pour de bon ?

Zed se retourna vers lui et ses yeux brillaient de joie – l'idée de violence sur des Glandus réchauffait le cœur de Zed.

— J'ai p'têt ce qu'il te faut.

Il ouvrit le tiroir du haut et en sortit un méchant pistolet métallique.

Ouais ! pensa Barry. *Enfin quelque chose d'utile.*

— Un .357 magnum. Une série de la police, très belle finition. Le nez du canon a été retroussé pour pouvoir le planquer plus facilement. Tu pourrais arrêter une manticore avec ce joujou, ronronna Zed. (Il l'arma d'un geste vif.) Fais attention, il est chargé.

Et sur ce, il le lança à Barry sans réaliser que ce n'était pas une bonne idée.

Effrayé, Barry s'emmêla les pinceaux et n'arriva pas à l'attraper. Tout le monde se jeta aux abris. Et l'arme se vida. Une balle ricocha, et – c'était un coup d'une chance sur un million – se faufila par le trou qui venait d'être scié dans le sol. Un gémissement se fit d'abord entendre, puis la voix du professeur Gogue.

— Cyril Grosderrière, je vous rappelle que personne n'a le droit de se faire tirer dessus dans ma classe sans mon autorisation. Cinq points en moins à Frittondpor !

Zed s'allongea par terre et hurla par le trou.

— Encore pardon, hein ! grimaça-t-il. Pfiou. Eh ben il semblerait que ce machin peut également décalquer les sorciers. Vous feriez mieux de partir, les gars, avant que Gogue vous lance une malédiction à vous aussi.

— Merci, Zed, fit Barry en réunissant son butin. Souhaitez-nous bonne chance.

— Qu'est-ce qui s'est passé ? demanda Lon toujours en position défensive.

— Rien, Lon. Bonne chance avec votre kidnapping, dit Zed. Et Barry…

— Oui ?

— Si jamais vous ne pouvez pas stopper ce film… eh bien… pourrais-tu te débrouiller pour qu'ils prennent George Clooney pour jouer mon rôle ?

Chapitre Trois

La chevauchée sauvage de monsieur Barry

Barry et Lon sortirent en vitesse de l'atelier de Zed, alors qu'un raffut de tous les diables éclatait.

— Dis donc, Malbouffe, de quel droit tu dégommes mes étudiants ? entendirent-ils Gogue demander d'un ton exaspéré juste avant que la porte se referme.

Ils retirèrent leurs lunettes de protection et les déposèrent près de la porte.

— Cet endroit est un vrai asile de fous, dit Barry à Lon.

Lon n'était pas tout à fait sûr de la signification du mot « asile », aussi se contenta-t-il de sourire en hochant la tête. Hallucinant comme jouer les débiles pouvait vous faire aller très très loin. Il montra à Barry la sucette – il l'avait volée sur l'établi de Zed durant la pagaille.

— Eh bien, tu es un pur frère Muesly, toi. Bien joué. Mais si j'étais toi, j'éviterais de la manger.

— JE SUIS CAP' ! affirma Lon sur un ton belliqueux.

— Okay, mais demande d'abord à Ferd et Jorge,

d'accord ? Est-ce que tu dois prendre quelque chose dans ta chambre avant que nous partions ? s'enquit Barry.

— Rien que mon chapeau, répondit Lon.

— Bien, bien.

En plus des indispensables rabats, le chapeau de Lon possédait deux cordelettes qu'on pouvait lui attacher sous le menton afin de conserver ses bajoues enfantines, velues comme celles d'un chien, bien au chaud. Sauf qu'on était seulement en septembre. Cela risquait de faire bizarre. Mais bon, cela faisait une éternité que ce genre de détail n'inquiétait plus Barry.

— Okay, va le mettre. Prends également avec toi tout ce que tu veux emporter. Je te retrouve devant le portrait dans cinq minutes, fit Barry.

Lon s'en alla, sa démarche sinueuse apparemment libre de tout but.

Barry se dirigea lui vers sa chambre. Dans le hall, il croisa un première année, Basil Alimendbase, qui portait dans ses bras un grand récipient rond. Ce qui lui donna une idée.

— Hé, toi – comment t'appelles-tu ?

— B-Basil, bégaya Basil, choqué que le grand Barry Trotter lui adresse directement la parole.

— Ouais, Basil. Tu peux me donner cette boîte ?

— Bien sûr, Barry ! Je serais ravi !

Basil vida aussitôt le contenu du récipient sur le sol – il collectionnait les boutons – et tendit la boîte à Barry. Les boutons, enchantés, s'enfuirent morts de rire, et se jetèrent dès que possible dans les fissures du hall d'entrée. Il allait falloir des heures à Basil pour les récupérer tous.

— Merci, gamin, répondit Barry en repartant vers sa chambre.

Il savait que Basil se vanterait de la rencontre auprès de ses amis.

Lorsque Barry ouvrit sa porte, il fut accueilli par la même zone sinistrée que d'habitude : un lit pas fait qui puait la transpiration ; des posters scotchés à la hâte de *Reservoir Dogs*, Bob Marley et, bien sûr, un autre grandeur nature de Rene Mardoval, le chanteur de Neuf Quatre ; une lampe en lave cassée ; un bureau couvert de piles de devoirs, de lettres d'insultes, d'amendes de métro, de factures et diverses publicités ; sans compter sa fierté, un panneau volé (« Chaussée glissant droit en Enfer à 5 km »). Il y avait également quelques livres, sur des étagères, classés sans logique précise : du Camus, du Hesse, jamais lus ; du Salinger, du Kerouac, du Vonnegut, parcourus... en diagonale ; du Brautigan, datant de l'époque où il se croyait suffisamment profond pour écrire de la poésie (dommage) ; plein de BD, et un abonnement à *Flouyoude Glazioule* que son parrain Siroz Emplack lui avait offert dix ans plus tôt – pour une raison inconnue, le magazine continuait d'arriver alors qu'il n'avait jamais renouvelé l'abonnement ! (8)

Et puis, bien sûr, il y avait sa fidèle chouette, Vieilletige, qui était assise maussade dans sa cage. Vieilletige était consignée dans la chambre de Barry depuis qu'elle s'en était prise aux parties charnues de Rato Malaufoie, cinq ans auparavant. Comme il se devait, sa cage était immonde. Mais l'une des règles d'or de Barry voulait qu'il était « Inutile de nettoyer tant que l'odeur ne fait pas pleurer ! »

La boîte de fruits en conserve à la main, il s'approcha de la cage de Vieilletige. Il ouvrit la porte, plia les coins du journal couvert d'excréments et fit une sorte d'emballage. Puis, adroitement, il enfonça le tout dans la boîte ; la pile de caca dépassait légèrement de la boîte, mais il réussit à enfoncer quand même le couvercle. Elle était tellement

(8) NdT : c'est pas à moi qu'ça arriverait, ça... (soupir)

pleine qu'il dut scotcher la boîte pour qu'elle tienne fermée.

Barry rigola tout seul. Ce sont les petits plaisirs de la vie qui font toute la différence.

Il prit du papier Kraft et enveloppa délicatement la boîte, puis il écrivit une adresse sur le paquet. Il s'arrêta, repensant à l'injonction du tribunal glandu qu'il avait reçue il y a quelques années de cela ; il ne fallait pas qu'on puisse repérer le colis. Il agita sa baguette et marmonna une ancienne incantation.

— *Opié !*

Son stylo magique s'exhuma de lui-même du bureau et flotta jusqu'à lui. Il resta suspendu dans l'air au-dessus du paquet jusqu'à ce que Barry parle.

M. Vermon Durdurdesslevey, 4 Trivet Row, Piddlesex, Angleterre.

Et comme touche finale, l'adresse de l'expéditeur : le patron de l'Oncle Vermon. Barry sourit en pensant aux dégâts psychologiques qu'il allait infliger. Puis, pour une raison inconnue, il ressentit un léger pincement au niveau de sa conscience, qu'il écrasa comme un vulgaire pixie sans défense.

Bien que ses fans les menacent de mort depuis des années, Barry tourmentait également les Durdurdesslevey, et avec raison. D'abord, il avait rendu l'obèse et sadique fiston complètement dingue en lui faisant passer en boucle dans la tête des chiens aboyant sur l'air de « Mon beau sapin, roi des forêts ». Puis, il avait affublé la madame d'un terrible béguin saphique pour la reine, qui avait eu le double mérite de ruiner d'une part le mariage des Durdurdesslevey (Vermon termina dans les bras d'une femme encore plus acariâtre et encore moins séduisante), mais également de placer l'ex-Mme Durdurdesslevey sous la surveillance constante du MI-5. Au grand étonnement de Barry, Vermon fut le plus résistant des trois, un peu comme une bouse de vache durcie par un soleil d'une intensité flegmatique.

— Tiens, Vieilletige. Apporte ça à la poste glandue, s'il te plaît, dit Barry en confiant à sa chouette la tâche déplaisante de porter ses propres déjections.

Mais elle était tellement joisse d'être libre, qu'elle attrapa aussitôt le bolduc dans ses serres, sans se plaindre, et s'enfuit par la fenêtre ouverte. Toutefois, elle refit un tour afin de jeter un regard mauvais à Barry, et celui-ci aurait pu jurer qu'elle lui avait tiré la langue. C'était une désagréable réalité, mais la célébrité n'avait aucun sens pour les animaux ; ils supportaient pire que ça. Barry enfila son vieux blouson militaire tout râpé, et couvert des taches d'encre datant de la brève période où il s'était servi de stylos à réservoir, parce que cela lui donnait un air intelligent. Il fouilla ses poches à la recherche des produits de première nécessité (pipe, briquet, décapsuleur, flingue) et sortit.

Lon l'attendait devant le portrait de la Salle Commune de Frittondpor, son chapeau sur la tête, prêt au départ. Il portait également un gros livre.

Lon ne peut pas lire un livre pour adulte aussi gros, pensa Barry.

— Hey Lon, à quoi ça va te servir ?

— C'est mon journal intime, répondit Lon. Si jamais y nous arrivait des aventures.

D'habitude, Barry était trop soucieux de son image pour permettre ce genre de chose, mais puisqu'il s'agissait de Lon, et qu'il avait encore du mal à former ses Q, il ne risquait pas de devenir auteur un jour. Barry décida donc de ne pas être chien.

— Après toi, lui dit Barry.

— Il y a le ciel, le soleil et la mer, chanta Lon en pénétrant dans la peinture, qui souleva obligeamment sa robe afin de le laisser passer.

Barry lui emboîta le pas, et les deux amis se retrouvèrent à l'extérieur de Coudbar. Barry passa sa Cape d'Invisibilité sur eux, afin que la masse de Glandus aux alentours ne les voie pas. Malheureusement, Lon était considérablement plus grand que Barry, aussi pouvait-on voir sa paire de jambes depuis les genoux.

— Suis-moi, ordonna Barry en se dirigeant vers la Forêt Inédite.

— Barry, je ne crois pas que ce soit le moment que tu ailles voir tes petites amies ! déclara Lon avec l'intensité morale toute particulière des prépubères.

— Ferme-la, crétin ! On va voir Ermine.

Lon s'assagit momentanément, mais se perdit vite dans les myriades âcres de la brise.

Barry fit en sorte que lui et Lon restent le plus éloignés possible de l'infâme If Bourrepif. Dès qu'on s'approchait trop près d'elle, cette infâme plante essayait de vous attraper pour… non, c'est trop dégoûtant pour être décrit ici.

— Comment allons-nous nous rendre à Piliédbar ? s'enquit Lon.

— Grâce aux haies, bien sûr, répondit Barry.

L'Angleterre des Glandus était couverte de haies, certaines même assez grandes pour camoufler un train souterrain, surtout si un peu de magie réductrice d'espace était employée. Il s'agissait du premier moyen de transport de la communauté des sorciers d'Angleterre ; Barry avait obligé J.G. Rollins à ne pas le mentionner dans ses livres, car une telle découverte par les Glandus aurait provoqué un sacré ramdam : péages, impôts, et Dieu sait quoi d'autre. Pourtant, cela n'aurait peut-être pas été si grave si elle l'avait fait, car l'une des choses que sa fantasque série avait parfaitement démontré était que *les Glandus ne font attention qu'à eux*. Et ceux qui font attention à ce qui se passe autour d'eux sont généralement qualifiés de lunatiques.

« Un réseau d'autoroutes camouflé par des haies et emprunté par un peuple magique ? Grotesque ! »

Et comment. Néanmoins, c'était bel et bien vrai.

La haie était d'une variété spéciale ; en plus d'être composée d'un transit de masse, elle produisait des feuilles en forme de lettres. Ces lettres, lues dans le bon ordre, formaient des mots, et on disait que chaque haie racontait sa propre histoire. À l'automne, un chef-d'œuvre tombait. Mais à chaque printemps, de nouveaux chapitres fleurissaient. Ces histoires ne « grandissaient pas avec le temps » mais poussaient avec.

« Entrée » lut Barry dans les feuilles en arrivant devant la haie.

Il retira la Cape pendant que Lon écartait des branches, révélant une ouverture de bonne taille. (Des Glandus les virent ainsi apparaître au milieu de nulle part, mais oublièrent vite cet incident, mettant cela sur le compte du centaure de la veille, pas assez cuit, qui gargouillait dans leur estomac.)

— Merci, Lon, fit Barry en se baissant pour passer.

Lon le suivit.

Ils se retrouvèrent tout à coup dans une salle bien plus grande qu'une haie, aussi vaste que la Salle des Pas Perdus, si vous y avez déjà mis les pieds. Chaque fois que Barry venait là, il appréciait l'illusion. De manière générale, la magie était quelque chose de fonctionnel, assez miteux, mais là c'était différent, impressionnant. L'effet de lumière chatoyant qui perçait par le toit, une masse de branches et de verdure, donnaient l'impression d'être blotti sous un sapin de noël, avec de la sève collante dans les cheveux, prêt à éviter les décorations tombantes.

À chaque coin de cette salle carrée se trouvait une rangée de véhicules rouges en forme de toboggans à deux places – une à l'avant, une à l'arrière – munis d'un levier vertical en guise de commandes, afin de tourner et de contrôler l'inclinaison. Une queue de créatures magiques, semi-magiques, et d'autres qui aimeraient bien l'être, attendaient leur tour devant la rangée de toboggans. Quelqu'un allait monter dans un toboggan et se laisser glisser jusqu'à une sorte de bouche de tunnel dans le mur de la salle, et le groupe suivant ferait la même chose. Cela avait toujours fait penser Barry au manège d'un parc d'attractions.

Les deux amis se rendirent à la queue où une grosse branche indiquait « Portail Sud-Est » et se mirent en rang derrière un centaure dans un costume zazou, qui faisait tournoyer sa montre à gousset et, d'impatience, trépignait du sabot. La queue avançait lentement mais sûrement, si bien que Lon et Barry se retrouvèrent vite à bord de leur toboggan.

— Attention à la marche, les prévint le conducteur alors qu'ils montaient.

L'homme avait un nez qui semblait avoir été en partie rongé par la maladie, et le reste de son visage, s'il était bien présent, était tout aussi malsain. Barry n'aimait pas sa gueule – pas plus que celle du toboggan, d'ailleurs : vieux, rouillé, taché de pétrole, rapiécé à la hâte, et brûlé d'un peu partout. Il y avait un gros trou dans le plancher et à l'évidence une capote usagée sur le siège arrière.

L'interrobang sur le front de Barry se mit à palpiter

dans une samba épicée de douleur. Il hésita ; peut-être devrait-il demander un autre toboggan ?

— Montez, montez, il y a des gens qui attendent, leur dit le conducteur en décochant un sourire, où il manquait des dents, que Barry trouva particulièrement… maléfique ?

Une image de cet homme lui traversa l'esprit – les cheveux en bataille, mal rasé, vêtu simplement d'un bonnet et d'une chemise de nuit qui lui descendait jusqu'aux genoux, l'homme dansait au clair de lune autour d'un bûcher de livres – les livres de *Barry*. Sur sa chemise, on pouvait lire : « Je Hais Barry Trotter ! » en grosses lettres noires de transfert. Tout en faisant des cabrioles dans l'esprit de Barry, il déchira sa chemise de nuit, hurlant comme un animal, révélant une cage thoracique où trônait un tatouage macabre : une image de lui, Barry, avec un cercle rouge autour, barré en diagonale par une ligne rouge également.

— Je pense qu'on ferait mieux de ne pas prendre…

Mais la douleur l'emporta et Barry défaillit.

— Ton pote vient de s'évanouir, on dirait, fit remarquer le conducteur. J'vais t'aider à le porter à l'intérieur.

Lon et l'effrayant officier de transit jetèrent un Barry désarticulé sur le siège arrière. Lon s'empara des commandes et le toboggan fila dans le tunnel, laissant derrière eux le rire spectral du conducteur. Sur une branche au-dessus de leur tête apparut un signe. « Vous allez le regretter ! » Mais comme Lon était le seul réveillé, il fut le seul à le lire…

Barry reprit connaissance pour être aussitôt confronté à son pire cauchemar : Lon au volant d'un moyen de transport. Sa blessure au cerveau l'empêchait d'avoir toute notion de vitesse. Ou de temps qui passe. Ou d'équilibre.

Et puis, il était aussi un peu aveugle, même s'il ne voulait pas l'avouer.

— Lon ! Attention ! hurla Barry comme il manquait de justesse un clodo endormi le dos à la paroi du tunnel. (Des exemplaires de *La Causette des Sorciers* s'envolèrent sur leur passage.) Lon, donne-moi les c…

— Huh ? *Non*, Barry ! beugla Lon. (Il pouvait être très susceptible pour ce genre de choses.) J'peux conduire ! Je peux le *faire* !

— Écoute-moi, nanocerveau…

Barry tenta d'attraper les commandes.

— Nan ! J'te dis qu'je peux !

Et d'un coup d'épaule, Lon envoya bouler Barry. Ses quinze kilos tout mouillés venaient de perdre face à un quart de cervelle rouquine. Le toboggan, lui, continuait sa route de droite et de gauche, frottant contre les rebords de la haie, provoquant un déluge de feuilles et de brindilles. Barry prit une branche en pleine tête, qui rompit. Il y avait marqué dessus : « Mon gars, t'es dans un joli pétrin. »

Ils allaient trop vite, bien trop vite. Même si la route était plate, le fait de pousser le levier en avant faisait augmenter magiquement l'inclinaison de la pente, afin d'accroître la vitesse du véhicule. Lon avait bloqué le levier le plus loin possible.

Barry se couvrit les yeux et pria. Quelque chose passa en sifflant à côté de son oreille ; il baissa les yeux et vit que les rivets d'une grosse tôle étaient en train de se barrer sous les trépidations de leur machine. À chaque cahot (branche d'arbre ? écureuil malheureux ? un autre clodo ?), le traîneau partait dans une violente secousse, et les différents trous devenaient de plus en plus larges.

Rien de ceci ne semblait déranger Lon, qui chantait sa chanson favorite : « Ce matin, ce matin, j'ai vu un lapin, c'était un lapin qui avait un fusil... »

Barry repéra quelque chose sur sa droite. Là, perché sur le sommet du siège arrière, se trouvait un gremlin, la peau verte, les yeux jaunes, qui rigolait de façon malveillante. Il prenait manifestement son pied devant la terreur de Barry. Le regard aussi malveillant que le rire, il désigna Barry et passa ensuite un long doigt griffu le long de sa propre gorge. Le gremlin était en train de prédire le futur proche, et s'en réjouissait d'avance. Vraiment.

— Espèce d'enc..., commença Barry en se jetant sur lui.

Mais avant que ce livre contienne de sérieux blasphèmes, le fragile réseau de pièces détachées qui maintenait le traîneau en un seul morceau craqua finalement et le toboggan commença à se désagréger. Barry attrapa le dossier du siège de Lon et se cramponna à la vie. Alors que ses forces commençaient à l'abandonner et l'engin à se séparer en deux, ils s'arrêtèrent devant un panneau disant : «Gare de Piliédbar».

Chagriné, le gremlin frappa sa paume du poing et disparut.

— J'adore conduire, déclara Lon. (Il se retourna vers Barry au moment même où l'arrière du traîneau s'effondrait.) Oooh, Barry a cassé le traîneau, observa-t-il. (Il sauta à terre et fit une petite danse de joie, en chantant et désignant son ami du doigt.) Barry a cassé le traîneau, Barry a cassé le traîneau...

Heureux d'être en vie, Barry rampa vers la sortie avec l'envie de vomir...

Chapitre Quatre

En visite chez le directeur

La haie les expulsa le long de l'avenue Crowley, dans le Strip, le quartier de Piliédbar célèbre pour ses différents bars, ses établissements de jeux clandestins, et ses maisons incroyablement closes affalées en plein centre de cette ville malfaisante comme autant de CRS dans un car. N'importe quel vice, même le plus sale, pouvait être satisfait – il suffisait d'y mettre le prix. C'était l'endroit préféré des étudiants les plus dissipés de Coudbar ; il ne se passait pas un dimanche sans que Grobid y vienne afin de payer la caution d'une bande de voyous estudiantins complètement déchirés. La rumeur voulait que la prison eût une section spéciale pour ces étudiants. Barry avait toujours été trop peureux pour tenter sa chance – et puis, ses fans s'occupaient bien de lui.

Devant eux, un groupe d'Arithromanciens, manifestement bourrés, se disputaient à propos de l'avenir, prêts à en venir aux mains.

— Tu ne pourrais pas prédire Noël, même si je te

donnais un calendrier, blanc-bec !

Piliédbar était un centre de conférences réputé, mais quel que soit le degré de respectabilité du groupe, le bourg faisait toujours ressortir ce qu'il y avait de pire chez les gens.

— Nous n'avons qu'à traverser, dit Barry à Lon qui était clairement hypnotisé par toutes les lumières clignotantes et les néons.

— Qu'est-ce que ça veut dire « Live show entre Satyres au milieu du public » ? s'enquit Lon.

— Je t'expliquerai plus tard, répondit Barry en enjambant les débris de verre d'une bouteille d'adézif fracassée. Rien que de marcher dans le Strip, il se sentait sale. Finalement, ils arrivèrent rue Corleone et tournèrent à gauche. Presque aussitôt, l'atmosphère changea, passant du « mal à l'état brut » au simple « sans foi ni loi ». Barry accueillit avec joie cette amélioration. Ils aperçurent rapidement un panneau pour Saint-Hilaire, où enseignait Ermine. C'était une bonne chose, parce que Barry s'était tordu la cheville lors de l'arrêt du toboggan.

— Enfonce mieux ton chapeau, dit-il à Lon. Je vois ton trou.

— Oups, fit Lon. J'ai chaud au cerveau.

Il y avait des clochettes attachées à chaque extrémité des cônes du chapeau, et elles tintaient à chaque pas de Lon. Cela devenait vite irritant, mais Barry s'était entraîné à en faire abstraction.

Drelin, ouille (la douleur irradiait dans la cheville de Barry), drelin, ouille. Ils s'engagèrent dans une allée étroite et virent un petit bâtiment carré, dans la plus pure tradition britannique, mais qui aurait dû être démoli depuis longtemps. Près de la porte, un panneau disait : « Académie Saint-Hilaire pour les Créatures Marginalement

Magiques. » Cette institution avait bien du mal à survivre, et n'avait certainement pas l'argent pour se payer les coûteux sorts anti-Glandus et les enchantements qu'on avait à Coudbar ; elle reposait sur l'ancienne tactique de « se cacher au vu et au su de tous. » Jusque-là, cela avait fonctionné – ou alors, c'est que tout le monde s'en foutait.

Saint-Hilaire était l'une des cent écoles ouvertes dans les années cinquante, après que le ministère avait décidé que les endroits comme Coudbar étaient snobs et élitistes. Maintenant que les elfes de maison faisaient la majorité des corvées, des milliers de personnes pouvaient prétendre à mieux. Chaque sorcier ou sorcière, aussi peu douée qu'il ou elle soit, méritait un minimum d'instruction magique. C'était une noble idée, mais en réalité, toutes ces écoles étaient insuffisamment financées. Elles arrivaient à peine à fournir un stylo à des étudiants destinés de toute façon à l'obésité devant leurs postes de télé, et vivant des allocs. Saint-Hilaire était la plus célèbre de ces écoles, depuis qu'un étudiant, l'année passée, s'était introduit dans le placard où son père rangeait sa baguette magique et avait ensuite disparu sans laisser de trace.

Lon et Barry ouvrirent la porte et furent accueillis par le parfum distinct d'une éducation de deuxième classe : un mélange à donner la nausée, de frites, de désinfectants, de ces senteurs trop sucrées qu'apprécient les vieilles dames, et de craie portée par les vents. Lon et Barry traversèrent le hall en respirant le moins possible. Puis, ils pénétrèrent dans une pièce dont la porte indiquait « Bureau du Directeur ».

Ils eurent la surprise de découvrir la tête désincarnée d'un homme aux cheveux fumants lévitant un bon mètre au-dessus d'un bureau jonché de papiers, où trônait un haut-parleur. Une luxuriante paire de favoris saillait de ses bajoues, et jouait le rôle d'ailerons poilus. Derrière lui se trouvait un portrait de Saint-Hilaire, le laid patron des enfants du monde entier nés par le siège.

— … mais, M. le Directeur, les normes gouvernementales *exigent* qu'il n'y ait plus de fibres de pixie dans l'école. Elles provoquent le cancer chez les rats, couinait la personne à l'autre bout du fil.

La tête descendit dans les airs et vint hurler dans le haut-parleur.

— Eh bien, dès que nous assurerons l'instruction de rats, je vous le ferai savoir !

Il partit ensuite dans une quinte de toux, du genre qui fait généralement remonter des choses.

— Mais, M. le Directeur, Saint-Hilaire est l'endroit le plus infesté que nous ayons trouvé, fit la voix gouvernementale sur un ton inquiet. Vous mettez vos étudiants en danger !

Barry se mit à penser que si le directeur avait un corps, il aurait été très distingué… comme celui d'un porc.

— Apparemment, monsieur, vous n'avez pas bien compris ce que je vous ai dit jusqu'ici : à Saint-Hilaire, ce sont les profs qui sont en danger. Bonjour chez vous !

Agité par une toux violente, la tête raccrocha en assénant un bon coup de boule à la console. La force du choc la laissa un instant groggy, et elle tituba un peu dans les airs avant de parler aux visiteurs.

— Messieurs… Je suis Betjeman ffolkes-Ptarmigan, directeur de cette fosse septique de l'Éducation nationale. (Il avait une grosse marque rouge sur le front.) Que puis-je faire pour vous ?

Lon voulut prendre la parole, mais Barry le coupa, parce qu'on ne savait jamais ce qui pouvait sortir de son cerveau mi-canin.

— M. ffolkes-Ptarmigan, nous venons de Coudbar…

ffolkes-Ptarmigan plissa les yeux de cupidité.

— Une belle école. Tout ce que je pourrais faire avec ne serait-ce que la moitié de leur budget… Me faire construire une maison à Majorque, par exemple, ou sur une île grecque…

— Nous sommes en mission pour l'école. C'est urgent. L'un de vos professeurs, Ermine Cringer, est une ancienne élève de Coudbar, et nous aimerions pouvoir échanger un mot ou deux avec elle. Du moins, si cela ne pose pas trop de problèmes.

Barry pouvait voir le cerveau de ffolkes-Ptarmigan en plein travail – *quid pro quo*, avec le plus d'emphase possible sur le *quid*.

— Mais certainement, monsieur… euh…

— Barry Trotter, fit Barry en lui tendant la main. Et voici mon associé, Lon Muesly.

Lon fit coucou de la main.

— N'cho ! dit-il.

— Pas *le* Barry Trotter, quand même ?

— Si, monsieur.

La tête sembla rayonner de joie.

— J'ai lu tous vos livres. (Le sourire de ffolkes-Ptarmigan atteignit des proportions aussi alarmantes, que sa légendaire avarice.) Ce sont des aventures intéressantes et lucratives que vous avez eues, dites donc. Dois-je comprendre qu'il s'agit actuellement de votre dernière aventure en date ?

Barry n'aimait pas la tournure que prenait la conversation.

— Plus ou moins. Enfin, non, pas vraiment. Et puis, ces livres racontent un maximum de conner…

ffolkes-Ptarmigan réalisa qu'il avait été un peu vite en besogne.

— Bien sûr. C'est toujours comme ça. En ce qui concerne Mme Cringer…

La tête se dévissa sur elle-même pour regarder l'horloge accrochée au mur ; Barry et Lon eurent une vision parfaite sur la fine frange de derrière, couverte de pellicules, dont certaines s'envolèrent au vent sous la brusquerie de la pirouette et tombèrent lentement sur le bureau.

Comment fait-il pour se peigner ? pensa Barry.

Lon, lui, comme d'habitude, ne pensait rien.

— Mme Cringer va bientôt finir sa dernière classe de la journée, zoologie. Encore un petit quart d'heure.

— Excellent. Pouvons-nous attendre ici ?

ffolkes-Ptarmigan lui décocha un sourire bien huilé.

— Non, malheureusement non, mon cher M. Trotter. Nous ne sommes pas à Coudbar, ici ! Vous n'avez qu'à débouler en classe ! Non seulement nos étudiants ne sont pas très doués en magie, mais en plus ils ne sont pas très scolaires. Je suis sûr qu'ils accueilleront cette interruption avec joie.

La tête s'éleva au-dessus d'une étagère, attrapa un classeur rouge avec ses dents, le tira, et le laissa tomber par terre. Il se laissa descendre, l'ouvrit et tourna les pages avec sa langue.

— Nous dijions… Crindjeur…, fit ffolkes-Ptarmigan à voix haute tout en tournant les pages. (Puis il fit une grimace : l'encre était amère.) Elle est dans la salle 207.

— Oups.

Lon venait de casser un des jouets qui se trouvait sur le bureau du directeur. Barry prenait toujours cela comme le signe indiquant qu'il était temps de partir.

— Merci beaucoup, M. ffolkes-Ptarmigan. Nous essaierons de ne pas trop déranger la classe, dit Barry sur le pas de la porte.

— Ne vous inquiétez pas, répondit ffolkes-Ptarmigan, en venant le regarder droit dans les yeux. C'est un vrai plaisir que de pouvoir rendre service au grand Barry Trotter. Je suis sûr que vous me rendrez la pareille un jour ou l'autre.

Instinctivement, Barry vérifia si son portefeuille était toujours là.

Barry et Lon gravirent les escaliers et gambadèrent dans le hall. Chaque pas soulevait un nuage de poussière blanche immaculée dans l'air. Du mortier ? Du plâtre ? De la fibre de pixie ? À la différence du rez-de-chaussée, qui sentait simplement bizarre, cet étage montrait que l'immeuble tout entier appelait à la démolition immédiate, ou menaçait de faire un procès.

Ils regardèrent par la porte vitrée de la salle de classe 207. Ermine était bien là, dans son élément, derrière un bureau, en train d'expliquer à d'autres ce qu'il fallait faire. Elle portait un chemisier d'un blanc neutre agressif au possible, une jupe beige et une veste en velours côtelé assortie. Elle se tenait devant la classe la plus amorphe que Barry ait jamais vue. Ils semblaient rayonner de stupidité par vagues successives.

Qu'est-ce qui cloche avec les cheveux d'Ermine ? se demanda Barry.

La réponse était une tentative de défrisage de ses boucles indisciplinées qui arrivait en fin de vie, suscitant un effet global qu'on pouvait qualifier d'« einsteinien ».

Barry et Lon ouvrirent la porte en faisant un geste de la main à Ermine, puis ils allèrent s'installer à deux pupitres au fond de la classe. Lon était trop gros pour le sien, il le renversa dans un bruit de fracas en voulant s'asseoir.

«Pardon», mima-t-il comme toutes les têtes de la classe s'étaient tournées vers lui.

— Les enfants, voici deux, hum, professeurs, d'un autre quartier, expliqua Ermine. Ils sont ici en visite. Reprends où tu en étais, Sally. Tu répondais à la question cinq, dit patiemment Ermine. Comment une panthère fait-elle pour repousser un dragon ?

Une jeune fille blonde frisée aux traits elfiques dans un pull-over vert répondit.

— La panthère chasse le dragon en poussant un gros rot, récita Sally. Le dragon n'en supporte pas l'odeur.

— Exact, Sally. Qui connaît la réponse à la question six ? Il n'y en a pas beaucoup qui ont bien répondu à celle-ci. Trevor ?

Barry frissonna intérieurement en voyant qu'un jeune disciple de la Farce, insipide au possible, allait répondre, un sourire de supériorité aux lèvres. Il n'y avait jamais eu meilleur argument en faveur du châtiment corporel dans une salle de classe.

— Question six. Quelle fiente d'oiseau est bonne pour les troubles visuels ? Réponse : le caladrius.

J'préfère garder mes lunettes, merci, pensa Barry.

Lon avait abandonné tout espoir de faire entrer sa grosse carcasse dans le pupitre et s'était donc installé, jambes croisées, sur le sol.

— C'est très bien Trevor. Merci. (Ermine jeta un rapide coup d'œil à l'horloge.) Zut. Nous n'allons plus avoir assez de temps, aussi vais-je donner les réponses moi-même. Mais avant cela, je tiens à dire que je suis extrêmement déçue par les résultats de cette classe au DST d'hier. Vous n'aviez pourtant qu'à lire vos bestiaires. Ce n'est pas compliqué, il n'y a même pas besoin d'être doué en magie pour ça. Il faut que vous vous appliquiez un peu – feignant *et* sans magie, n'est pas une solution dans la vie.

» Bien. Question sept : quel animal fait peur au lion ? Réponse : la chatte.

Des ricanements fusèrent dans la classe, même de Lon. Ermine lui décocha un regard mauvais.

— Question huit : comment une hyène fait-elle pour piéger ses proies ? Réponse : elle imite le son d'un humain en train de pleurer et de vomir. Question neuf : comment font les grues pour voler en cas de bourrasques fréquentes ? Réponse : elles mangent beaucoup de sable et de galets afin de se faire du lest.

Barry entendit un élève dire : « conneries ! ».

C'est bien, pensa-t-il.

— Question dix : comment est-ce qu'une moule peut échapper à la capture ? Réponse : en s'arrachant les testicules et en les jetant sur son poursuivant.

— Trevor l'a déjà fait, commenta un élève, ce qui en fit rire d'autres.

Ermine donna un coup de tampon sur son écritoire.

— Je vous demande de vous arrêter ! (Barry reconnut là la tonalité d'un chef qui essaie de conserver une once d'autorité alors que la fin est proche.) Ce n'est pas parce que nous avons des invités que vous devez faire les andouilles !

Tout à coup, la classe entière éclata de rire. Certains montraient Ermine du doigt, qui baissa alors les yeux. Un étudiant avait rendu son chemisier invisible.

— Eh bien, fier de vous, M. Palaver ? Utiliser ainsi son piètre pouvoir à des fins imbéciles ! Rincez-vous bien l'œil, Palaver, parce que vous allez le payer cher.

Devant la nudité de leur professeur, certains élèves se mirent à rougir. Toutefois, une bonne poignée d'enhardis regardèrent sans honte et de manière appréciative. Barry eut de la peine pour Ermine, qui devait se coltiner un tel groupe ; cela devait être épuisant. Elle fit sortir l'élève coupable avec l'aplomb d'un businessman.

Progressivement, son chemisier réapparut.

— À présent, la question bonus – et puisque aucun d'entre vous n'a répondu correctement, je vais la relire avec vous : tout le monde sait ce qu'est un jaculus, ce serpent volant qui se jette sur ses proies comme un javelot…

Une main se leva.

— C'est comme une lance…

La main se baissa.

— C'est exact, mais attends d'abord que je t'interroge, Murphy. Donc, pour avoir le bonus, citez-moi deux autres faits intéressants concernant les serpents. Par exemple, vous auriez pu me dire que : avant de boire de l'eau, les serpents crachent leur venin dans un trou ; un serpent n'attaquera jamais un homme nu ; si un serpent devient aveugle, il peut guérir en mangeant du fenouil ; si un serpent boit la salive d'un homme qui jeûne, il mourra ; et, pour finir, il existe une variété de serpent à deux têtes qui peut se déplacer comme un cerceau.

La cloche sonna. Ermine dut hurler pour se faire entendre au-dessus du brouhaha.

— Lisez le chapitre sur les poissons pour demain. (Il y eut un grognement général.) Il y aura une interrogation écrite.

Un plus gros grognement retentit.

Puis, Ermine s'approcha de Barry et Lon.

— Une fois, j'ai vu un serpent à deux têtes, déclara Lon tout excité.

— Mais non, Lon, répondit Ermine. À quoi dois-je le déplaisir de vous voir ? Je veux dire, cette surprise ? Si c'est participer à « La Magie derrière les Mites », ma réponse est toujours non.

— Moi aussi je suis content de te voir, Ermine, dit Barry. Enfin, c'est une histoire assez compliquée. Est-ce que nous pouvons aller parler quelque part ?

— La dernière fois que tu m'as dit ça, Barry Trotter, j'ai fini avec un chemisier arraché et des chaussures qui sentaient le vomi.

— Je ne m'en souviens pas, répliqua Barry.

— Ce qui ne me surprend pas, M. le roi du 'ti punch, rétorqua Ermine en soupirant. Suivez-moi. Allons dans la salle des profs.

Quelques instants plus tard, les trois compagnons étaient assis sur les chaises en plastique inconfortables d'une salle minable et enfumée. Y a-t-il quelque chose de plus déprimant que des posters de motivation ? Pas pour Barry, en tout cas.

— Café ? proposa Ermine en brandissant un pot.

Personne n'accepta, aussi se versa-t-elle une tasse de Styrofoam, sorte de dépôt âcre à la consistance du sirop d'érable.

— Je suis accro, avoua joyeusement Ermine, reconnaissant par là même que quiconque accepterait de son plein gré de boire ce qu'elle venait de se verser était manifestement sous l'emprise du Grain de Café Démoniaque.

Elle reposa son pot et tapota avec sa baguette sur le rebord de la tasse. Des bouts de nuage de lait vinrent alléger la mixture. Tandis qu'elle se mettait à boire, Barry en profita pour masser sa cheville qui allait quand même mieux. Lon, lui, écrivait son nom avec des morceaux de sucre.

— Alors, quoi d'neuf ? Celui-Qui-Pue fait encore des siennes ? s'enquit Ermine.

— Nan, Valdemarne n'a rien à voir avec notre

affaire, lui confia Barry. Ou peut-être si. En fait, j'en sais rien.

Après avoir été mise au courant de la situation, Ermine touilla un peu sa tasse.

— Et tu voudrais que je t'aide ?

— Oui. Lon est sympa, et loyal – mais bon, tu vois c'que j'veux dire. Même un corbeau pourrait le battre au Scrabble.

— Je dois devenir le cerveau de cette opération, c'est ça ? fit-elle. (Elle sourit et devint songeuse.) En fait, il me reste quelques jours de congé à prendre. Je risque de le regretter – comme toujours – mais après tout, pourquoi pas.

Barry était soulagé d'un coup.

— C'est génial, Ermine ! C'est reparti comme au bon vieux temps !

Ermine perdit un peu de son sourire.

— Pas vraiment, Barry. Tu sais, tout le monde n'est pas une marque déposée adorée par des millions de personnes dans le monde. Certains d'entre nous doivent travailler pour vivre.

Barry était en terrain connu. Il aurait voulu lui expliquer qu'il n'avait pas vraiment d'argent. Il en avait eu un peu au début. Et puis aussi chaque fois qu'il passait un coup de fil à l'auteur. Oh, bon, il y avait les chèques qu'il endossait systématiquement, mais il n'en recevait malheureusement plus depuis l'attaque de pellicules valdemarniennes (9). Mais sa fierté faisait qu'il aimait bien que les gens le croient riche.

— En fait, je viens, mais en échange tu rembourses mon prêt étudiant, déclara Ermine. Mes parents travaillent

(9) Pour plus de détails, lire le quatrième roman de la série, *Barry Trotter et la Coupe de Cheveux*.

dans le paramédical, et donc nous sommes fauchés.

Les parents d'Ermine étaient des dentistes holistes ; pas facile de gagner sa vie pour un dentiste lorsqu'on « refuse d'arracher une dent à son écosystème naturel ».

Lon sauta sur l'occasion.

— Ouais, Barry ! Et moi, j'veux cinquante balles !

On l'ignora.

— Mais Ermine, je n'ai…

— Alors je ne viens pas.

— Sois raisonnable, Ermine.

— Je suis raisonnable, Barry.

Elle fit craquer ses phalanges une par une ; Barry reconnut le geste qu'elle avait employé tant de fois auparavant, et qui signifiait qu'elle tenait quelqu'un par les parties – généralement Barry.

— Bon, d'accord. D'accord.

— Tu as un plan ?

— J'en ai toujours un, affirma Barry. Nous allons kidnapper J.G. Rollins et la planquer quelque part. Et si elle n'arrête pas le film, nous en ferons du guacamole.

Ermine fit la grimace.

— C'est un peu sanglant, non ? J'ai toujours trouvé que J.G. était quelqu'un de plutôt sensé. Si on allait la voir et qu'on lui demandait simplement ?

— Oui, mais si elle n'est pas d'accord ?

— Alors là, on la kidnappe, rétorqua Ermine. Mais pas de guacamole au programme. Nous ne sommes pas Valdemarne.

Ermine leva sa tasse et but. Soudain, elle poussa un hurlement et la jeta par terre.

— Que se passe-t-il ? s'exclamèrent Lon et Barry à l'unisson, en voyant Ermine courir en rond dans la pièce, en s'essuyant la bouche et en crachant.

Elle montra du doigt la tasse à café. Elle manqua de s'étrangler et sortit aussi vite de la pièce que ses faibles pieds purent la porter.

Les garçons regardèrent dans la tasse de Styrofoam et virent… une oreille, si pâle et desséchée qu'elle ne pouvait venir que d'un cadavre. Non seulement le café était imbuvable, mais il était plein de farce ! À présent, quelqu'un connaissait leur plan. De rage, Barry ramassa la tasse et hurla dedans.

— Allez dire à Lord Valdemarne qu'il pue comme de la bouffe chinoise !

Puis, il la vida dans l'évier.

Chapitre Cinq

L'étoffe d'héroïne

— D'après toi, quel est le meilleur chemin pour aller en Écosse ? demanda Barry à Ermine alors que le trio quittait l'école. Devons-nous prendre le Bus Magique ?

— Beurk, répondit Ermine.

Elle avait une aversion pour les Bus Magiques. Principalement parce que ses parents étaient des Glandus, et qu'elle devait de fait s'asseoir dans le fond.

— La dernière fois que je suis montée dans un de ces bus, le fantôme de Keith Moon a renversé son litron de gros rouge sur moi. Je puais tellement que j'ai dû incinérer ma robe.

— Très bien. Alors on peut utiliser un peu de magie glandue, peut-être ? proposa Barry en tendant son pouce en l'air.

— On peut pas refaire les haies ? supplia Lon. *Steup !*

— Nan ! répondit Barry.

Ses boyaux se révoltèrent rien que d'y repenser.

— Un instant, fit Ermine qui fouillait dans son sac. Aha ! dit-elle en en ressortant une petite boîte métallique de la taille de sa paume. De la poudre de voyage.

— Ça fait planer ? s'enquit Barry.

Ermine lui décocha un regard meurtrier.

— Ferme-la, cervelle de moineau. C'est une manière de se déplacer à longue distance sans avoir à se « brouillardiser ».

S'évaporer et se désévaporer (vulgairement appelé « brouillardiser ») était le moyen de transport que préféraient les sorciers et les sorcières pour se rendre d'un endroit à un autre, chevauchant ainsi la brise telles des brumes humides – il fallait d'abord qu'ils obtiennent leur permis, bien sûr. Lon avait depuis longtemps seize ans, mais son cerveau canin rendait le Département d'Évaporation Accompagné nerveux. Barry trouvait cela affreusement injuste ; tout ce que Lon risquait de faire, c'était de chasser des voitures. Mais s'évaporer sans permis était passible d'une grosse amende, donc pas question de « brouillardisation ».

— Voilà comment ça marche : tu te mets un peu de cette poudre dans le nez, et… tu sais que, quand tu éternues, ce qui est expulsé de ton nez va à un bazilliard de kilomètres heure ?

— Ouais.

— Eh ben c'est pareil avec la poudre de voyage, sauf que c'est *toi* qui es expulsé !

— Cool ! s'exclama Lon en se précipitant vers le petit étui en argent.

Ermine s'interposa.

— Attend un peu, Lon. D'abord, tu dois retirer tes chaussettes.

— Hein ? fit Barry.

— Fais-le, c'est tout. (Lon attrapa son col et commença à tirer dessus.) Non, Lon. Pas ta chemise, tes chaussettes.

Barry et Lon s'assirent sur le sol et se mirent à défaire leurs lacets (Lon avait du Velcro) afin d'enlever leurs chaussettes. Ermine se tenait au-dessus d'eux, d'un air suffisant. Barry avait oublié à quel point il détestait lorsqu'elle jouait au petit chef.

— Donnez-les-moi. Argh ! Barry, est-ce que le mot « lessive » veut dire quelque chose pour toi ? Elles tiennent presque toutes seules. Bon, mettez-vous côte à côte. Lon, tends ton bras gauche, Barry ton droit. (Elle prit une chaussette et attacha leurs poignets ensemble.) À présent, vos pieds. (Une fois qu'ils furent attachés, elle se glissa à côté de Lon et s'attacha à son bras libre et à son pied.) C'est pour pas qu'on s'envole dans des directions différentes. Alors, de quel côté est l'Écosse ?

— Par là, je crois, déclara Barry.

Ils se déplacèrent maladroitement de quatre-vingt-dix degrés vers la gauche.

— Oh, j'ai failli oublier, dit Ermine.

Elle sortit une paire de lunettes de soleil de son sac à main et les enfila. Elles étaient en plastique marron et fumé, comme on voit souvent les vieilles dames en porter. Barry renifla de façon moqueuse.

— Tu peux te moquer de moi, nimrod, répliqua Ermine. Ces MagiSpex me permettront de trouver la maison de J.G. Rollins.

» Tout le monde est prêt ? Prenez-en une poignée. Et souvenez-vous que, dès que nous amorcerons la descente, vous devrez en reprendre un peu. À vos lignes, prêts… *sniffez !*

Lon fut le premier à éternuer. Il fut éjecté aussitôt

dans les airs, entraînant les autres avec lui dans le ciel. Barry eut l'impression qu'on lui déboîtait le bras. Puis, il éternua à son tour et constata que tirer les autres était plus agréable que de se faire tirer. Le fond de l'air était frais, mais au moins il ne pleuvait pas.

Après quelques éternuements ils furent assez haut, et purent ainsi observer une panoplie d'infractions et d'insalubrités. L'école était dans un quartier miteux. Trois enfants mettaient le feu à un sofa abandonné. Un voleur s'arrêta de fracturer une bagnole pour les regarder bêtement. Une femme au foyer les photographia depuis la porte de derrière de chez elle. Barry lui fit une grimace par pure méchanceté, et elle referma vivement la porte. Finalement, la prise d'Ermine fit son effet, et les silhouettes s'effacèrent.

Le trio progressa bientôt en rythme : Barry et Lon éternuant fortement pour donner de la puissance, Ermine de manière plus fréquente, presque délicatement, les orientant de-ci de-là quand nécessaire, par légers à-coups, comme les rétrofusées d'une navette spatiale.

Lon fut le premier à les voir : au loin, deux dragons, des haleinedhoublons irlandais, qui s'amusaient avec un avion de ligne. Les dragons battaient des ailes de chaque côté de l'avion rempli de Glandus, qui oscillaient à n'en pas douter entre leur incrédulité légendaire et tacher leurs culottes de trouille. Les dragons crachaient du feu sur le fuselage, essayant chacun leur tour de voir jusqu'où ils pourraient faire chauffer l'avion sans faire exploser le carburant.

Le trio les regarda jouer plusieurs minutes. L'avion tentait désespérément de leur échapper, et les dragons, eux, continuaient de se marrer, maintenant leur position sans beaucoup d'efforts. Jusqu'au moment où Barry en eut assez et sortit sa baguette magique. Entre deux éternuements, il lança son incantation.

— *Cumulus !* cria-t-il.

Les dragons se transformèrent aussitôt en leur réplique exacte mais en fumée blanche. Ils restèrent interdits un moment et se dissipèrent.

Les trois amis ne devaient plus être loin. Ermine se servit de ses lunettes de vieille dame pour observer à travers les nuages la fabuleuse propriété des Rollins. Finalement, en désignant du doigt un endroit sur la Terre, elle s'exclama : « Oui ! »

Lon était sur le point d'éternuer mais Barry réussit juste à temps à lui mettre sa main libre sous le nez. L'espace d'une terrible seconde, il se demanda si bloquer l'éternuement ne risquait pas de faire exploser le crâne de Lon. Non. Mais un double jet d'air sortit des trous de sa tête, faisant tournoyer les rabats de son chapeau si vite qu'ils en devinrent flous. Tout en riant, ils descendirent lentement, comme des feuilles, laissant progressivement derrière eux l'odeur musquée des chaussettes de Barry.

Ermine et Barry furent les premiers à se détacher.

— Que penses-tu de la poudre de voyage ? s'enquit Ermine.

— C'est mieux que le métro, répondit Barry. Mais ça fait un peu mal aux sinus…

Il se toucha le visage. Il était brûlant et commençait à lui faire un mal de chien.

— J'ai l'impression qu'on me les a passés au papier de verre.

— En tout cas, ça nous a évité d'avoir à escalader la grille, fit remarquer Ermine en désignant l'énorme portail en fer forgé.

De leur côté se trouvait une plage sablonneuse de vingt-cinq mètres de long, entourée d'une eau incroyablement bleue. De l'autre côté de la grille, c'était l'Écosse, avec toute sa verdure humide et marécageuse.

Quelque chose de blanc au pied de la grille attira l'œil d'Ermine.

— Regarde, un lapin ! cria-t-elle. (Manifestement, la présence d'une plage des Caraïbes en plein milieu de l'Écosse la laissait perplexe, ainsi, sans aucun doute, que la majorité des autochtones.) Il est coincé.

— Je vais le sauver. Ouaf, ouaf ! fit Lon en se mettant à bondir dans tous les sens.

Les deux autres lui emboîtèrent le pas.

Le lapin s'était coincé entre deux poteaux (des bâtons qui crachaient du feu, remarqua Barry). Lon les agrippa à hauteur d'épaule et testa leur résistance ; c'était une sensation étrange – du côté plage, le métal était diablement chaud, mais du côté marais c'était glacial. Il tira de toutes ses forces, mais les poteaux ne bougèrent pas.

— Il va me falloir utiliser ça, constata Lon en sortant sa baguette magique.

Elle était recouverte d'autocollants du *Manège enchanté* et de *Mimi Cracra*.

— Je ne crois pas que ce soit une bonne idée, répliqua Barry. (Le chemin de destruction que Lon s'était taillé au cours des ans était considérable.) Peut-être que tu devrais...

Lon ne lui prêta pas attention et s'agenouilla. Le lapin vibrait de terreur ; ses yeux rouges roulaient dans tous les sens.

— Gentil lapin, je vais t'aider à sortir de là. Gentil lapAAAAAAAAARG ! (L'animal terrifié venait de mordre le doigt de Lon.) Arrrgh ! hurla Lon avant de s'enfoncer son doigt dans la bouche. Espèce de face de pet !

Il pointa sa baguette sur le lapin. Un rayon rouge jaillit de l'extrémité, réduisant l'herbivore en pâté. Puis, réalisant ce qu'il venait de faire, Lon éclata en sanglots.

Ermine essaya de le consoler.

— Allons, allons, Lon. Ne pleure pas.

— Allez, venez, tous les deux, fit Barry impatiemment. Il fait chaud ici.

— Oué, renifla Lon avec des grosses larmes le long de ses joues. Est-ce que je peux enlever mon chapeau ?

— Non... attends. (Ermine plongea dans son sac à main et en ressortit un bonnet de bain en plastique.) Tiens, mets ça, si tu veux bien. Je devais faire aérobic aquatique cet aprèm, avant que vous ne m'escamotiez...

— Merci, lui dit Lon.

Barry n'était pas sûr que ce soit la réponse appropriée, vu que le bonnet en latex blanc fripé était encore plus ridicule que le chapeau qu'il remplaçait.

— Hé, Erm, mais qu'est-ce que c'est que cet endroit ? J'ai pas l'impression d'être en Écosse.

— Eh ben, en fait, lorsque J.G. s'en est mis plein les fouilles, elle a payé une société de magiciens paysagistes pour qu'ils lui concoctent un petit repaire genre Caraïbes. En échange, elle devait les mentionner assez régulièrement dans ses romans. Aujourd'hui, ils se font une fortune en packageant des minidomaines Rollins pour les fans. (Ermine se leva et brossa le sable qu'elle avait en bas du dos.) Ils en ont vendu tellement, en fait, qu'ils sont responsables en grande partie du réchauffement de la planète. Ça a fait la une de tous les journaux.

— Les journaux racontent n'importe quoi, affirma Barry. Ils vous disent ce que les multinationales *veulent* que vous croyiez.

Ermine balaya la phrase d'un claquement de lèvres.

— Tu répètes ça depuis que tu as quinze ans, et à l'époque tu n'étais qu'un poseur avec deux sous de jugeote.

Barry était en train de réfléchir à une répartie cinglante qui clouerait le bec une bonne fois pour toutes à Ermine, lorsqu'il aperçut soudain un groupe d'humains plus loin sur la plage.

— Allons demander à ces types où se trouve le château de Rollins, proposa Barry.

— Bonne idée, acquiesça Ermine.

Comme ils se rapprochaient, l'identité du groupe devint évidente : c'était une chaîne de forçats de Mangeurs de Terre. Les serviteurs incarcérés de Lord Valdemarne étaient surveillés par un flic-mago ventru en verres miroir, qui crachait du tabac et les insultait, retenant de toutes ses forces un chien à seize têtes.

— Z'avez intérêt à tout bouffer, ouais, sinon Fifi ici présent pourrait bien m'échapper des mains, ouais, disait le garde magicien. Vous n'y tenez pas, je pense, ouais ?

— Mnfhth, répondirent en chœur les Mangeurs de Terre.

Ils étaient tous occupés à mâchouiller des rochers et à en cracher le résultat finement moulu sur la plage. Le Ministère des Corrections Magiques venait d'empocher un juteux contrat afin d'agrandir la plage de J.G.

— Excusez-moi, monsieur l'agent, fit Ermine à voix haute. Pourriez-vous nous indiquer la maison des Rollins ?

Plusieurs têtes de chien tournèrent la tête – celles qui n'étaient pas en train de mordiller les oreilles d'une autre ou d'essayer de renifler les fesses de Lon. Lon les imita.

L'un des prisonniers reconnut Barry et se jeta sur lui.

— Monsieur Trotter, vous devez m'aider ! Je me suis fait piéger !

Son haleine sentait la poussière, et à chaque mot qu'il prononçait, des gravillons atterrissaient sur le visage de Barry.

D'un coup de main sec, le flic tira l'infortuné magicien en arrière.

— R'tourne donc mâchouiller, l'ami, fit-il avec un fort accent texan. C'est par là, mademoiselle, ouais, répondit le flic à Ermine en lui faisant un geste bizarre. J'vous d'manderais bien c'que vous faites là, sûr, mais vu qu'y a le grand Barry Trotter en personne, ouais…

Le flic ayant en fait jeté un sort, un grand bâtiment de tuiles et de stuc apparut soudain dans le lointain.

— Merci, monsieur l'agent, lui dit Ermine.

Et les trois compagnons s'en allèrent en direction du bâtiment, Lon gambadant joyeusement en tête.

Barry profita de cette petite marche pour faire la conversation.

— Alors, ça te plaît de faire la classe à des nuls ?

Ermine renifla.

— Le terme correct est « marginalement magiques ». (Barry estima qu'il en avait déjà assez entendu sur le sujet, malheureusement Ermine continua.) Des Glandus marginalement magiques jouent un rôle vital dans notre économie, particulièrement dans les secteurs d'industries en expansion. Saint-Hilaire leur permet d'apprendre le minimum pour qu'ils aient des boulots corrects. Il y a vingt ans, ils n'auraient pu gagner un peu d'argent qu'en devenant maquilleurs ou prestidigitateurs lors de goûters d'enfants. Aujourd'hui, ils peuvent vivre dignement.

Écouter Ermine était un peu comme regarder le câble, et pas forcément une chaîne intéressante.

— Merci, mère Teresa. Regarde, Lon, on est presque arrivés à la porte ; le premier arrivé a gagné !

Un kilo de sable dans chaque chaussure plus tard, Barry et Ermine rejoignirent Lon devant une maison de taille raisonnable, faite de stuc et de toit en chaume.

— Ça m'a pas l'air très friqué tout ça, observa Barry. Je croyais qu'elle était pleine aux as.

— Est-ce que je peux frapper à la porte ? s'enquit Lon tout excité.

— Sers-toi du heurtoir, fit Ermine.

Il y avait un heurtoir en forme de poing en bronze qui pendait à la porte. Dès que Lon y toucha, la porte carillonna.

— Oh, c'est magique ! s'exclama Ermine.

— Oh, c'est débile ! s'exclama Barry.

Au bout d'un petit instant, la porte s'ouvrit et un homme de grande taille dans un costume trois-pièces vint se planter devant eux.

— Puis-je vous aider ? entonna-t-il de façon pompeuse en soulevant ses gros sourcils noirs et broussailleux.

Barry remarqua qu'il avait des taches brunes sur le front et se mit à les compter.

— Nous venons voir Madame Rollins. Est-elle là ? demanda Ermine.

— Vous aviez rendez-vous ? demanda le majordome.

Ses sourcils évoquaient pour Barry des chenilles processionnaires.

— Euh, non. (La porte se referma légèrement.) Mais il est très important que nous puissions lui parler. (La porte se referma plus vite.) Nous sommes des fans de ses romans et… (La porte était presque refermée et Ermine était aux abois.) C'est Barry Trotter ! bafouilla-t-elle en hurlant et en poussant Barry devant elle.

Ce dernier heurta la porte de plein fouet.

— Waïe-Ya ! C'était ma tête !

La porte s'ouvrit immédiatement.

— Mille excuses. Veuillez vous donner la peine d'entrer ; je vais vous conduire au salon.

— Merci, répondit Ermine, légèrement énervée par la façon dont le nom de Barry avait permis d'obtenir des résultats immédiats. Elle commença par retirer ses chaussures.

— Attendez un moment ; ce serait bien qu'on ne mette pas du sable partout.

Le majordome agita la main.

— Ne vous inquiétez pas – il est magique. Il fondra tout seul.

Vingt-deux taches, pensa Barry. *J'espère que je mourrai avant de devenir aussi laid. Je rêve ou ses sourcils ont bougé ?! Mais ce sont vraiment des chenilles !!!*

Ils furent conduits dans une pièce qui ressemblait au hall d'entrée d'un château ancestral. Ermine s'arrêta un instant sur le seuil, pour regarder le modeste stuc qui formait l'extérieur, et l'immensément plus grande structure, genre vieux manoir, disons, heu... ancestral, qui composait l'intérieur.

— Amène-toi, lui murmura Barry. On dirait que tu n'as jamais vu de magie de ta vie.

Dans ce genre de situation, le côté glandu d'Ermine prenait toujours le dessus.

Ils suivirent le majordome dans un long couloir. Il retira les chenilles qu'il avait sur le front et les rangea dans la poche de son veston. Partout, il y avait de l'ébène, de superbes tapisseries, de vieilles peintures inquiétantes avec des personnages spectraux.

C'est à ça que Coudbar pourrait ressembler, pensa

Barry, *s'il n'y avait pas sans cesse ces flopées d'étudiants qui, comme un peu partout, détruisent tout sur leur passage.*

Le majordome ouvrit la porte de ce qui semblait être la Grand-Salle ; des étendards pendaient des murs, arborant les insignes de la famille Rollins : un lion et une licorne en train de ramper sur un tas d'or, avec un tournevis et la boule de billard n° 8 qui encadrait la devise : « *Semper ubi su ubi.* »

— Veuillez attendre ici, dit le majordome. Je vais voir si monsieur peut vous recevoir.

Monsieur ?

— Merci, fit Ermine avant de faire une légère révérence.

Barry lui donna un coup d'épaule. Le majordome, lui, ne dit rien, et s'en alla.

— Espèce d'âne ! siffla Barry à Ermine. C'est rien que le majordome.

Lon s'était aventuré jusqu'à l'autre bout de la pièce, où se trouvait une énorme cheminée. Barry et Ermine allèrent à la découverte de l'endroit et s'étendirent sur des sofas en cuir.

Un feu vert et bleu brûlait joyeusement, mais sans chaleur, dans l'âtre.

Les couleurs de Frèrepétar ? pensa Barry.

Il vit un petit cadran sur le bord du foyer, avec des inscriptions comme « frais », « chaud », « très chaud », « enfer » et « vous plaisantez. » Le cadran était réglé sur « frais » ; il le fit passer sur « très chaud ». Une énorme bouffée de chaleur jaillit de la cheminée.

— Hey ! s'exclama Lon, en levant le nez d'un globe de neige qu'il avait trouvé. Tu vas me faire transpirer dans le chapeau d'Ermine !

— Beurk ! s'exclama Ermine. Baisse le chauffage, Barry.

Un sourire machiavélique aux lèvres, Barry allait tourner le cadran sur « enfer » lorsque son interrobang se mit à le lancer douloureusement. Il leva les yeux et vit que là, à l'autre bout de la pièce, se tenait une silhouette bien trop familière. Le casque avec la pointe scintillante ; la moustache incroyablement broussailleuse ; la poitrine recouverte de fausses médailles ; les yeux porcins brillants comprimés comme deux grains de raisin noir entre cinq kilos de lard…

— Comme on ze retroufe, Trotter. Tu fas mourir.

Chapitre Six

À la Dali, des lots !

Le trio entra aussitôt en action. Ermine se mit dans sa position caractéristique de combat, ce qui lui donnait un air de maître Shaolin pris de crampes menstruelles. Elle s'empoigna l'estomac et grommela furieusement un sort en postillonnant un peu partout. Ce dernier prit forme peu à peu et s'envola en direction de Lord Valdemarne, le cueillant à l'estomac.

— Pfouu ! expulsa le Seigneur du côté obscur de la Farce.

Lon jeta son globe de neige sans regarder et sauta se cacher derrière le sofa. Le globe manqua Valdemarne de beaucoup, mais donna quand même le temps à Barry de prendre sa baguette. Accrochée à l'entrecuisse, elle était toute pleine de sueur et dégoûtante ; malheureusement, ce n'était pas le moment de l'essuyer.

— *Aveda Neutrogena* ! hurla Barry.

En un instant, l'infâme sort de mort par hydratation gicla en avant telle une boule visqueuse de feu vert.

Lord Valdemarne poussa un hurlement, d'une voix un peu plus aiguë que dans les souvenirs de Barry. Le Seigneur du côté obscur de la Farce se planqua derrière la porte. La boule de feu la percuta dans un bruit de succion lourd et humide, la transformant aussitôt en une sorte de magma répugnant qui puait l'aloès.

Comme le magma tombait sur le sol, le trio découvrit une vision impossible : le grand Lord Valdemarne à genoux, les mains jointes devant lui, implorant pitié.

— Pax romana ! Grâce ! Arrêtez, par pitié ! Je plaisantais !

Hein ? Mais y peut pas se rendre, pensa Barry – *il y a encore plein de livres à écrire.*

L'idole binoclarde du monde magique s'approcha prudemment de son Arch-Némésis, la baguette dressée. Ermine lui emboîta le pas, toujours à moitié accroupie, prête à faire une incantation si besoin. Lon jeta un coup d'œil par-dessus le sofa.

— Hé, Seigneur du côté obscur de la Farce, dit Barry, tu fais moins le malin quand t'as plus tes bouffeurs de boue avec toi, hein ?

— Ouais, fit Ermine pour en rajouter une couche. J'parie que tu vas t'arracher les testicules pour nous les lancer dessus !

Parfois, la grande intelligence d'Ermine venait interférer avec son sens de l'humour.

Alors qu'ils se rapprochaient, ils réalisèrent que la peau cadavérique de Valdemarne semblait s'étaler et qu'il y avait comme une touffe de cheveux blonds qui dépassait du casque à pointe.

Barry l'empoigna.

— Valdemarne, cela fait des années que je voulais te dire ça : c'est certainement le postiche le plus hideux que j'aie jamais vu.

Notre héros tira dessus, mais en vain.

— Aïe ! AÏE ! Arrêtez de me maltraiter. (Valdemarne essaya d'attraper le poignet de Barry pour l'empêcher de tirer.) Je ne suis pas vraiment Valdemarne...

— Comment ? déclara Ermine.

— Je fais ça pour effrayer les fans, c'est tout ! Vous n'imaginez pas combien ils sont à venir ici pour...

— Oh, si, je crois que je sais, répondit avec lassitude Barry tout en relâchant sa prise. (Si seulement il avait gagné un euro pour chaque faux Valdemarne qu'il avait cogné...) Qui êtes-vous ?

L'homme se releva tant bien que mal. Il arracha sa fausse moustache et la jeta dans son heaume retourné.

— Attendez une seconde, fit Ermine qui avait quitté sa posture de combat. Il faut que je vous retire le sort de constipation que je vous ai jeté. Alors, voyons, quel est le remède contre un Blocage de Boyaux ?

Maintenant qu'il était debout, l'homme avait regagné un peu de sa dignité. Il brossa la poussière qu'il avait sur ses habits.

— Je me nomme Trevor Nunnally. Je suis le compagnon d'intérieur de Madame Rollins. Enchanté de vous connaître. (Tout le monde serra la main qui leur était offerte.) Normalement j'aurais lâché les chiens, mais si vous êtes vraiment le grand Barry... (Ce dernier agita sa baguette de façon menaçante et Nunnally fit marche arrière.) ... ce qui est manifestement le cas, aucun doute là-dessus, ha ha, vous resterez bien pour dîner. Non ?

Après l'accueil qu'ils venaient de recevoir, Barry avait plutôt envie de dire non.

— Si, répondit Ermine. Avec plaisir.

Avant de rengainer sa baguette, Barry se lécha le

doigt pour la frotter. Pas de chance : les runes ZOSO de Led Zeppelin qu'il avait dessinées à quatorze ans à l'aide d'un Stabilo ne partaient toujours pas. Qu'est-ce qu'il était bête à cette époque ! Comme Trevor regardait les runes, il rangea sa baguette en vitesse.

— J'ai faim ! déclara Lon.

— Très bien. Nous allons rester.

— Formidable. Je vais prévenir le cuisinier, répliqua Nunnally.

Il sortit une petite clochette en argent de sa poche et l'agita. Presque instantanément, une créature familière fit irruption dans la pièce. Elle était petite, basanée, peut-être espagnole, avec des yeux protubérants et une moustache incroyablement pointue.

— Vous avez sonné, Maîtrrr – Barrrrrrrrrrry ! C'est le grande Barrry Trrrrotter ! (Dali, l'elfe de maison sauta dans les bras de Barry, tout en roulant les *r* en fin de mot.) J'êtrrre content de vous voirrrr !

Il embrassa Barry sur les deux joues, à la manière du vieux continent, ses moustaches se rapprochant dangereusement des narines de Barry.

— Moi aussi, je suis content de te revoir, Dali. Tu me dois encore de l'argent.

— Oh, Maîtrrre Barrry, j'ai toujourrrrs eu l'intention de vous rembourrrser ces *pesetas*. Vous les aurrrez avant *esta noche*. Allez-vous rester ici trrrès longtemps ?

La profusion de *r* latins prononcés – que Barry n'arrivait jamais à imiter, soupçonnant d'ailleurs Dali d'en rajouter pour l'embobiner – rendait les échanges avec Dali interrrrminables.

Nunnally tapota sur l'épaule de Dali.

— Si cela ne dérange pas, j'aimerais parler du repas de ce soir.

Dali se dégagea des bras de Barry et sortit un petit carnet.

— Je êtrrre prrrêt.

— Eh bien, ce soir, Dali, nous allons donner un festin en l'honneur de nos hôtes. Je te laisse régler les détails, comme le menu, par exemple, déclara Nunnally. En tout cas, ne regarde pas à la dépense. Et remonte quelque chose de spécial de la cave.

— Comme c'est charmant, fit Ermine mielleusement.

Barry réalisa aussitôt qu'elle en pinçait pour lui. Cela lui arrivait une ou deux fois par aventure, et ça marchait à tous les coups si le gars était zarb. Barry était plutôt du genre résigné.

— Vous pouvez compter sur moi, Maîtrrre, répondit Dali en rangeant le carnet dans sa poche. Je compte prrréparrrer tout cela de suite.

Il se tortilla la moustache, roula des yeux et décampa.

Nunnally se retourna vers ses invités.

— Voulez-vous bien m'excuser quelques instants ? Il faut que j'enlève ce costume ridicule.

Il avait raison ; il avait du fond de teint partout sur sa tunique cliquetante, sa cape était couverte de poussière depuis qu'il s'était mis à quatre pattes, et mouchetée de lotion mortelle. Barry vit que le satin rouge qui frangeait la cape était tout déchiré.

Nunnally chercha du regard autour de lui.

— Graisseux ? fit-il. (Le majordome au front taché émergea des ombres où il était occupé à caresser ses chenilles.) Conduisez nos invités à la salle à manger. Je vous y rejoindrai sous peu.

Barry, Lon et Ermine suivirent Graisseux à travers un labyrinthe de couloirs et de panneaux de bois jusque dans une salle à manger. Elle était très vaste, et des tentures rouges ornaient les quatre murs. Chacun regorgeait de tableaux à frises dorées, collés les uns aux autres. C'était franchement un peu « too much ».

J'aurais dû demander plus d'argent, pensa Barry.

— C'est un Turner, fit Ermine en désignant un paysage maritime hors de prix.

— Il a fait exprès de le faire flou ? s'enquit Lon.

La pièce était dominée par une longue table couverte d'un lin immaculé, où étaient disposés à intervalles réguliers des chandeliers en or. On aurait pu s'y asseoir à quarante, au moins. Le trio se sentit un peu idiot de n'occuper finalement qu'un bout de table. Barry regarda Lon d'un air moqueur.

— Et si tu allais t'asseoir là-bas, lui fit-il.

— Okay, répondit joyeusement Lon.

Barry allait lui dire qu'il plaisantait, mais se retint au dernier moment.

Juste à ce moment-là, Nunnally réapparut, et alla s'asseoir en bout de table, entre Barry et Ermine.

— Pourquoi est-il allé se mettre tout là-bas ? s'enquit-il en montrant Lon du doigt.

— Il a roulé dans de la crotte de raton laveur, expliqua Barry *sotto vocce.*

Nunnally resta interloqué et ne poussa pas plus avant. Lon leur sourit et leur fit coucou de la main. Puis, il fit faire le tour de son assiette à l'argenterie, en postillonnant un bruit de petite auto.

Comme ils devaient attendre que Dali amène le repas, ils décidèrent d'échanger quelques propos. Nunnally semblait très intéressé par Valdemarne, pour « améliorer son imitation », disait-il.

— Mais pourquoi voulez-vous l'imiter ? lui demanda Ermine.

— Disons qu'il joue un rôle dans ma relation avec J.G., répondit Nunnally en piquant un petit fard. Mais vous, vous avez vraiment *vu* Celui-Qui-Pue ?

— Qui, Lon ? rétorqua Barry. Oh, Valdemarne. Ouais.

— Alors… qu'est-ce qu'il pue ?

Barry essaya un instant de conjurer l'odeur du Mal Ultime dans ses narines.

— Je crois que le plus proche, ce serait de la colle industrielle. Il essaie de dissimuler ça avec de l'eau de Cologne, mais le seul résultat, c'est que ça devient de la colle industrielle parfumée. (Barry se tourna vers Ermine.) Comment s'appelle ce truc qu'on trouve dans les grandes surfaces ?

— *Barbouze* de chez Fior, répondit Ermine le regard rivé sur Nunnally. Un produit renversant.

— Vous plaisantez ? Un homme aussi riche et puissant se mettrait du *Barbouze* en guise de parfum ?

— Eh bien, Lord V. est un peu… particulier.

— J'ai faim ! leur hurla Lon.

Leur hôte mit la main dans sa poche et en sortit une petite boîte qu'il lança à Lon. Celui-ci l'attrapa.

— Des raisins ! s'exclama Lon. La vache, si le reste du repas est aussi bon que ça, eh ben il va être superbon !

— Vous disiez ?

— J'ai oublié…

— Tu disais à Trevor que Celui-Qui-Pue est un taré, déclara Ermine.

Trevor, hein ? Ermine respecte son timing habituel, pensa Barry.

Nunnally devint d'un seul coup très sérieux.

— D'après vous, Barry, qu'est-ce qui fait que Celui-Qui-Pue soit si mauvais ?

— Personne ne sait vraiment, répondit Barry. Mais

on se moquait tout le temps de lui à Coudbar. La rumeur veut… (Il se tourna vers Ermine.) Est-ce que je dois lui parler de la rumeur ?

— Mais oui, je vous en prie, fit Nunnally.

Ermine avait l'air contrarié.

— Si tu veux, fit-elle.

Un sourire maléfique illumina le visage de Barry.

— Eh bien, d'aucuns disent que le grand Lord Valdemarne a été victime d'une circoncision bâclée.

— Non !

Nunnally avait l'air vraiment choqué.

— Ouais ! C'est pas géant, ça ?

Tout le monde ricana.

— De quoi vous parlez, les gars ? hurla Lon.

— Le chirurgien était bourré, expliqua Ermine en pouffant.

— Un gars qui était à Coudbar en même temps que lui m'a dit qu'il avait en bas toutes les couleurs de l'arc-en-ciel, dit Barry en rigolant.

— Attendez que j'mette ça sur mon site web ! fit Nunnally entre deux gloussements.

— J'ai encore faim ! cria Lon d'un ton colérique.

Il portait sa serviette autour du cou comme un bavoir et tapait la table avec ses couverts. Ses amis de Coudbar connaissaient bien cette humeur.

— Je vois que l'impossible M. Bébé est de retour, commenta Ermine.

C'est alors que Dali apparut, suivi d'une troupe d'elfes de maison qui portaient des plateaux en argent.

— YOUPI ! cria Lon depuis l'autre bout de la table.

— Madame z-et monsieur, je vous prrrrésente, mon derrrrnier chef-d'œuvrrrre !

Dali fit un signe et les elfes soulevèrent les couvercles

des plats. Les humains affamés découvrirent des plateaux couverts de fil de fer tordus, d'horloges, de cacahouètes en polystyrène expansé ; une soupière de peinture, et – manifestement la pièce de résistance – une assiette en argent remplie de plâtre de Paris, liquide. La bouche de Barry s'affaissa.

C'est ça *le repas ?*

— Incroyable, mais vrai ! s'enthousiasma Nunnally, confondant la détresse de Barry pour de l'admiration. Merci, Dali, tu t'es vraiment surpassé ce soir.

— Merrrci, Maîtrrrre, répondit Dali en s'inclinant.

Un elfe de maison fit entrer dans la pièce un mammouth de gélatine rouge, en faisant claquer un fouet et en hurlant des jurons. La gélatine, qui avait des globes oculaires et autres nécessités biologiques coincées à l'intérieur du corps, avança en traînant la patte ; à chaque coup de fouet, son corps gigantesque était agité de frissons ondulés.

— Mais au nom du ciel, pourquoi as-tu ramené ceci ici ? s'enquit Nunnally.

— Eh bien, vous vouliez que je fasse remonter quelque chose de spécial de la cave, expliqua Dali. Le plus naturellement du monde, j'ai pensé que vous parrrliez de Clarrrence.

— Mais non, je voulais dire du vin ! Clarence est dans la famille Rollins depuis des générations, expliqua Nunnally au reste de la tablée. Il ne serait pas convenable de le manger.

— Je m'excuse. Je vais le ramener dans ses quarrrtiers. Bon appétit.

Et Dali quitta la pièce.

— Dali est le cuisinier surréaliste le plus en vogue du Royaume-Uni, et peut-être même au monde, fit Nunnally radieux. Il n'y en a pas beaucoup des comme lui. Mais allez-y, à la bonne franquette, servez-vous.

— Comment on fait ? demanda Barry alors qu'Ermine remplissait consciencieusement son assiette de bric-à-brac flottant.

— Hé, faites tourner ! dit Lon.

— D'accord, mais tu ne vas pas aimer, lui répondit Ermine en prenant l'assiette de plâtre pour lui amener. Houlàlà, c'est lourd.

— Ce que j'aime particulièrement faire avec les créations de Dali, c'est les disposer sur mon assiette. Certains motifs que j'obtiens ainsi sont plaisants à regarder ; d'autres provocateurs ; d'autres encore, étranges et tristes à la fois. En attendant, dit-il en prenant plusieurs boîtes de raisins dans sa poche, je trouve ceci assez nourrissant.

Barry prit une boîte de mauvaise grâce.

— Merci.

Sentant apparemment qu'un lien venait de s'établir entre eux, la mine de Nunnally se fit sérieuse.

— Barry, je dois être honnête : je pense que les livres sont un ramassis d'âneries, mais ils ont leur utilité. Tout d'abord, ils rendent la vie plus facile aux Glandus qui sont magiques mais qui ne le savent pas encore.

— Comment ça ? s'enquit Ermine, souriant le plus tendrement possible.

Barry avait la nausée.

— Disons que vous avez onze ans et que vous découvrez que vous êtes magique – si vous avez lu la série, il y a des chances pour que vous ne paniquiez pas. Oh, bien sûr, vous risquez d'être déçue en découvrant que la vie des sorciers n'est pas aussi drôle et sexy que celle décrite dans les livres de J.G., mais c'est un moindre mal.

» Je me souviens du jour où j'ai réalisé que j'étais un sorcier, avoua Nunnally. J'ai entendu mon gecko se parler à lui-même : « Je vais me lécher l'œil. Ça y est, j'ai réussi à me lécher l'œil. »

— Vous êtes un jacklang ? lui demanda Barry.

— Oui. J'ai bien cru que j'allais devenir dingue. Heureusement, j'habitais à côté de chez une vieille folle qui m'a pris sous son aile, Mme Robinson. (Nunnally eut un air nostalgique.) Elle m'a initié à la vie magique. (Le visage d'Ermine s'effondra ; Nunnally ne s'en aperçut pas.) Toujours est-il que lorsque j'étais enfant, j'aurais bien voulu que ces bouquins existent. J'aurais pu faire mon *coming out* du placard magique bien plus tôt. Dans le temps, il y avait un nombre hallucinant de Glandus magiques qui devenaient fous. Aujourd'hui ils se contentent de sourire en attendant qu'arrive la lettre de Coudbar. (Nunnally fit un geste ample, un raisin à la main.) Peut-être que si Barry Trotter avait été là à l'époque, Shakespeare serait devenu un riche membre de notre société.

Ermine renifla au-dessus de son assiette de cacahouètes en polystyrène expansé, en en expédiant quelques-unes dans les airs.

— Mais…, fit-elle.

Nunnally ne lui prêta aucune attention, hypnotisé qu'il était par le son de sa propre voix.

— Enfin bon, J.G. commence à en avoir marre de tout ça. Elle t'en a parlé ?

— De quoi ? s'enquit Barry.

Nunnally fit une pause.

— Diantre, que c'est embarrassant. Je pensais qu'elle t'en avait parlé.

— Mais bon sang, tu vas la cracher ta Valda, fit Barry assez irrité.

— J'ai bien peur que ce ne soit le dernier roman Barry Trotter.

— Quoi ? firent-ils tous en chœur.

— Je ne devrais certainement pas te dire ceci, mais J.G. m'a confié un petit secret : tu meurs dans celui-là, Barry.

— Mais pourquoi voudrait-elle… elle ne peut pas…

Barry fut parcouru d'un frisson glacial en imaginant sa notoriété fondre comme neige au soleil.

— Eh bien, tu es un adulte maintenant. Tes aventures ne sont plus vraiment justifiables ; comment risque de s'appeler le prochain ? *Barry Trotter et le Tiers Provisionnel de Septembre* ? Ou alors, elle en a simplement assez – je ne sais pas, là il faudrait que tu lui demandes. En tout cas, je suis sûr qu'elle a l'intention de raccrocher son stylo. (Il regarda Barry avec une expression amusée, qui indiquait clairement qu'il ne partageait pas la consternation générale qui accablait la table.) Ne t'inquiète pas, Barry, tu vas mourir, mais tu ne sentiras rien. (Nunnally repoussa son assiette.) Bon. C'était bien bon, n'est-ce pas ? (Il regarda sa montre.) Il commence à se faire tard. Avez-vous tous besoin de continuer votre route maintenant ? Où vous rendiez-vous, de toute façon ? (Il éclata de rire ; peut-être à cause du manque de scénar qu'il y a dans ce livre ?) Je viens de me rendre compte que je ne sais absolument pas pourquoi vous êtes ici.

Affamé et fatigué, Barry répondit d'un ton courroucé.

— Nous cherchons J.G.

— Nous voulons la kidna…, fit Lon.

— … lui parler, intervint Ermine pour rattraper le coup. Nous voulons la convaincre de faire arrêter le film *Barry Trotter.*

— Oh, mais J.G. n'a rien à voir avec le film. Si j'étais vous, je parlerais à Cannulard, l'éditeur new-yorkais : ce sont eux qui détiennent les droits. Mais pourquoi voudriez-vous *arrêter* le film ? J'aurais cru que ce serait un rêve devenant réalité pour vous.

— C'est plutôt compliqué, expliqua Ermine. Disons simplement que si le film sort, Barry devra grandir et se trouver un travail.

Nunnally pouffa.

— Ouh, ça doit faire mal. La vie est trop courte pour devoir travailler. J'ai moi-même eu beaucoup de chance – grâce à la générosité de J.G. – de pouvoir consacrer ces dernières années de ma vie à quelque chose qui, je crois, changera la face du monde. (Le visage de Nunnally s'éclaira.) Est-ce que je peux vous montrer ? Est-ce que vous voulez voir ?

— Oh oui, s'il vous plaît, s'extasia Ermine.

Barry trouva amusant que le dîner surréaliste et indigeste n'ait pas mis un terme à son éternelle quête libidineuse.

— Alors suivez-moi.

Nunnally se leva et sortit presque au trot de la pièce. Barry, Ermine et Lon lui emboîtèrent le pas.

Ils atteignirent une porte. Nunnally se planta devant et s'adressa à eux sur un ton des plus sérieux.

— Si je vous montre ce qu'il y a derrière cette porte, promettez-moi de ne pas me voler mon idée. D'habitude je fais signer quelque chose, mais dans votre cas je sais pouvoir vous faire confiance.

Nunnally ouvrit la porte et alluma la lumière. Vingt installations fluorescentes se mirent à vrombir, révélant cent-quarante-quatre pistes en bois toutes légèrement défoncées au bout, et penchant progressivement vers le sol.

— Et voilà ! fit fièrement Nunnally.

— Voilà quoi ? demanda Barry.

— Oh, pas grand-chose. Seulement la solution pour mettre fin à tous les conflits dans le monde. (Le trio regarda la chose l'air hébété.) C'est le derby de Pinewood ! Regardez !

Nunnally se déplaça vers un grand coffre, l'ouvrit, et en sortit deux objets avec des roues. Alors qu'il avait le dos tourné, Barry se tourna vers Ermine et fit le signe du maboul à Ermine tout en désignant leur hôte de son autre doigt. Ermine fit une grimace et lui tapa sur l'épaule. Il eut mal.

— Tiens, Barry, tu prends l'île de la Trinité.

C'était une pièce de bois anguleuse, peinte en vert, bleu et jaune, couleurs de cette petite nation des Caraïbes. Il fit tourner la petite roue avant droite.

— Ermine, prends celle-ci – c'est la Grande-Bretagne. C'est celle que je prends, d'habitude.

— Merci, répondit-elle.

— Ermine, Barry : mettez vos voitures côte à côte, en haut de la piste. Lorsque je le dirais, « Go ! », vous les laisserez rouler.

— Je vais te défoncer, Trotter, déclara Ermine à Barry en faisant avancer et reculer de manière agressive sa voiture anguleuse sur la piste.

— Go !

Les deux adversaires lâchèrent leur voiture. Évidemment, Barry perdit : la voiture d'Ermine passa la ligne d'arrivée une seconde avant la sienne, qui semblait avoir des problèmes d'allumage.

— Laissez-moi essayer ! hurla Lon.

Nunnally lui sortit une voiture du coffre.

— N'est-ce pas hilarant ?

— Si si, fit Barry. Mais en quoi est-ce que cela peut sauver le monde ?

Nunnally n'était pas encore fou à lier, mais une paire de menottes s'imposait.

Leur hôte embrassa la pièce d'un geste du bras.

— Dans cette chambre, il y a cent-quarante-quatre pistes ; une par nation souveraine dans le monde. À l'heure actuelle, elles sont toutes représentées au siège de l'ONU à New York, en train d'essayer de résoudre tel ou tel problème. Mais, voyez-vous, la logique et le débat ont leurs défauts également. Les choses ne veulent pas toujours dire ce que vous pensez qu'elles veulent dire, surtout si vous êtes un peu bouché. Cette méthode a l'avantage d'être beaucoup plus juste. Comme je le dis toujours : les voitures ne mentent jamais !

Barry n'était pas franchement convaincu.

— Mais pourquoi des voitures ? demanda-t-il. Pourquoi pas du badminton ?

Nunnally était effaré.

— Mon Dieu, répondit-il, mais ce serait l'Anarchie !

En voyant que Barry n'était pas convaincu, l'homme au long cou produisit un bout de papier écorné et donna une représentation maintes fois répétée devant son miroir.

— « Ce n'est que grâce aux voitures de courses que tous les problèmes du monde pourront être vraiment résolus, lut-il. Seuls les jugements muets de l'aérodynamique et de la gravité – grâce à l'impartialité immaculée de la vitesse – peuvent permettre de franchir la Ligne d'Arrivée de la Vérité Vraie. Car, si l'on y regarde de plus près, la vie n'est pas loin d'être une course en soi. Ce n'est pas une coïncidence si tous les jours nous faisons des *courses* pour nous sustenter. Nous ne sommes que des petites voitures en bois, fendant l'air d'une piste en bois de la taille de l'Infini. »

— Mais…

— Allez-y, traitez-moi de raciste. Cela ne veut pas dire pour autant que j'ai *tort.*

Cela ne veut pas dire non plus que tu n'es pas fou à lier, pensa Barry.

Aussi dingue qu'ait l'air son plan, Barry suspectait en fait que Nunnally pouvait bien réussir ; après tout, il avait une grosse tête. L'une des choses que Barry avait apprises à force de côtoyer les riches et les célébrités (pas autant qu'il l'aurait voulu, mais ça arrivait quand même de temps en temps) c'est qu'ils avaient tous des grosses têtes. Une théorie était toujours à l'étude : est-ce que les grosses têtes étaient responsables du succès, ou est-ce qu'elles étaient la conséquence du succès ? Nunnally en était l'exemple parfait ; et puis il avait aussi une grande tignasse. Une grosse tête plus une grande tignasse pour une seule et même personne était une vraie impasse, un peu comme miser sur le seul cheval d'une course qui n'avait pas de sac plastique sur la tête, pensa Barry.

Depuis qu'il leur était apparu déguisé en Valdemarne, son comportement tout au long du dîner, et maintenant au vu de l'imbécillité totale de ce plan, Nunnally passait dans l'esprit de Barry du stade de simple excentrique à cinglé numéro 1, produit d'expériences gouvernementales secrètes.

— Eh bien, puisqu'on parle de New York, nous devrions…

— Refaisons une course, fit Ermine pour changer de sujet. Trevor, je veux vous affronter !

Leurs regards ne manquèrent pas de se croiser, et Barry faillit péter les plombs en voyant ses chances de quitter la planète Débilum approcher du zéro pour ce soir. Il était évident que la libido d'Ermine – cette gigantesque force impersonnelle qui crée et détruit à volonté – allait l'emporter aujourd'hui.

— Bon, ben je crois qu'on va dormir ici, grommela-t-il à Lon qui ne faisait de toute façon pas attention.

Il était à quatre pattes, captivé par ce qu'il faisait.

— Vroum, Vroum ! Huhuhuhuhiiiiin ! BOUM ! fit Lon en percutant Finlande et Mozambique. Aaaaaah, je brûle ! Je suis coincé sous la voiture ! Je meurs carbonisé ! Au secours ! Aaaaah ! AHHH !

Écœuré, Barry décida d'aller trouver Dali pour le coller les pieds aux murs. Avec un peu de chance, de l'argent tomberait de ses poches.

Chapitre Sept
Dans le ventre de la bête

La première pensée éveillée qu'eut Barry le lendemain matin fut (pour paraphraser la Ligue de Défense des Sorciers Juifs) : Plus jamais ça ! Bien que Lon ait la mentalité d'un gamin, il était depuis longtemps un adulte quand il s'agissait de ronfler. La maturité avait peut-être accentué sa tonalité et sa portée, mais il n'avait en tout cas jamais ronflé aussi fort que la veille. Ce fut donc avec une joie toute relative qu'il accueillit l'arrivée sonore d'Ermine dans la salle du petit déjeuner.

— Salut les garçons ! Bien dormi ?

Elle était plus heureuse qu'on avait le droit de l'être avant dix heures et demie du matin.

— Nan, pas fermé l'œil. Et toi ? Oh, non, oublie ce que j'ai dit, j'veux pas savoir.

Rien qu'en repensant au dernier tableau de la soirée, Barry eut un haut-le-cœur : Nunnally, un petit verre de brandy à la main, menant Ermine à l'observatoire afin de contempler la lune carrée que J.G. y avait fait installer.

Après cela, son imagination l'avait heureusement laissé dans le flou le plus total. Dès qu'il mettrait la main sur J.G., il serait trop content de dénoncer les deux tourtereaux.

— Comment cela se fait-il ?

— Parce que Baron Samestress, ici présent, donnait l'impression d'avoir un jeu de cartes bloqué dans les sinus, fit Barry avec irritation.

— J'ai dit que j'étais désolé, Barry, clama joyeusement Lon tout en jouant avec sa voiture de course en bois de pin sur la nappe.

Comme d'habitude, les effets sonores qui accompagnaient ce jeu étaient *con brio e saliva.*

— C'est vraiment dommage, répondit Ermine sans réelle compassion. Est-ce qu'il reste un peu de jus ?

— Pourquoi as-tu les cheveux mouillés ?

— Trevor et moi venons juste de prendre un bain des plus agréables dans l'océan. C'était comme un bain chaud ! (Elle ouvrit une barrette avec ses dents et la passa dans sa longue crinière bouclée.) Nous avons vu un serpent. Il essayait d'attraper ses proies mais n'y arrivait pas.

— Un aspic-rateur, sans doute, fit Barry. (Il se délectait de cette opportunité rare de pouvoir en imposer à Ermine et, par conséquent, il en rajouta une couche.) Sa morsure est mortelle ; il est gavé jusqu'aux yeux de neurotoxines. Elle vous tue en cinq minutes et vous putréfie en sept. Est-ce que Nunnally a été mordu ? s'enquit-il plein d'espoir.

— Très drôle. Est-ce que Dali t'a remboursé ?

— Pas encore, mais merci de t'inquiéter.

La prochaine fois que quelqu'un te demande d'acheter un avion qui part à la casse pour en faire de l'art conceptuel, réponds non, se rappela-t-il.

Ermine posa une serviette sur ses genoux.

— Eh bien, après le dîner d'hier soir, je me dis qu'il

est bien capable de te donner un rat mort et de dire que vous êtes quittes, fit-elle. Ce qui me fait penser : quel coup a-t-il concocté en guise de petit déj ?

Ce fut un étrange brouhaha de l'autre côté de la porte qui répondit à Ermine.

— Place ! Place ! criait Nunnally en portant un plat couvert.

Pourquoi crie-t-il ça, personne ne l'empêche de passer, pensa Barry. *Et puis retire donc ce chapeau ridicule.*

Nunnally s'aperçut aussitôt du regard de Barry.

— Tu aimes ma toque ? Merci. J'ai pensé qu'elle serait appropriée pour ce nouveau chef-d'œuvre (il souleva le couvercle d'un geste théâtral) : des toasts avec de la confiture d'orange et des cornichons.

» La cuisine est remplie de pièces détachées d'automobiles et de papier bulle – nous avons un autre banquet prévu ce soir – j'ai donc dû quémander un petit quelque chose… Eh bien, qu'attendez-vous ? Servez-vous !

Arrête de dire ça, grommela intérieurement Barry.

Les goûts des différents aliments s'entrechoquèrent si violemment dans la bouche de Barry qu'il s'attendit à entendre des cymbales. Il avala quand même. Le goût était affreux, mais au moins, ce n'était pas de l'art.

— Alors ? En route pour New York, je présume ? déclara Nunnally quand ils eurent fini de manger.

— Ouais, répondit Barry. Quel est le chemin le plus rapide ? Y a-t-il un aéroport dans le coin ? Peut-on emprunter le jet privé de Mme Rollins ? demanda-t-il en ne plaisantant qu'à moitié.

Nunnally gloussa.

— Nous n'avons pas de jet, mais je suis sûr que vous avez tous remarqué l'océan dehors. Il est magiquement relié aux Caraïbes. De là, il est facile de passer aux États-Unis.

J.G. trouve cela tellement pratique pour ses voyages d'affaires !

Ermine mit vite son grain de sel.

— Elle prend un bateau ?

— Non, un requin.

La tablée s'exclama.

— Ne me dites pas que vous n'êtes pas au courant que le voyage par requin est devenu l'une des choses les plus sexy du moment ?

Il décocha un sourire à Ermine qui le lui retourna. Barry sentit une nouvelle vague de nausée le submerger, aussi décida-t-il d'intervenir à son tour.

— Et comment voyage-t-on par requin, exactement ?

— Ils sont très gros, dans les 20 mètres au moins – les plus petits n'ont pas la place pour les jambes. Bref, ils ouvrent la gueule en grand et vous rentrez à l'intérieur. Il y a dans leur estomac toutes les installations d'une maison normale, et celui-ci a été lavé à grande eau de la queue aux branchies. On peut y lire, dormir, et tout ce qu'on a envie sans peur d'être digéré. Puis, lorsque vous êtes arrivé à destination, il suffit de les chatouiller et ils vous vomissent. C'est aussi simple que ça.

Barry n'aimait pas le concept et manifestement son visage le reflétait.

— Barry, je suis sûre que Trevor ne suggérerait pas ce moyen s'il n'était pas inoffensif, déclara Ermine. Il vient de te dire que sa fem… compagne l'emploie tout le temps.

— Exactement, pensa Barry.

Dans un effort de rallier Ermine à sa cause, il sortit l'artillerie lourde.

— Ça doit sentir le poisson crevé à l'intérieur.

Mais Nunnally avait également sa DCA personnelle.

— À peine. Ils le lavent entre chaque voyage. Sinon,

personne ne l'utiliserait, même si c'est un moyen extrêmement rapide. Vous serez là-bas en trois heures.

— Allez, Barry, faisons-le, dit Ermine. Ce sera une sacrée aventure.

Barry, sur le point de se noyer, donna un dernier coup de pied vers le bas pour remonter à la surface.

— Lon, qu'en penses-tu ?

— Est-ce que je peux garder cette voiture ? demanda Lon.

Une heure plus tard, après une bonne douche, le trio se tenait sur la plage, regardant leur moyen de transport avec des degrés variables d'appréhension.

— Qui sera le premier à monter à bord du S.S. Boulimie ? plaisanta Barry.

— Allons, Barry, *corragio*, fit Nunnally en s'approchant du requin géant.

De toutes les fibres de son énergie psychique, Barry envoya un message au poisson : « Mange-le ! Mange-le MAINTENANT ! » Mais comme d'habitude, Barry souffrait d'un black-out psychique partiel. Nunnally tapa le requin sur le nez et se retrouva soudain devant un trou béant et ovale, muni de dents vertes. C'était assez grand pour passer et, comme le fit remarquer Nunnally en en touchant une : « les dents sont recouvertes de moufles en kevlar (il en retira une et l'agita pour la montrer au trio) afin qu'il ne blesse personne même s'il le voulait. »

— Remets-la en place !

— Allons, Barry. Ne me dis pas que tu as peur ? (Nunnally venait de l'attaquer en traître.) Même les enfants le font.

Barry eut soudain un coup de folie : il arracha la voiture de course en bois des mains de Lon et la lança dans la gueule ouverte du requin.

— Hé ! cria Lon, mécontent. Pourquoi t'as fait ça ?

Il courut après et monta dans la gueule du requin. Barry et Ermine contemplèrent la scène, attendant que le cauchemar commence. Ermine voulut gronder Barry pour ce mauvais tour, mais à dire vrai, elle était aussi terrorisée que lui.

Lon repassa la tête au dehors.

— Hé les gars ! Il y a une Play-Station à l'intérieur !

Les adieux furent brefs, mais, dans un cas, salivaires. Barry était ravi d'être débarrassé de cet endroit, et plus particulièrement de Nunnally. Après s'être installé, il alla se chercher un soda au bar.

— Je ne boirais pas ça, si j'étais toi, le prévint Ermine. Ce doit être hors de prix.

Barry la regarda et ouvrit la canette en jubilant.

Ermine prit une carte postale qui était sur un présentoir accroché à l'un des murs rosâtres et ondulants. Le requin n'avait pas seulement avalé des cartes postales, mais également des chaises longues, une télé, différentes sortes d'en-cas, un masque pour dormir, de la Nautamine – bref, tout ce dont un voyageur pouvait avoir besoin.

— À qui écris-tu ? s'enquit Barry.

— À Trevor, répondit Ermine. Pour le remercier pour tout.

— Quel idiot, fit Barry sans une once de venin dans la voix.

La chose était tellement évidente qu'il était impossible de se disputer sur ce point.

— Oh, tu es trop dur avec lui, répliqua Ermine en souriant. Il n'est qu'un peu stupide. Si tu le connaissais comme je le connais…

Barry était sur le point de faire une remarque salée,

mais se retint. Leurs quartiers – même si c'était de loin le plus grand estomac où Barry ait mis les pieds – n'étaient pas extensibles. Ermine, comme beaucoup d'animaux à fourrure, avait l'air toute mignonne mais elle pouvait devenir redoutablement dangereuse une fois acculée. Barry but une gorgée de son Morgana-Cola et rota.

— Je peux comprendre pourquoi tu l'aimes. Il ressemble à ce type du groupe que tu aimais bien. Comment s'appelaient-ils ? 5à7 ? Club des 5 ?

— R5, répondit Ermine avec mépris. Je n'étais pas la seule à les aimer. Ils avaient des millions de fans. Mais, comme c'est aussi ton cas, je comprends ce que tu veux dire.

Barry était légèrement offensé.

— En tout cas, moi, j'ai pas eu besoin d'avoir recours à une Magie Maquillage. (Lui et Lon s'étaient amusés comme des fous le jour où le Département de Magie avait découvert le stratagème illégal du groupe.) C'était vraiment une bande de crétins, pas vrai Lon ? fit Barry en rigolant.

Mais il rigolait seul. Comme d'habitude, Lon s'était endormi. Et comme d'habitude, ses quatre membres tressautaient ; durant son sommeil, c'était son cerveau de chien qui prenait le dessus. Barry perçut des aboiements retenus. Il y avait un petit livre sur le torse de Lon. Barry le souleva doucement et le retourna.

— Ne lis pas ça. C'est à Lon. C'est peut-être personnel, déclara Ermine.

Il s'était passé quelque chose entre Ermine et Lon, avant l'accident, et elle était toujours protectrice avec lui. Barry l'ignora et se mit à lire.

« Cher Journel :

Tu croira jamé ce qui m'arriv, mais chuis dans un

RQUIN ! 1 gran, gran. Je suis assis dans son est-ce thomas. C'est trop cule, et ça colle pas autant qu'on pourré croire. Ojourdui, Ermn a vu un aspk (sairpan venymeuh). Comme d'hab, Barry est maichan, il a jeté ma voiture. Pourkwa est-il si maichan ? Cé pas naurmale de traité ses amis comme ça.»

Barry remit le livre en place. Lon avait l'air si mignon quand il dormait, malgré son air dérangeant d'homme-enfant retardé. Le fait que Lon ronfle sans produire son habituelle fanfare nasale l'irritait un peu, car il ne souffrait aucune entaille à sa crédibilité, surtout en présence d'Ermine. Mais cette irritation fut compensée largement par le fait que Barry pouvait enfin dormir. Ce qu'il fit – après avoir pris une aspirine afin de calmer son interrobang, et pris note dans son esprit de ne plus être aussi « maichan » avec Lon. Il ne devait pas s'en prendre à Lon sous prétexte que le copain qu'il avait avant l'accident lui manquait. Ce n'était pas la faute de Lon s'il était un garçon-chien demeuré.

Quelques heures plus tard, Barry ressentit une douleur entre sa troisième et quatrième côte, là où Ermine lui donnait en fait des coups de stylo mâchouillé.

— Réveille-toi. On est presque arrivés.

Barry bâilla et s'étira. Il secoua gentiment Lon. Non seulement il avait – *toujours* – mal à son signe de ponctuation, mais il avait aussi ce sentiment vaseux qu'on ressent lorsqu'on dort la journée après n'avoir pas fermé l'œil de la nuit.

Mais même si Barry avait été pleinement réveillé, il n'aurait pas pu deviner pourquoi sa cicatrice continuait de lui faire mal : attaché au requin, à une quinzaine de centimètres de chair ondulante de sa tête, un rémora loyal au Lord Valdemarne prenait des notes. Ils pouvaient s'attendre à un accueil chaleureux, à New York.

En plus d'être pratique, la capacité des Glandus à ignorer la magie était une blague récurrente dans le monde magique. Cela contribua à la fondation d'un vrai filon d'humour ethnique, du genre : « Combien faut-il de Glandus pour voir passer un tapis volant ? » « Ce n'était pas un tapis, c'était un ballon météo ! » Okay, ce n'est peut-être pas si drôle que ça – mais les rapports entre les deux groupes n'étaient pas non plus très hargneux. Les efforts des cœurs sensibles, comme Ermine, pour mettre fin à de telles histoires (l'une de ses nombreuses croisades à Coudbar) avaient été dans l'ensemble couronnés de succès, mais l'éradication totale semblait impossible.

Toutefois, aussi volontairement ignorant des arts magiques qu'étaient généralement les Glandus, un *Carcharodon Meglodon* de vingt mètres de long immatriculé en Espagne et vomissant trois jeunes rosbifs souriants sur un quai serait suffisant pour que le plus blasé des New-Yorkais aille dépenser dix cents pour acheter le premier tabloïd venu. Il fallait donc que le requin soit discret. Il nagea en direction du West Side, et remonta l'Hudson jusqu'à la jetée de Christopher Street, où les seuls spectateurs étaient des travelos en train de tapiner et qui mettraient cela sur le compte d'abus de cocktails exotiques.

Arrivé à la jetée, en présence des différents habitués de l'underground du sexe, le requin se hissa hors de l'eau et vomit nos héros, qui furent gentiment projetés sur les lattes de bois patinées. Une fois à la raie, ils purent débarquer, le poisson leur sourit, retourna dans l'eau et s'en alla.

— As-tu la moindre idée de l'endroit où nous nous trouvons ? s'enquit Barry.

— Non, répondit Ermine.

— Hé, monsieur, vous voulez que je vous secoue les cloches ? demanda une dame extrêmement trapue et hirsute à Lon, en lui tirant joyeusement sur le chapeau.

Ermine attrapa Lon par le bras.

— Allons-y, Lon.

— Hé, Erm, passe-moi ton téléphone portable, lui dit Barry. Je vais appeler Ferd et Jorge.

Ferd et Jorge Muesly étaient les aînés de plusieurs années de Barry, Ermine et Lon, qui était leur plus jeune frère. À Coudbar, ils avaient été les pires sacripants, et l'école n'avait franchement plus été la même après leur départ rapide et involontaire. Ils avaient été renvoyés – alors qu'il ne restait plus que deux trimestres – après que Céldèlbore eut mangé l'un de leurs bonbons farceurs, et qu'un nouveau pénis (non fonctionnel, Dieu merci) lui ait poussé. Tout le monde avait été d'accord pour dire que cela avait valu le coup. Et, jusque-là, la plus grande invention des deux frères, celle qui avait fait leur renommée, était d'avoir « inventé » les cercles dans les cultures, quelque chose que même les Glandus avaient remarqué.

Le duo s'était alors installé à New York, où ils pensaient que leur génie anarchique serait apprécié à sa juste valeur. Et cela avait été le cas ; l'un bossait pour le ministère de la Santé, et plaçait des enchantements et autres sortilèges dans des cigarettes afin que les mineurs ne se mettent pas à fumer, et l'autre démolissait magiquement des immeubles pour le compte de la ville.

À la différence des pipes de sorcier, les téléphones portables de sorcier n'étaient en rien supérieurs à ceux des Glandus ; il vous fallait souvent être jacklang pour déchiffrer ce que quelqu'un disait à l'autre bout du… sans fil. En entendant (par intermittence) que Barry et compagnie étaient en ville, Ferd et Jorge beuglèrent aussitôt un planning de pagaille qui durerait plusieurs jours. Barry réussit à capter leur adresse et raccrocha. Le trio arrêta un taxi et Barry donna l'adresse au chauffeur.

— Comment allons-nous payer la course ? murmura Ermine. Je n'ai pas eu le temps de jeter un sort à un distributeur automatique !

Le chauffeur de taxi les reconnut immédiatement.

— Vous êtes… vous êtes ce type, là ! Comment qu'y s'appelle déjà ? Harry kekchoze ?

Mais oui ! Quel nom ridicule !

— En fait, c'est Barry, dit Barry.

Et ils payèrent la course en échange d'autographes écrits avec le rouge à lèvres d'Ermine.

— Barry ! Erm ! Lon ! s'exclamèrent Ferd et Jorge en accueillant les voyageurs. Entrez, entrez !

Barry se retrouva dans l'appartement le plus sale que la loi inviolable du Temps et de l'Espace pouvait permettre. Ses narines hurlèrent et se tortillèrent dans tous les sens afin d'empêcher le truc qui émanait du frigo de passer – cela ressemblait à l'une des expériences scientifiques de Ferd pour transmuter quelque chose en bouffe chinoise. Enfin bon, au moins ils étaient entre amis, ce qui était déjà une amélioration, comparé à Nunnally.

En dehors du foutoir, la première chose qu'on remarquait dans leur appartement, c'était la baignoire dans la cuisine – ainsi que les murs, qui avaient été peints en rose Barbie par l'ancien propriétaire. Ermine fit tout de suite remarquer que cela ressemblait à l'estomac d'un requin.

— Hein ? Peu importe. C'est cool de vous voir, dit Ferd. Vous voulez une bière ? Lon, j'vais te verser un soda dans une gamelle.

— Et si nous allions dans l'escalier de secours ? proposa Jorge. Ça sent meilleur dehors.

Ils le sentent aussi. C'est déjà ça, pensa Barry.

Tout en rigolant et après avoir déversé un peu de mazout sur le shih-tsu galeux qui leur aboyait dessus depuis le jardin d'en dessous, les cinq vieux camarades rattrapèrent le temps perdu.

— Comment vont votre papa et votre maman ? s'enquit Ermine.

— Comme d'hab, répondit Ferd. Bons et normaux à l'extérieur, pervertis et dysfonctionnels à l'intérieur.

— Un peu comme tout le monde, non ?

— Ce vieil immeuble est superchouette, déclara Barry. Quel dommage qu'on le laisse se détériorer.

— On est en partie responsable, avoua Ferd.

Et en guise de salut, il leva sa bière face au groupe avant d'en boire une grande rasade.

— Comment s'appelle ce bâtiment, déjà ? demanda Ermine. Il est plutôt célèbre, non ?

— L'Oneida, répondit Jorge. Ouais, énormément de stars ont vécu ici dans le temps. Avant que tout cela soit transformé en petits appartements. James Dean, Carmen Miranda. Beaucoup d'acteurs. John Wilkes Booth.

— L'endroit est hanté, leur confia Ferd sur le ton de la conversation. J'ai vu le fantôme.

— Pour de vrai ? fit Lon tout excité.

— Mais oui. Plusieurs fois même, enchaîna Ferd. C'est un fantôme d'impro.

— Comment ça ? demanda Ermine.

— On raconte que c'était un acteur d'improvisation plutôt médiocre, qui est mort sur scène une nuit. Et depuis, il est condamné à improviser pour l'éternité. (Ermine soupira devant l'énormité de la chose, mais Ferd reprit de plus belle.) Donc voilà ce qui risque de se passer : alors que vous traverserez le couloir, ou que vous fermerez la porte d'entrée, Tony – c'est son nom – apparaîtra soudainement devant vous, et il vous dira : « C'est la première fois que vous allez chez le docteur ? » ou « Bienvenue dans l'armée, soldat ! » ou un truc dans le genre ; là, vous êtes obligés de jouer la scène avec lui jusqu'au bout.

— Et si vous ne jouez pas le jeu, il vous fera des blagues, affirma Jorge. Comme faire couler de l'eau froide pendant que vous êtes sous la douche, ou coincer vos clés dans la porte.

— Ce bâtiment est un super-cauchemar, déclara Ermine.

— Ouaip, et nous aussi, rétorqua Ferd tout sourire. Alors, pourquoi êtes-vous là, les amis ?

Lorsque Barry leur eut révélé le but ultime, Jorge fit la grimace.

— Ça va être coton. Vous allez être forcés de la kidnapper. Réfléchissez : pourquoi J.G. voudrait arrêter le film ? Elle va s'en mettre plein les poches rien qu'avec le merchandising.

— Je ne sais pas. Il va falloir qu'on trouve quelque chose.

Ermine se mêla à la conversation.

— Elle m'a toujours semblé être une femme raisonnable. Si seulement nous pouvions la trouver. Vous n'avez pas d'idée ?

— Le *New York Ghost* prétend qu'elle était à Saint-Barth avec Ben Abject et Courteney Bave, le mois dernier, répondit Ferd. Mais c'est tout ce que moi et dix millions de New-Yorkais savons.

Barry eut un coup de folie.

— Hé ! Je parie que Siroz sait où elle se trouve.

Siroz était un ami d'école de son père et le parrain de Barry. Pourtant, le seul enseignement religieux que Siroz lui avait jamais transmis, c'était comment compter les cartes au blackjack.

Barry enjamba la fenêtre et alla décrocher le téléphone. Il n'y avait pas de tonalité.

— Les gars, vous avez bien un boulot. Alors pourquoi vous payez pas votre facture téléphonique ?

Ferd s'approcha de l'appareil et lui donna un petit coup de baguette magique. Barry porta le combiné à son oreille et entendit la tonalité.

— Comme ça, c'est gratos.

Barry opina du chef, émerveillé devant leur instinct irrépressible de petits délinquants. Puis, il ouvrit son carnet d'adresses et composa le dernier numéro que son parrain, Siroz, lui avait donné. À la huitième sonnerie, une voix d'homme bourru répondit.

C'était un accent russo-haïtien ? Ou haïto-russe ? Barry n'était pas sûr.

— Bonjour, fit-il cependant. Pourrais-je parler à Siroz Emplack ?

— Nan, l'est plus là.

— Oh. Est-ce que vous savez où je pourrais le trouver ?

— Non, mais je crois bien me souvenir que c'est moi qui ai jeté cet enfoiré dehors. Il avait un comment qu'ça s'appelle déjà, un hippogriffe. L'a déchiré toute la moquette et l'a chié partout !

Barry fit rouler ses yeux. Qu'est-ce qui faisait que les sorciers étaient toujours des feignants ?

— Bon, ben merci quand même.

Il essaya ensuite les renseignements magiques, en composant le numéro qu'il avait appelé tant de fois pour faire des blagues, 0800-WIZZ.

Mais là, au lieu d'entendre l'habituelle voix légèrement galloise demander « Quel numéro désirez-vous ? », il fut accueilli par quelque chose d'étrange.

— Salut, toi, lui dit une voix sensuelle. Bienvenue à 0800-WIZZ, où les femmes les plus belles aux vessies les plus pleines sont prêtes à assouvir tes fantasmes les plus torrides, et les plus humides…

Barry raccrocha.

Chapitre Huit

Pour une raison quelconque, les chiens ont le beau rôle dans cette histoire

Frustré et légèrement nauséeux, Barry reposa le téléphone. Il passa sa tête par la fenêtre.

— Siroz n'est pas dans l'annuaire, leur apprit-il.

— As-tu essayé à la soupe populaire ? plaisanta Ferd.

— Hé, c'est de ma feignasse de parrain indigne que tu parles, fit remarquer Barry en grimpant dans les escaliers de secours. Donc, si je comprends bien, les gars, vous n'avez aucune idée de comment contacter J.G. Rollins ?

Jorge haussa les épaules.

— Pas la moindre idée, ajouta Ferd.

— Allons, les gars ! Vous êtes tous les deux... bon peut-être pas des personnages principaux dans les livres mais quand même... enfin, j'ai du mal à croire que vous ne l'ayez jamais croisée. Tout comme j'ai du mal à croire qu'elle ne vienne pas vous voir de temps à autre afin de vous pomper (et là Barry cita de tête leur coupure de presse favorite) « ces riches détails qui rendent ces personnages innocents animés d'une vie magique qui leur est propre. »

— Personne ayant vécu avec vous, bande de petits connards, pourrait en tout cas vous traiter d'« innocents», fit Jorge. À part peut-être « innocents» du cul… et encore.

— En fait, intervint Ferd, je crois que je connais quelqu'un qui pourrait la retrouver.

— Mais tu vas la cracher ta Valda, espèce de gros bouffon, fit Barry courroucé.

— Tu ne devrais pas dire de gros mots, fit tranquillement remarquer Lon.

— Il y a cette fille, là, qui est la plus grande fan de Barry Trotter. Elle dirige tous les fan-clubs américains, leur apprit Ferd. Elle nous a invités à une convention, lorsque nous sommes arrivés en ville. (Il se tourna vers Jorge.) Est-ce que tu te souviens de cette fille que tu avais rencontrée ?

— Celle qui me suivait partout ? C'était une putain de détraquée.

— On ne doit pas dire putain (10) ! s'exclama Lon presque indigné.

Tout cela commençait grave à courir Barry.

— Écoute, ça me ferait super plaisir de t'entendre parler de tes déboires amoureux, mais avant toute chose (par pitié) : le nom de cette fille !

— Barry, cette fille va t'attirer des ennuis…

— Je m'en moque ! Je veux juste savoir *où se trouve ce putain d'auteur !*

Et sans crier gare, Lon explosa comme un vieux bâton de dynamite poisseux.

— Arrête de dire ça ! Arrête de dire des gros mots, Barry ! C'est mal, tu devrais pas, et j'vais l'dire !

Puis il s'écroula en larmes. Ermine vint le réconforter.

---

(10) NdT : on dit que « maman travaille bien ». La vache, j'avais pas dû la faire depuis la maternelle, celle-là… Merci, Barry !!!

— Tout va bien, Lon, Barry va arrêter.

Elle lança un regard mauvais à Barry. Dans son chagrin, Lon lui agrippa la jambe et se frotta dessus sournoisement.

— Bon d'accord. Désolé, Lon.

Celui-ci commença alors à se calmer et les larmes finirent même par se tarir.

— Elle s'appelle Phyllis DeVillers, dit enfin Ferd. Je n'ai pas son numéro de téléphone mais j'ai un site internet. (Il scribouilla quelque chose sur un bout de papier.) Dans le temps, c'était barrytrotter.com, mais la Wagner Brothers a menacé de lui faire un procès.

« www.BarrezTrotter.com », lut Barry.

— Elle me le paiera, dit-il en souriant.

Ils réintégrèrent tous le petit appartement sombre.

— Barry, Ermine m'a parlé de son nouveau petit ami, fit Ferd.

— Ce n'est pas mon petit ami, se défendit Ermine. J'essayais de lui soutirer habilement des informations.

— C'est la méthode Mata Hari et son fameux coup de braguette magique ! se moqua Barry. Est-ce qu'elle t'a raconté ses projets pour changer la face du monde ?

— Ouais, répondit Jorge en rigolant. Ça pouvait pas être pire.

— Et les échardes ? intervint Ferd. Erm, fais bien gaffe de pas raconter n'importe quoi à J.G. lorsque tu la verras. Tu ne voudrais pas te crêper le chignon avec une milliardaire.

— Je ne vois pas ce que j'ai fait de mal ? protesta Ermine sur la défensive. (Ce qui fut accueilli par une volée de bois vert de la part des garçons.) En tout cas, ça n'a fait de mal à personne.

Pour Barry, il était hallucinant de constater à quel

point la morale des gens était flexible lorsqu'ils voulaient vraiment quelque chose. Ils savaient que c'était mal, mais ils s'inventaient toujours une raison pour s'excuser. Il était fier d'être plus solide qu'on le pensait.

— Hé, qui veut regarder notre télévision par câble illégale ? proposa Jorge.

— Cool, répondit Barry.

Tout en regardant la télé, ils savourèrent de délicieuses canettes de RhuTastic (11), une boisson des plus rafraîchissantes. Avec leur magie d'attirer toujours vers eux ce qu'ils aimaient, les jumeaux Muesly étaient les rois pour trouver un flot d'images de massacre et autres catastrophes, provenant d'une caméra au poing d'un policier, d'une vidéo gag, ou de jeux nippons sadiques au possible. En ce moment, ils regardaient un nouveau jeu de télé-réalité intitulé « Géronimo ! » où un petit groupe de candidats étaient balancés du haut d'une colline dans le vide. Quiconque survivait à la chute était de nouveau balancé dans le vide, jusqu'à ce qu'il ne reste plus qu'une personne. Celle-ci était déclarée gagnante. Puis, on la balançait une fois de plus dans le vide, comme ça la chaîne n'avait pas besoin de la payer, et la cagnotte augmentait ainsi de semaine en semaine. Elle s'élevait aujourd'hui à quatre cent vingt-huit millions de dollars. Cela faisait six mois que cela durait, et des gens participaient toujours à l'émission.

— J'ai adoré la tronche du gagnant lorsqu'il a réalisé qu'on allait le rejeter dans le vide, déclara Ferd.

— J'M'ENNUIE !!! fit Lon. Mets les dessins animés.

Mais on l'ignora.

(11) Dans le cadre d'une opération promotionnelle, une dispense a été donnée à l'auteur par les fabricants de RhuTastic, le seul soda américain au bon goût de rhubarbe.

— Oufff ! s'exclama Barry alors qu'un des concurrents touchait le sol. Regardez, il bouge encore.

— Jorge, dit Lon. Qu'est-ce que c'est ?

Il tenait dans les mains la sucette qu'il avait volée sur l'établi de Zed Malbouffe.

Jorge la prit en souriant.

— Où est-ce que tu as déniché ça ? Cela vient de notre cachette secrète de bonbons. Près de la statue du sorcier borgne.

— J'irais bien étrangler le sorcier borgne, grommela Ferd, les yeux toujours rivés sur le poste télé.

Barry gloussa ; l'humour à deux balles était une source de plaisir dont on ne se lassait jamais (comme vous l'avez sans doute remarqué).

— Chhhhhht ! Lon est là ! fit Ermine.

Les frères haussèrent les épaules.

— Bah, la planque n'est plus un secret pour personne, dit Barry. Un troisième année l'a trouvée.

Jorge et Ferd rigolèrent.

— Oh, mon dieu, comme je suis content de ne pas être Mme Pommefritte (12) ! Se taper une école entière d'étudiants qui gonflent et rapetissent, avec des plumes qui leur poussent, ou qui se mettent à refléter les images comme des miroirs…

— Mais qu'est-ce qu'il y avait dans ces bonbons ? Je

(12) Mme Pommefritte, l'infirmière, buvait comme un trou. La rumeur voulait qu'une Frittondpor nommée Pénélope Jolicœur se soit rendue à l'infirmerie pour des douleurs intestinales et en soit ressortie avec des boyaux de chats. Aujourd'hui, elle ne peut plus boire que du lait et manger des souris mortes. Ses parents envisagent de faire un procès. Quoi qu'il en soit, cette infirmière, Pommefritte, fait réellement des miracles avec des morceaux d'animaux.

veux dire, à part les habituels parfums de moutarde et autres morceaux de grenouilles croustillantes ? s'enquit Barry.

— Crème de diarrhée, Anticlignements, roue de fauteuil d'handicapés, pellicules de bébés, et bien d'autres choses encore…, répondit Ferd.

— Et celui-là ? demanda Lon. Je peux l'avoir ?

— C'est une Sucette Cracheuse de Feu d'Ono, avec du napalm concentré au milieu, expliqua-t-il. Un tue-l'amour japonais. Il faut se greffer une langue de pute, autrement ça brûle comme pas possible. Si j'étais toi, Lon, je le mangerais pas. T'es pas encore équipé pour.

Barry posa la copie du *Monde des Glandus en Cinq Sortilèges par Jour* de Ferd. Toutes ces discussions sur les bonbons lui avaient ouvert l'appétit. Il aperçut un sac qui venait manifestement d'un traiteur sur le plan de travail de la cuisine.

— Y a quoi d'dans ? demanda-t-il.

— Des cannellonis, répondit Jorge. Une fille a fêté son anniversaire au bureau vendredi dernier et elle n'en voulait plus. Moi, en revanche, je n'ai pas à m'inquiéter de la taille que vont faire mes cuisses l'été prochain, dit-il en prenant une grande fourchette. Vas-y, Barry, sers-toi si tu veux.

Barry se leva et alla se chercher une portion. Il prit un cannelloni entre ses doigts mais le laissa tomber.

— Oups, fit-il doucement.

Combien de moments fatidiques de notre Histoire ont été annoncés par cette formule innocente et monosyllabique ? Plein. Et celui-ci en était un.

La moquette sur laquelle le cannelloni tomba – du mauvais côté, comme il se doit – était tellement dégueulasse, avec des miettes, des ongles rongés et des crottes de nez séchées qui étaient prises entre les poils, qu'il était impossible de dire où terminait réellement la laine et où commençait la crasse. À présent, le cannelloni avait cessé d'être comestible ; il était devenu contagieux. Barry le jeta en frissonnant. Ce qu'il n'avait pas réalisé, c'est que ce cannelloni avait été planqué là par les sous-fifres du Lord Valdemarne (l'un d'entre eux bossait chez le traiteur italien), et qu'un mouchard avait été placé sous la couche de fromage. Si Barry l'avait mangé, les serviteurs du côté obscur de la Farce auraient été aussitôt au courant de ses moindres déplacements, jusqu'à ce qu'il meure, ou qu'il défèque. Et ils espéraient tous que la première solution l'emporterait. Un jour plus tard, à l'insu de nos héros, un chaland d'ordures, qui se dirigeait vers la décharge numéro 1 de Staten Island, vola en éclat dans une explosion des plus extraordinaires... Pourquoi Barry Trotter se trouvait-il sur une péniche remplie d'ordures, les sbires de Valdemarne n'en avaient pas la moindre idée. Tout ce qu'ils savaient, c'est que « même le grand Barry Trotter n'aurait pu survivre à cette explosion, votre Farce ».

Les génies du mal le disent depuis des années et des années : *impossible* d'avoir du bon personnel dans ce métier !

— Mince alors, c'est fou ce que le temps passe, dit Jorge en regardant sa montre. Nous avons rendez-vous à Astral Park.

L'Astral Park était une dimension de Central Park visible seulement par les sorciers. Ce qui limitait la foule, surtout le week-end.

— Jorge et moi jouons dans une Division de Quichecuite des Aires de Jeux des Parks et Forêts, leur apprit Ferd. Vous voulez venir avec nous ?

Le Quichecuite, comme tout le monde sait, est un jeu où les sorciers et les sorcières s'envolent sur des balais éponges et essayent de faire passer une balle dans un cerceau. Le cerceau est gardé par un gardien. En plus des gardiens, il y a les Branleurs, dont le boulot est de taper sur des trucs : sur les Connards (très exactement le même type de balle qui a emporté avec elle un morceau de cervelle de Lon), sur les autres joueurs, et quand les matchs sont particulièrement chiants, sur eux-mêmes. Lorsque les Branleurs s'en prennent à quelqu'un trop longtemps, la victime peut leur offrir à manger pour qu'ils arrêtent de la taper ; le plat le plus rapide à réchauffer au micro-ondes étant une quiche, dès que celle-ci est cuite, la victime est sauvée – d'où le nom du jeu, «quiche cuite». Sinon, le jeu n'a aucun intérêt en soi, et il est très violent.

Et puis il y a les AT-AT-Rappeurs, qui donnent la chasse à une bonne vieille tourte à la viande volante qu'on appelle le Vit d'Or... Quiconque chope le Vit d'Or gagne un trillion de points et remporte le match. C'est une règle complètement débile parce qu'elle rend toutes les autres facettes du jeu entièrement inutiles ; d'un autre côté, c'est une forme très pratique du point de vue littéraire, puisqu'elle permet une conclusion rapide et dramatique dès que la narration commence à tirer en longueur. Barry était l'un des meilleurs AT-AT-Rappeurs de tous les temps. Il adorait ce jeu imbécile, dangereux, primaire et qui pouvait vous glacer les tripes en un rien de temps.

De manière prévisible, Ermine, elle, détestait ce jeu.

— Si ça vous dérange pas, les garçons, ce sera sans moi, déclara Ermine. Il y a des baguettes très mignonnes en vente chez Geneviève Lethutu en ce moment.

— Geneviève Lethutu ! s'exclama Barry d'un air chagriné. Mais tu m'as dit que tu étais pauvre !

— Tout est une question de priorité dans la vie, Barry, rétorqua Ermine.

— Lon ? Barry ? Alors, vous venez ?

— Et comment, répondit Barry. Ça va me faire trop plaisir de remonter sur un bon vieux balai éponge.

— Génial ! fit Ferd. Tiens, mets ça.

C'était une robe mauve avec marqué dessus : *Ty's Bar* en police de caractère vieil anglais blanc.

Une fois que tout le monde eut enfilé sa robe de Quichecuite – qui avait une protection intense cousue au niveau de l'aine, afin de protéger le joueur des échardes du balai à un endroit douillet – ils sortirent dans la rue, le balai à l'épaule. Lon les suivait, mais à distance, car l'avoir trop près d'eux leur aurait attiré des ennuis.

— Les gars, fit soudain Barry en désignant les balais. Est-ce que cela ne risque pas de faire flipper les Glandus ?

— Nan, tout le monde s'en fout, répondit Jorge. On est à New York, vieux.

Le nouveau « pas maichan » Barry prit Lon par la main pour traverser la rue qui menait au Park. Une fois à l'intérieur, ils passèrent à côté du Réservoir.

— Y a un kraken qui vit là-dedans, leur apprit Jorge en montrant du doigt l'ensemble du réservoir de la taille d'un lac. C'est un enfoiré de machin géant.

Ferd éclata de rire.

— De temps en temps, il chope un type en train de faire du jogging au bord du lac et le mange en plein jour. Peu importe le nombre de Glandus qui en sont témoins, la presse continue de parler d'accidents de jogging.

— Ils ont mis un kraken ici, expliqua Jorge, parce qu'il y avait une invasion de sirènes. Le kraken les a mangées, mais maintenant la ville est deux fois plus de la baise !

Des sirènes, beuuurk, pensa Barry en frissonnant.

Ils arrivèrent sur le terrain de jeu, qui était parsemé de personnes en robes, en train de s'étirer ou de déballer leurs bâtons ; ils se vannaient tous les uns les autres avant le début du jeu – mais c'était juste pour les apparences. Deux types de l'équipe Ty's Bar s'approchèrent.

— Salut les gars, fit Jorge. Je vous présente notre ami Barry. Il peut jouer avec nous ?

— Nom de Dieu, Jorge, ce serait de la triche si…

— Relève ta frange, demanda Ferd à Barry.

Barry leur montra son interrobang.

— Sans déconner ! Bordel, et comment qu'y peut jouer ! Salut Bar ! Je suis Scud et lui c'est K-Kapoum. Evan et Herr Doktor sont en train de s'étirer par là.

Les présentations furent rapides.

— Dites-moi, Barry, pourquoi traînez-vous avec ces losers ? s'enquit K-Kapoum. (Barry était sur le point de répondre lorsque K-Kapoum l'arrêta.) Je plaisantais, fit-il. Écoutez, vous n'avez pas vraiment le droit de jouer avec nous, et s'ils découvrent qui vous êtes, ils nous disqualifieront purement et simplement. Donc, euh, on va dire que vous êtes mon cousin Pierre, de France, d'ac ?

— D'ac, répondit Barry en éclatant de rire.

Ça ne marcherait jamais.

Et cela n'aurait effectivement jamais dû marcher, si l'équipe adversaire n'avait été autre que les Chaudières Nosferat de Brooklyn, à savoir des troglodytes qui puaient simplement de la gueule. Ils étaient le produit des célèbres écoles de sorcellerie branlantes (et mal branlées) de New York, des commerces douteux où l'on vend de la matière grise, avec des noms comme École d'enchanteresse AAAAA ou Le Palais de Prestidigitation de Swami Patel. D'après M. Muesly, beaucoup d'entre elles avaient des liens avec la MaMa (13) – et donc menaient, telle de la

(13) Magie-Mafia, la mafia des sorciers…

bave le long d'un égout, tout droit à Valdemarne. Si vous étiez riche, vous pouviez envoyer vos enfants dans une des trop rares mais bien chic « académies de sorcellerie », mais la liste d'attente était telle qu'il fallait les inscrire au moment même de leur conception. Ou avant, si vous croyiez à l'astrologie et aux oracles.

Enfin bon, aucun de ces demeurés finis n'a découvert la supercherie, et ce malgré la stupidité de Barry, qui a forcé Ferd à faire sauter sa couverture.

— Pierre ! Le Vit d'Or ! Il est par là… Pierre !… *Pierre ! Pierre*, c'est à toi que je parle, BARRY !

— Il s'appelle Pierre Baris, ajouta nerveusement Jorge.

Mais il n'aurait pas dû s'inquiéter, car son adversaire le plus proche, « GroBœuf», avait un doigt enfoncé dans le nez et était entièrement absorbé par ce qu'il venait d'y trouver.

Aussi malsains que brutaux, les Chaudières Nosferat fumaient des cigares de mauvaise qualité, puant tout en jouant (14). Leurs balais éponges pendouillaient selon un angle grotesque tout en portant d'avant en arrière cette équipe de bras cassés. Barry remarqua que le Branleur d'en face avait des bajoues *sur ses bajoues*. Elle étaient tellement pendulaires qu'elles claquaient au vent comme un drapeau dans la brise, dès qu'il prenait un peu de vitesse. Le Quichecuite n'était pas un sport très exigeant d'un point de vue physique, pourtant dès le début de la partie les hommes comme les femmes de l'équipe Nosferat suaient comme des poneys morbidement obèses qui pourchasseraient le dernier morceau de sucre sur terre.

Malheureusement, l'un des membres de l'équipe

(14) Les cigares de sorciers ont un cadran sur le côté qui leur permet de régler la quantité de puanteur qu'ils peuvent émettre. L'équipe des Nosferat les avait réglés à fond.

adverse ne s'était pas laissé avoir par « Pierre», et il s'agissait de leur AT-AT-Rappeur, un gentleman des plus charmants du nom de « Bidoche ».

Comme les Ty's Bar se faisaient de plus en plus distancer (grâce à la violence de jeu obligatoire de tout adversaire de Barry Trotter), il devint rapidement évident (comme d'hab') que l'équipe de Barry ne pourrait remporter la victoire que s'il attrapait le Vit d'Or. Barry réalisa tout ceci alors que les Nosferat venaient de marquer en force sept buts consécutifs. Il redoubla donc de concentration. Tout comme Bidoche, d'ailleurs, qui s'approcha de lui.

— J'sais qui t'es, 'spèce d'armoise, fit-il avec un très fort accent de Brooklyn. Et tu vas pas m'échapper…

Tout en prononçant ces paroles, il agrippa le manche du balai d'une main simiesque. Barry vit que le Nosferat avait cousu à sa robe un patch avec le même symbole « Interdit au Barry Trotter » qu'on avait déjà vu sur le méchant du toboggan dans le chapitre trois ou quatre ou pas loin de là, en tout cas. La cicatrice de Barry se mit à faire des claquettes pour signaler son désaccord.

— Lâche-moi, Bidoche ! hurla Barry.

La Bidoche se fendit la poire. Barry essaya d'accélérer pour lui échapper, mais son balai – un Avalbeurk Sept – ne fit qu'un soubresaut en avant, couinant et grinçant, sous l'effort d'avoir à tirer également le poids imposant de Bidoche. Des tourbillons de fumée noire commencèrent à apparaître ; l'éponge prenait feu…

Bidoche était aux anges.

— Lorsque ton balai va péter, j'te relâcherai, et bye bye Barry !

— Barry, le Vit d'Or ! hurla Jorge en oubliant complètement la ruse après tous les coups qu'il venait de prendre dans la tête.

Le Vit d'Or – pas avec un cœur étoilé comme ceux qu'on voit en Angleterre, remarqua Barry – scintilla quelque dix mètres en dessous de lui, près du sol. Barry fit faire demi-tour à son balai et amorça lentement la descente ; il espérait que le Vit d'Or continuerait de feuilleter le magazine qu'il était en train de lire et ne le verrait pas s'approcher. Il espérait surtout que son balai tiendrait le coup. Bidoche s'agrippa de plus belle, lançant même son propre balai (un Mimicracra 2000, extrêmement onéreux) en marche arrière. Une grande volute de fumée âcre s'élevait à présent du balai de Barry, alors que celui cramait ce qui lui restait d'huile. Barry entendit Bidoche tousser, puis le son déchirant du métal qui s'entrechoque.

À trois mètres du sol, la fumée fut de trop pour Bidoche qui lâcha prise. Barry jaillit en avant, et attrapa le Vit d'Or légèrement graisseux, qui sursauta sous le coup de la surprise.

— Tu as écrasé mon magazine ! fit une petite voix étouffée et courroucée.

Au même moment, son balai – qui n'était que le modèle standard et fourni par les Parks et Forêts – rendit l'âme, et tomba sur le sol. Heureusement, il n'avait pas loin à tomber, et le sol était plutôt meuble – mais Barry réussit quand même à se tordre la cheville.

— Ouille ! Fils de Hutt, ça fait mal ! cria Barry avant de brandir le poing où le Vit d'Or bourdonnait furieusement. Je l'ai !

— On a gagné ! hurla Ferd.

L'équipe Ty's Bar fit la fête comme il se doit pour célébrer la victoire (ce qui n'a rien de surprenant vu la nature de ce livre). Les hommes et les femmes de Nosferat étaient contents que la partie soit terminée, et ils partirent aussitôt pour s'occuper de leur *vrai* travail de l'après-midi :

se pinter et se castagner. Lorsque Barry avait attrapé le Vit d'Or et ainsi scellé le destin des Nosferat, ceux-ci ne se posèrent même pas – ils se contentèrent de quelques gestes obscènes et s'envolèrent en direction de leur pub favori. Seul Barry était au courant que ce jeu « amical » avait été, l'espace d'un instant, très dangereux.

Tandis que les joueurs en nage se félicitaient les uns les autres autour d'une baignoire de boissons sportives (que Ferd avait volées), une femme vêtue d'un manteau de vison passait sur le chemin en contrebas, promenant un caniche. C'était un spécimen rachitique même pour cette race de canins demi-portions, pourtant l'animal aux yeux chassieux réussit à s'échapper et se fondit dans la foule, sa propriétaire à ses trousses. L'évadé, se sentant soudain amoureux, se dirigea tout droit vers Barry, et lui agrippa la jambe pour s'y frotter.

— Vas-y, mon gars ! dit Lon. Éclate-toi !

— Je suis confuse, fit la matrone bien rembourrée à Barry tout en essayant de récupérer son chien.

Elle fit un pas en arrière lorsque que le fumet de dix sorciers et sorcières en sueur vint percuter ses organes olfactifs.

— Allons, mon petit, dit-elle à l'animal en toussant.

Elle retourna sur le chemin, tirant derrière elle son petit clebs qui jappait, fou de rage après ce coït interrompu.

— Ce chien me dit quelque chose, fit Barry à personne en particulier. Je suis sûr de l'avoir déjà vu quelque part.

— Je crois que Barry est amoureux, déclara Scud et les autres éclatèrent de rire.

— Ferd, Jorge, attendez ici, leur dit Barry. Si je ne suis pas de retour dans un quart d'heure, ramenez Lon à la maison.

Puis il courut après la dame, qui se dirigeait vers la sortie d'Astral Park.

Il la suivit le reste de leur petite balade, restant suffisamment en arrière pour qu'elle ne puisse pas le voir (ni le sentir). Lorsque le duo entra dans un immeuble stylé d'Astral Park West, Barry aperçut un portier miteux mais baraqué porter la main à sa casquette avant de les laisser entrer.

Barry s'arrêta à la lisière du Park, accroupi dans les buissons, et réfléchit à la marche à suivre. Avant qu'il puisse se décider, le chien sortit en quatrième vitesse de l'immeuble, en traînant sa laisse derrière lui. Évitant le portier, le chien traversa la rue, manquant de justesse et plusieurs fois de suite une mort assez pressée.

Le caniche fonçait droit sur lui.

— Viens là, le toutou, bon chien ! lui criait Barry, s'agenouillant bras ouverts pour encourager l'animal.

Le chien passa devant lui sans s'arrêter et continua dans le Park.

La matrone aux cheveux marron (même de ce côté-ci de la rue, Barry arrivait à voir que c'était une teinture) se mit à brailler.

— Hé, jeune homme ! Si vous rattrapez mon chien, je vous donnerai mille dollars ! Et un moulage du braquemart de Rene Mardoval !

Lorsqu'on vous fait une offre comme celle-là, et que vous êtes un gros fan de Neuf Quatre, ce qu'était Barry, vous ne vous arrêtez pas à des détails du genre : « Où j'vais le mettre ? ».

Barry fit volte-face et se rua dans le Park. Il avait déjà parcouru cent bons mètres, et pas trace du clebs. Quand soudain, il entendit une voix rauque.

— Hé, Barry ! Par ici.

Un homme vêtu d'un vieux smoking tout miteux trop petit de trois tailles pour lui était accroupi derrière des buissons. Il regarda autour de lui et fit signe à Barry de s'approcher.

Ce n'était nul autre que son parrain, Siroz Emplack.

Chapitre Neuf

Le prisonnier d'Aztalan

— Ça me fait plaisir de te voir, Barty, dit Siroz d'une voix rauque, toujours essoufflé par son escapade.

Il écorchait toujours le nom de Barry. Au début celui-ci avait cru qu'il voulait être drôle ; aujourd'hui il pensait simplement qu'il s'agissait d'une facette irritante de plus de la folie profonde de Siroz.

— Mais je vois que tes cheveux ont finalement bien repoussé.

Le visage de Barry montrait encore par endroit les séquelles de l'attaque de Valdemarne quelques années auparavant, et que les fans connaissaient sous le nom de *Barry Trotter et la Coupe de Cheveux.* Barry se souvenait plutôt avec amertume de la tournée promo qu'il avait faite à l'époque pour le bouquin.

— T' var' ta gueule, toi, lui répondit Barry en faisant (presque) semblant d'être en colère. Est-ce que tu peux m'aider à gauler le braquemart ?

Siroz devint sérieux.

— Je n'espère pas, Beany. C'est comme ça que je me suis retrouvé dans ce pétrin. Il y a deux ans, j'ai rattrapé le chien de Mme Cugelé et lui ai rapporté. Depuis lors, j'ai été son esclave sexuel pas consentant pour deux sous.

— Quoi ? J'comprends pas.

— Minerva Cugelé est bourrée de fric – son premier mari s'en est mis plein les fouilles dans le marché de la verrue ; il avait trouvé un truc pour les enlever. Il faut dire qu'elle lui avait servi de cobaye et, disons ce qui est, elle a durement gagné chaque centime. Tu ne t'en es peut-être pas rendu compte de là où tu étais, mais tu peux me croire sur parole. Personne ne tiendrait à l'embrasser, à moins d'être sous l'influence de la magie du côté obscur de la Farce.

— Ah, je vois, déclara Barry. Tu jouais les hommes entretenus, et ça t'est retombé dessus.

Siroz regarda tout autour de lui pour s'assurer que Cugelé ne s'était pas lancée à sa poursuite.

— Non, non – enfin, si. Mais elle m'a roulé. Elle m'avait dit qu'elle me donnerait la formule secrète du Coca-Cola.

Barry siffla.

— Elle s'est bien foutue de ta gueule.

— De la tienne aussi, si j'en crois ce que je vois, rétorqua Siroz. Elle se sert d'un sortilège pour découvrir ce que tu désires le plus. Elle est une sorte de sirène en biens de consommation et services. Et une fois que tu entres chez elle, tu ne peux plus quitter son appartement tant que tu n'as pas touché quelqu'un de ta famille. Ma famille, c'était toi – enfin, ça s'en rapprochait suffisamment pour faire sauter la malédiction, expliqua Siroz. Elle a tué son vieux chien, un ami d'école de ton père et moi nommé

Cecil Pompetteville, juste sous mes yeux. Elle l'a jeté dans une cuve d'antiverrues et il s'est dissous. Quelle tristesse. Et tout ça parce que Cyril collectionnait les souvenirs de Charles et Diana.

— Wao, fit Barry.

— Ce satané immeuble est rempli de sorciers du côté obscur de la Farce. Le Val Ramen-Rodd, qu'y s'appelle… « Lord Valdemarne »… tu comprends ?

— Encore ce bon sang d'anagramme, fit Barry. Il pense vraiment que nous sommes débiles.

— Ouaip, répondit Siroz, et il a pas franchement tort, Barney. Cassons-nous d'ici avant que Minerva s'enhardisse.

Il nettoya la poussière de ses habits avant de se mettre en marche.

— Alors, tu es toujours fan de *Star Truk* ?

Barry s'était cousu un patch de *Star Truk* sur sa veste de treillis l'année dernière, par ironie, et alors que la plupart des gens de son âge comprenaient la blague, Siroz, lui était hermétique. La première fois que Siroz avait rencontré Barry, celui-ci était dans sa phase *Star Truk* – il portait des pyjamas même la journée, il avait de fausses oreilles en plastique et écartait les doigts pour dire bonjour. Bien que cela fit cinq ans que Barry n'avait pas vu d'épisode, et sept ans depuis qu'il en avait aimé un, ce détail était resté gravé dans la tête de Siroz. Barry = Star Truk. Jusqu'à ce que mort s'ensuive.

Barry se disait qu'il ne s'agissait là que d'un peu de sentimentalisme mal déguisé de la part de Siroz, dû au fait qu'il était marri d'être un tel parrain.

— Ton père et moi, on était copains comme cochons à Coudbar, Billy, répétait Siroz à Barry pour la je ne sais combientième fois. J'lui ai tenu la tête au-dessus du bidet après plus d'un repas arrosé. Se vider l'estomac en présence d'un autre… ah, ça ne t'est peut-être pas encore arrivé, mais ça viendra, et je peux te dire une chose : ça crée des liens, fiston.

Barry luttait contre ce sentiment qu'il connaissait, si bien qu'on lui donnait trop d'informations. Alors qu'ils traversaient le Park, Siroz scruta l'herbe à la recherche de petite monnaie qui aurait pu tomber des poches des gens. Il ramassa un vieux joint et le jeta, déçu.

— Oui, Britney, je prends mon rôle de parrain très à cœur, lui avoua Siroz. Je pense à toi comme à mon propre fils, parce que c'est ce qu'aurait voulu ton père. Il n'y a rien que je ne ferais pas pour toi. Je vais t'aider sur le chemin de la vie. À présent… (Il s'arrêta une seconde pour regarder Barry dans les yeux, en lui posant vaillamment une main sur l'épaule.) Est-ce que tu peux me prêter cinquante mille dollars ?

Barry éclata de rire, devant tant de toupet.

— Hors de question, Siroz. N'y pense même plus. Tes histoires m'ont déjà coûté les yeux de la tête par le passé.

Il reprit sa route. Donner de l'argent à Siroz, c'était comme prêter sa carte de crédit de station service à un pyromane.

Siroz lui emboîta le pas.

— Je sais bien que nos alliances stratégiques passées n'ont pas tourné aussi bien que nous l'espérions, mais cette fois-ci c'est différent. C'est pratiquement sans risque. Enfin quoi ! D'accord, le carburant magique était une arnaque – mais j'ai niqué mon moteur aussi ! Et personne d'autre n'a été blessé ; c'est moi que ces erreurs ont conduit à Aztalan.

Barry frissonna à la simple mention de l'endroit.

Aztalan était la redoutable prison pour sorciers, un parc d'attractions méso-américain gardé amoureusement par les membres d'un groupe fumeux connu sous le nom de La Raza. Une fois à l'intérieur, la légende voulait qu'on vous donne des tonnes et des tonnes de délicieux plats mexicains pimentés et gras, mais *rien à boire.* Et lorsque vous imploriez qu'on vous libère de cette chaleur chili-générée, on vous faisait ingurgiter de la tequila directement à la bouteille. Ensuite, et seulement ensuite, ils vous laissaient faire des tours de manège.

Tortillas à gogo, montagnes russes en état d'ébriété avancée, chaleur étouffante et revanche de Montezuma, tout cela faisait que les prisonniers en venaient à détester Aztalan plus que n'importe quelle autre prison. Là, les hommes forts fondaient sur place ; les chevelus devenaient chauves ; les bavards prétentieux la fermaient. En tout cas, personne ne restait inchangé, d'ailleurs personne n'y survivait. Siroz, lui, avait survécu – et c'était le seul – parce qu'il avait suivi deux règles d'or : premièrement, toujours s'asseoir dans la voiture de tête, on y est moins secoué ; et deuxièmement, pas de tequila.

— Pas de glace, pas de laitue, rien. J'ai survécu grâce à du jus de tamarin et de la sangria qu'un garde me fournissait en échange d'un pot-de-vin, confia-t-il à Barry.

Après des années à faire le Grand-Huître matin, midi et soir, Siroz s'échappa en se servant d'un sortilège secret de rapetissement. Un matin, alors que les gardes le conduisaient devant le panneau des admissions aux manèges, il faisait quelques centimètres de moins que ce qui était exigé. Les gardes furent abasourdis, mais le règlement c'était le règlement, et ils durent le laisser partir.

Enfin, c'était il y a des années de cela, et aujourd'hui Siroz était toujours aussi arnaqueur que dans le temps.

C'était *ça*, sa magie.

— Siroz, j'ai du mal à croire que tu pensais sérieusement qu'il existait une petite pilule à mettre dans son réservoir d'essence pour que sa voiture roule éternellement. C'est la plus vieille légende urbaine qui soit.

— Mais *tu* as investi dans ce projet, répliqua Siroz.

— Ouais, mais j'avais quatorze ans !

Siroz haussa les épaules.

— Le type m'avait pourtant l'air d'un scientifique. Comment aurais-je pu me douter qu'il lui manquait quelques pièces au spectromètre ? Non, mes associés actuels, eux, sont des hommes à la personnalité remarquable et à la réputation sans tache. Aie confiance.

— Uh-huh, fit Barry en sentant son portefeuille devenir de plus en plus léger. Et pourquoi tu ne cambriolerais pas plutôt une banque glandue, si tu as besoin d'argent pour tes affaires ?

Siroz prit un air offensé. Il avait d'ailleurs l'air authentique.

— Le Code, Boney, le Code. Il y a certaines choses qu'un sorcier ne doit jamais faire, et « manipuler magiquement des Glandus à des fins personnelles » est la première d'entre elles et la plus importante.

Barry lui asséna un regard dubitatif ; et Siroz enchaîna de plus belle.

— Oublie l'argent – sans le Code, nous pourrions les réduire à l'esclavage, les milliards qu'ils sont, en un seul sortilège. En vingt-quatre heures, chaque sorcier ou sorcière de petit niveau aurait sa propre armée personnelle. Et que deviendrions-nous, déjà que nous sommes tous divisés ? Non, plumer les Glandus par la magie, c'est pas très sport.

— Mais racketter ton filleul, si ?

Siroz n'écouta pas la remarque.

— Je connais un gentleman qui pourrait nous fournir des réserves infinies de kérosène et de cendres de vol. Tu comprends ce que ça veut dire ?

— Non, répondit Barry sans enthousiasme.

Siroz en avait pour deux.

— Les ingrédients secrets du Caca©, le jouet favori des Américains ! déclara tout joisse Siroz, en faisant claquer sa langue d'un petit coup sec pour formaliser le symbole de copyright. Mais ils ne le savent pas encore.

— T'es complètement à l'ouest ! s'exclama Barry.

— Mais les enfants adorent le caca. Ils s'associent au caca. Le Caca, c'est l'un des leurs. Rappelle-toi, quand tu étais enfant et que tu trouvais du caca dans la rue ? Tu jouais avec pendant des heures.

— Parle pour toi.

— Tu le touchais avec un bâton, tu en mettais sur le bâton, et puis tu en jetais sur tes amis ! Tu essayais même d'en faire manger au chien. Tu dansais autour, tu essayais de pousser tes amis dedans. Ce que je veux dire, c'est que si nous arrivons à exploiter ce merveilleux amour instinctif et innocent du caca qu'ont tous les enfants, nous pourrions nous faire un joli paquet.

Comme ils quittaient le Park, Siroz mit les doigts dans tous les parcmètres qu'ils croisaient.

— O.K., peut-être que cinquante plaques c'est un peu sévère. Mais peux-tu déjà me dépanner en vitesse de soixante-quinze cents ?

— Pas pour du Caca©, répliqua Barry.

— Non, je voulais m'acheter un bretzel.

Comme Barry fouillait ses poches, sa pipe de sorcier en tomba.

— Je vois que tu as développé le vice de fumer,

Barnie, fit remarquer Siroz. Dans le temps, je fumais la pipe, jusqu'à ce que je me tape une expérience plutôt bizarre.

— Que s'est-il passé ? s'enquit Barry, pourtant bien persuadé de ne pas vouloir en apprendre plus.

— Eh bien, comme tu le sais, il m'arrive périodiquement d'être un peu short en cash. De fait, je suis souvent attiré sur la pente savonneuse et étrange des bonnes affaires. Et ce qui m'est arrivé est, j'en ai bien peur, assez représentatif.

» Je venais d'allumer ma pipe, et je prenais mon pied. À l'époque, je fumais tout et n'importe quoi – du tabac, des journaux en papier mâché, de la purée, de la corde – simplement pour le plaisir de fumer. Un jour, alors que je passais devant mon buraliste local, j'ai repéré une jolie pipe qui était en vente à un prix incroyablement ridicule. Quelqu'un était mort, et on vendait ses affaires.

» Je ne suis pas quelqu'un de délicat, tu le sais, aussi achetai-je sa pipe – ce ne fut qu'après que j'ai commencé à l'utiliser que je compris pourquoi son prix était aussi ridiculement bas. Elle était hantée par son ancien propriétaire. De manière assez agressive et, si je puis dire, dégoûtante.

— Siroz, serais-tu mortellement offensé si je te disais que de tous les gens que je connais, cela ne pouvait arriver qu'à toi ?

Mais Siroz continua son histoire et ne répondit pas.

— Cette pipe en écume infernale s'allumait toute seule, la plupart du temps au mauvais moment, et produisait une flamme assez inquiétante – j'ai perdu plus d'un cil durant notre brève association. Mais le pire de tout, c'est que l'embout devenait soudain étrangement froid et moite, comme si... (Siroz marqua une pause pour donner de l'emphase)... il était recouvert de *bave spectrale.*

Barry renifla de façon méprisante. Il savait par expérience que cette histoire avait toutes les chances d'être du pipeau, mais Siroz ne l'admettrait jamais. S'il avouait avoir créé cette histoire de toutes pièces, alors chaque pan de sa vie serait ouvert au débat. Et qui sait combien de « faits » à son sujet étaient des mensonges éhontés ? Seul Siroz le savait – et c'est pour cela qu'il était inébranlable.

— En tout cas, après j'ai arrêté de fumer, c'est déjà ça. Que cela te serve de leçon et d'avertissement : ne jamais fumer la pipe d'un mort. Ils n'ont aucun humour.

Ils avaient atteint le centre névralgique de la ville lorsqu'ils tombèrent nez à nez avec un site en construction assez sordide, avec en guise de fondations un énorme trou boueux. Siroz se tourna vers Barry.

— C'est là que j'descends.

Barry fut surpris.

— Eh ben, tu vis à la dure, Siroz.

— Retourne-toi, penche-toi en avant, et regarde entre tes jambes, lui dit Siroz.

Barry s'exécuta et découvrit un immeuble de taille moyenne qui arborait un pavillon bleu où s'entrecroisaient deux S.

— Le Club des Sorciers et des Sorcières, dit Barry.

— Pas mal, hein ? Il bouge en permanence afin de ne pas éveiller la suspicion des Glandus – et des impôts fonciers. Chaque fois que tu vois un gros trou dans le centre-ville, y a des chances que ce soit le Club.

Barry était toujours étonné.

— Mais, Siroz, cet endroit coûte de l'argent. Ils vont te jeter dehors par la porte de derrière.

— Le président est un ami. L'un de mes investissements lui a fait gagner beaucoup d'argent – quelque chose que tu avais refusé, au fait. Et donc, nous avons un accord.

— Ok, répondit Barry. Je vis dans l'appartement de Ferd et Jorge. Lon et Ermine sont également avec moi.

— Pourquoi ce rassemblement ?

— C'est une longue histoire, mais en gros : nous essayons d'arrêter le nouveau film *Barry Trotter*, déclara Barry.

— J'aurais pensé qu'avoir un film basé sur sa propre vie était quelque chose de plutôt agréable. Si quelqu'un faisait un film sur ma vie, Bill Gates me donnerait de l'argent. Enfin bon, tu dois avoir une bonne raison de vouloir l'arrêter...

— Oui, mais je ne te la dirai pas, autrement, tout le Club l'apprendrait en un millième de seconde (15).

— Tu me sous-estimes, Beaujolais, vraiment. Mais comment faites-vous pour vivre tous ensemble dans cet appartement ? Il ne peut pas être bien grand... dit Siroz.

— C'est exact. Et en plus ça daube.

— Je pense pouvoir vous obtenir des chambres pour tous, ici, quelques nuits. Je suis certain qu'ils ont des chambres d'amis, suggéra Siroz. Penses-y. C'est le moins que je puisse faire pour te remercier de m'avoir rendu ma liberté.

— C'est promis, Siroz. Merci.

Ils se séparèrent. Malgré son nom qui reflétait sa personnalité, Siroz était un être divertissant, du moins si vous ne pensiez pas aux dégâts parmi la population qui jaillissaient généralement sur son passage. Siroz n'avait aucune conscience des conséquences de ses actes : depuis que Barry le connaissait, il fomentait une guerre nucléaire, sous prétexte que, selon ses propres mots, « la valeur de sa

(15) NdT : le temps qu'il faut à X-Or pour revêtir son scaphandre de combat...

collection de comics monterait en flèche. » Barry n'avait jamais eu le courage de lui dire ce qu'une vague de chaleur d'un million de degrés faisait au papier et à l'encre.

Chapitre Dix

Cannulard !

J'aime bien cette ville, songea Barry, tout en marchant au milieu des gratte-ciel. *J'aime bien à quoi elle ressemble, et j'aime aussi le fait que les gens se moquent que vous soyez magique ou non. J'aime même les gaz d'échappement des bus qui vous désintègrent progressivement les poumons.*

Il se passait tellement de choses – de la musique qui gueulait, des signaux électriques qui clignotaient dans tous les sens, des foules de gens se déplaçant dans toutes les directions en même temps – que Barry avait le sentiment d'être vivant.

L'heure de déjeuner était passée, aussi Barry s'acheta-t-il un hot-dog. Puis, par caprice, il s'arrêta à une cabine téléphonique et appela Cannulard ; peut-être qu'eux pourraient l'aider. La dame qui répondit lui apprit que J.G. n'était pas là, et que même si elle y était, « nous savons tous les deux que Barry Trotter n'est qu'un personnage de fiction ». Cannulard recevait environ une centaine de coups de fils par jour ; un mélange suave de joyeux farceurs et d'institutionnels.

Finalement, tout cela gava vite Barry qui envoya un sortilège par la ligne téléphonique. Bien que les sorts soient très affaiblis de cette manière – n'essayez pas de le faire chez vous – il fut suffisamment puissant pour convaincre la standardiste de lui passer l'attachée de presse de Cannulard.

Celle-ci, en revanche, ne montra aucune réticence à croire Barry sur parole. Comme si elle avait attendu son coup de fil.

Elle lui demanda de passer dans leurs bureaux, pour prendre un soda, et rencontrer tout le monde. Elle avait l'air gentille, presque désireuse d'aider ; pour une fois, cela changeait, et cela faisait du bien. Barry accepta et appela ses deux amis. Lon avait envie d'aller chez un éditeur jeunesse, et Barry voulait surtout effacer sa « maichanceté » sous toutes ses formes. Bientôt, le trio fut en route pour les bureaux de Cannulard, qui n'étaient qu'à une dizaine de terrains de Quichecuite de l'appartement des frères Muesly à vol de hibou.

Au trente-neuvième étage des éditions Cannulard (dans les comptes, est-ce du Barry ?) (16), Barry, Ermine et Lon s'assirent en face d'un grand bureau, genre clapier indescriptible de grande société. Le nom de « Susan Thompson » était marqué sur le bureau, c'était la vice-présidente des relations publiques de Cannulard. Le bureau était petit, mais il y avait une fenêtre – Thompson était donc une battante – et cela sentait assez fort l'ozone, le Jex Vitres et le parfum tenace.

— Voici donc le jeune homme qui nous a fait gagner

(16) NdT : je trouvais ça drôle mais je savais pas où le placer, alors je l'ai mis là.

tant d'argent. Bienvenue chez Cannulard. Désirez-vous un café ?

— Non, merci, répondit Barry.

L'attachée de presse remarqua que Lon zyeutait un animal empaillé sur son bureau.

— Il vous plaît ? demanda-t-elle. (Il acquiesça et elle le lui lança.) Gardez-le. C'est la mascotte de notre compagnie, Randy le Joyeux Rottweiler.

Alors que la plupart des hommes s'y effondrent, la dureté des hautes sphères d'une grande société a tendance à aiguiser la femme – surtout l'ambitieuse capable – comme un rasoir. Tout ce qui n'était pas nécessaire dans la personnalité de Thompson avait été éradiqué il y a bien longtemps. Toute la gentillesse dont elle faisait preuve était une nécessité ennuyeuse, un peu comme porter des collants.

Thompson leur raconta l'histoire de cette illustre société ; celle-ci avait été fondée en 1903, et s'appelait à l'époque « Tue-le », nom homonyme de la lettre d'information qui s'adressait alors aux jeunes passionnés de la carabine à air comprimé, et qui aujourd'hui « portait le monde de l'édition jeunesse à bouts de bras, tel un titan. »

À bout de bras, songea Ermine.

Elle s'imagina se faire border par elle chaque soir et ne put réprimer la vision qu'une telle étreinte la ferait saigner. Et pourtant, cette femme avait des enfants, la preuve en était sur le bureau, au coin. Ils avaient l'air entiers. Ermine estima qu'elle devait se désamorcer chaque soir avant de rentrer chez elle.

— … mais je bavarde, je bavarde, dit Thompson en remontant ses lunettes sur son nez. Qu'est-ce que Cannulard peut faire pour vous ?

Barry et Ermine se mirent à parler en même temps.

Mais dans un but d'harmonie, Barry laissa s'exprimer Ermine.

— Eh bien, Mme Thompson, pour plusieurs raisons, nous cherchons J.G. Rollins. Nous devons lui parler immédiatement.

— C'est une femme très occupée, mademoiselle, euh…

— Cringer.

— Melle Cringer. Comment ai-je pu oublier après avoir lu ces livres tant de fois ? mentit-elle, car c'était une fan de thrillers juridiques qui ne laissaient jamais de souvenirs impérissables. Mme Rollins a besoin de calme pour écrire, et bien que nous voulions vous aider tous les trois, notre obligation première est de respecter notre best-seller. Je suis sûre que vous comprenez ?

— Mais nous devons lui *parler*. Sinon, Coudbar risque de…

Ne lui en dis pas plus qu'elle a besoin d'en savoir, songea Barry avant d'intervenir.

— Écoutez, Mme Thompson. Nous devons parler à J.G. – que j'ai déjà rencontrée plusieurs fois et qui est une amie – afin de la convaincre de stopper le film *Barry Trotter.*

Zut, pensa Barry.

Thompson eut l'air particulièrement choquée, et la possibilité d'une telle chose la rendit livide – puis elle éclata de rire.

— Oh, Barry Trotter. J'ai lu suffisamment de vos livres pour savoir que vous êtes un farceur !

— Je suis sérieux. Nous le sommes tous, déclara Barry. Si je ne peux pas trouver J.G., je suis prêt à faire tout ce qui est en mon pouvoir pour arrêter le tournage. Je me ferai arrêter et envoyer dans un centre de réinsertion. Ermine, ici présente, séduira un homme politique… et

Lon, eh bien, il mordra quelqu'un. Ce que j'essaie de vous dire, c'est que nous allons concocter une chienlit publicitaire si néfaste que le film fera un four. Et vous devrez arrêter de publier la série.

— Arrêter la série ? Dieu nous en garde. Mais, au nom du ciel, pourquoi ferions-nous cela ? (Thompson eut un sourire mauvais.) Barry, si vous êtes à moitié aussi intelligent que votre personnification fictive, vous savez que vous ne pouvez pas empêcher J.G. d'écrire des livres. Elle a le droit de pratiquer son gagne-pain. Et tant qu'il y aura des livres, il y aura des films, affirma Thompson. Si le film était scatologique, ou une parodie truffée de références sexuelles, alors seulement peut-être pourrions-nous le boycotter. Mais, dans l'état actuel des choses, la seule personne qui peut arrêter la pompe à fric Barry, et sous toutes ses formes, c'est J.G.

» Et je peux vous assurer qu'elle ne le fera pas, car trop de choses sont en jeu.

L'espace d'un moment, Barry se mit à lui confier ce que Nunnally leur avait dit. Mais Ermine le réduisit au silence d'un seul regard : *garde cette dernière carte dans ta manche jusqu'au dernier moment.*

— Donc, si j'étais vous, je me détendrais, et je profiterais de toute l'attention qu'on me porte.

Le sourire glacial réapparut.

— Eh ben, après autant de livres, j'aurais pensé que J.G. était peut-être fatiguée, dit Ermine.

— Pas le moins du monde – elle adore écrire Barry Trotter. Elle est née pour cela. Oui, je pense que Barry Trotter ne s'arrêtera (sa voix se fit soudain sépulcrale) que lorsqu'on retirera le stylo des doigts de son cadavre.

Ermine sentit la crinière de cheveux châtains se hérisser dans son cou.

Il y eut une seconde de silence, puis la conversation reprit sa consistance initiale de tapioca.

— Voulez-vous faire le tour des bureaux ?

— Grave ! s'écria Lon qui depuis le temps commençait à ne plus tenir en place.

— Très bien.

Le groupe sortit en masse du bureau et s'engouffra dans un ascenseur. Il s'ensuivit une dizaine d'étages typiques de l'environnement d'une grosse boîte : de la moquette beige, des clapiers, des employés vaguement mécontents, des néons fluo. Seules certaines petites touches occasionnelles – des conduits et tuyaux peints en pastel, des dessins d'enfants encadrés – vous rappelaient qu'il s'agissait d'une entreprise d'édition jeunesse, et pas une société qui vendait des PC ou des tampons.

La seule exception à cette platitude était l'étage du groupe de presse, où les gens conservaient un semblant d'anarchisme constitutionnel sous des couverts corporatistes, mais aussi pour pouvoir toucher une bonne assurance vie au cas où. En l'espace de cinq minutes, Barry, Lon et Ermine furent présentés à une sculptrice expérimentale de gelée, à un musicien qui composait des symphonies pour les poissons, et à pas moins de sept aspirants comiques. Après avoir traversé le département artistique, Lon vit un autre Randy sur le bureau d'une employée. Sauf que cette fois, un farceur y avait accroché une grosse érection rose.

— C'est mon Randy le Joyeux Rottweiler, fit remarquer subversivement l'employée.

— Vous êtes *maichante*, répondit-il.

Tandis que l'ascenseur les menait à la réception, Barry remarqua un bouton marqué « Salle de Torture ».

— Qu'est-ce que c'est ? s'enquit-il.

Thompson hésita un instant avant de répondre.

— Oh, c'est comme cela qu'un de nos employés appelle la salle de gym du sous-sol. Nous sommes une bande de doux dingues extrêmement créatifs, ici.

Deux hommes sans signes distinctifs, dans des costumes à rayures identiques, montèrent dans l'ascenseur. Barry fut aussitôt saisi par une vague de froid ; celle-ci débuta dans sa cage thoracique, comme si son cœur venait d'être transformé en glace. Le monde se mit à tourner et il tomba.

— Je…, fit Barry avant de s'évanouir.

— Oh, mon Dieu, *Barry* ! Lon, aide-moi, lui demanda Ermine qui soutenait Barry tant bien que mal.

— Que se passe-t-il ? s'enquit Thompson.

Ermine crut entrapercevoir l'esquisse d'un sourire. Les deux inconnus regardèrent impassibles le visage de Barry qui émit justement un petit grognement.

— Il faut le faire sortir d'ici !

Au même moment les portes s'ouvrirent et Lon et Ermine portèrent Barry à l'extérieur. Ils l'allongèrent sur la moquette et Ermine lui pinça le visage, qui était blanc comme un linge. Thompson sortit elle aussi de l'ascenseur et les portes se refermèrent derrière elle. Barry reprit aussitôt conscience.

— Je suis désolée, fit Thompson. Je ne savais pas qu'il serait aussi réceptif à nos Marketors.

Ermine était furibonde.

— Ces suceurs de sang sans âme ont failli le tuer !

L'attaché de presse essaya de la calmer.

— Je comprends, mademoiselle… euh…

— Cringer ! aboya Ermine.

— Cringer, mais ils sont un mal nécessaire. Cannulard doit pouvoir faire des campagnes marketing avec les mêmes armes que la concurrence.

Lon se mit à gronder.

— Ah, Barry revient à lui, fit remarquer Thompson.

Barry ouvrit les yeux.

— Que s'est-il passé ?

— J'ai peur que vous ayez croisé deux membres de notre service marketing, Barry. Je ne savais pas que vous réagiriez si mal à leur présence.

— Je suis une marque déposée, murmura Barry. Ils se sont nourris de mon identité.

— Eh bien… j'en suis réellement navrée, Barry. Écoutez, nous donnons une petite fête ce soir, pour fêter le milliardième exemplaire vendu de *Barry Trotter.* Nous serions tous honorés si vous pouviez être des nôtres. Cela se passera dans un club non loin d'ici, *Chez Spirochete.*

— Est-ce que J.G. sera présente ? s'enquit Ermine.

— Oh non, répondit Thompson avec un petit rire étrange qui aurait pu vouloir dire : « Je sais où est J.G. ».

— Nous allons y réfléchir, répliqua Ermine en serrant les dents. Pour l'instant, je voudrais que Barry aille prendre un peu l'air.

Chapitre Onze
Charlie et la librairie moisie

Plus Barry s'éloignait des Marketors de Cannulard, et mieux il allait.

— Hors de question que j'aille à cette fête, déclara Ermine.

Pour une fois, Barry parla avec la voix de la raison.

— Moi je vote pour qu'on aille y souffrir en silence afin de voir si on ne peut pas trouver quelque chose. Est-ce que tu l'as entendue rire ? Je parie qu'elle sait où se trouve J.G.

Ermine dut admettre que Barry n'avait pas tort… mais ce n'est pas pour autant qu'elle devait apprécier.

Les trois amis arpentèrent les pavés encombrés de Greenwich Village. Après une balade agréable mais sans but réel pendant près d'une demi-heure, ils réalisèrent qu'ils s'étaient paumés ; les rues bien ordonnées du centre-ville avaient laissé la place à des labyrinthes de chemins serpentants, et même si chaque chemin était très pittoresque il était impossible à des yeux qui n'étaient pas du coin de le distinguer d'un autre. Ermine fut sur le point d'appeler un taxi quand, au coin d'une rue, ils virent une boutique.

— *La Librairie des Pulps de Demain d'Occase* ! s'exclama Barry. Je connais le mec qui s'en occupe, je l'ai rencontré lors d'une convention, je crois ; entrons lui dire bonjour.

— Demandons-lui surtout notre chemin, fit Ermine. J'en ai marre d'être perdue.

La porte s'ouvrit dans un petit tintement, et à peine le trio avait-il fait deux pas à l'intérieur qu'il se sentit à l'étroit. Il y avait des livres partout – sur des étagères qui allaient jusqu'au plafond, dans des cartons poussiéreux entassés les uns sur les autres et attendant d'être classés, en piles branlantes aux extrémités de chaque allée. Où que porte l'œil, il n'y avait quasiment que des dérivés assez agréables de marron ; celui du papier vieilli, le kaki du cartonné, le beige du café renversé, l'ocre des cafards. Un homme de taille moyenne en cardigan vert s'approcha d'eux.

— Puis-je vous aider ?

Il avait un léger accent britannique, des cheveux couleur sable, et des lunettes à cerclage métallique.

— Charlie, tu te souviens de moi ? Barry Trotter, fit Barry Trotter.

Charlie lui tendit aussitôt la main.

— Et comment, ça me fait plaisir de te revoir, dit-il avec un sourire franc. Tu as été le sauveur de toute cette convention. C'était à Trifouillis-les-Oies, non ?

— Je crois bien, répondit Barry. Je te présente mes amis, Ermine Cringer et Lonald Muesly.

Charlie leur serra la main.

— Je connais bien leurs personnages – mais nous savons à quel point ils doivent ressembler aux vrais, hein ?

Tout le monde sourit. Charlie était lui-même la star d'un des romans pour la jeunesse les plus populaires au monde, mais un début foudroyant d'intolérance au lactose fit de son dernier voyage à la chocolaterie… son dernier ! (17)

— Comment marchent les affaires ? demanda Barry.

Lon s'en alla renifler un peu les alentours.

— Comme tu peux le voir, répondit Charlie en soupirant. (La boutique était vide.) Je fais la majorité de mon chiffre d'affaires sur un site web. Je vends des vidéos – difficiles à trouver, et pour les enfants, surtout – et des souvenirs de films. Mon loyer, ici, m'assassine. Je ne pourrais pas continuer en vendant simplement des livres. Les gens ne les achètent plus comme avant.

— En parlant de films, tiens, fit Ermine en se tournant vers Barry. Est-ce que je peux lui dire ?

— Bien sûr, Charlie est quelqu'un de confiance, déclara Barry.

— *Voilà* qui m'intéresse, répondit Charlie.

— Nous allons essayer d'arrêter celui sur Barry Trotter.

Charlie attrapa Barry par la main.

— Oh, si tu savais ce que je suis content d'entendre ça. Je te souhaite bonne chance. Si seulement quelqu'un avait arrêté le mien !

La voix de Charlie se remplit soudain d'amertume – il passait la plupart de ses journées derrière le comptoir à ressasser le sujet. La journée, il ne parlait pas souvent,

(17) L'auteur de *Charlie* était l'un des rares à pouvoir rivaliser avec J.G. en termes d'argent tiré des ventes ; parmi ses titres les plus célèbres, on retiendra particulièrement *DTC, Les Deux Gourdins*, et, bien sûr, l'immortelle épître anti-œdipien, *James et la Grosse Pute*. Il est mort, tué par une foule de bibliothécaires scolaires en furie.

alors dès qu'il en avait l'occasion, il devenait intarissable.

— Willy Wonka n'était pas un héros ! C'était un escroc mégalomaniaque et assoiffé de thune ! (Charlie s'empourpra.) Vous savez combien ça gagne un nain dans une chocolaterie ? Un sou la journée ! Ma femme est une naine. Elle peut pas sentir Wonka.

— Loin de moi l'idée de passer pour un salaud, fit Barry, mais j'ai toujours aimé ce film.

— Évidemment. Comme tout le monde. C'est un film drôle. Mais c'est Gene Wilder qui en était la star, pas le gamin. Pas Charlie. Ce n'est qu'une grosse arnaque, déclara-t-il. Le vrai Willy Wonka était un tel poivrot qu'il pouvait à peine tourner son caramel pour l'empêcher de coller au fond de la marmite et tenir debout en même temps. Et c'était vraiment un enfoiré fini et vicieux avec ça. Demandez à un nain, si vous ne me croyez pas. (Charlie retrouva un peu de son calme.) Je suis désolé que ce film ait vu le jour. Souviens-toi de ce que je vais te dire, Barry : si tu ne peux pas l'arrêter, quand tout ceci sera fini, tu ressentiras la même chose que moi.

» Alors, dis-moi, fit Charlie. Comment puis-je vous aider ?

— Je ne sais pas si vous pouvez faire quoi que ce soit, répondit Ermine.

— Oh, je sais ! s'exclama Charlie. Attendez-moi une seconde, le temps que j'aille dénicher quelque chose dans l'arrière-boutique !

Barry et Ermine en profitèrent une minute pour faire le tour du propriétaire, puis Charlie s'en revint, portant dans ses bras une lampe volumineuse avec un abat-jour en métal épais.

— Ça va les arrêter net. Je voulais le vendre sur mon site web, mais bon, vu que c'est pour la bonne cause…

— Je ne comprends pas, avoua Barry.

— C'est un projo, pour les décors de ciné. La première personne à s'en être servi, c'est Orson Welles. Puis, il est passé de réalisateur en réalisateur, ruinant leur carrière l'une après l'autre, expliqua Charlie. Il est maudit. Aucun film qui se fait avec ce projo ne peut voir le jour. C'est garanti. (Barry et Ermine regardèrent l'objet.)

» La Légende raconte qu'on avait promis à une jeune actrice sorcière un rôle dans *Citizen Kane II : La Revanche de Rosebud* si elle acceptait de coucher avec le scénariste. Elle a été assez naïve pour accepter, et comme de bien entendu, le scénariste n'a pas tenu sa promesse. Alors, elle a jeté une malédiction sur ce projo. C'est pour cela que la suite du film de Welles n'a jamais été tournée.

Ermine était dubitative, mais préféra ne rien dire. Charlie avait l'air plutôt inoffensif, et après tout, ils avaient besoin de toute l'aide qu'ils pourraient trouver.

— Enfin quoi, vous êtes des êtres magiques, alors vérifiez par vous-mêmes. Vous devriez pouvoir le faire sans trop de problème. Et puisque vous êtes des amis, je vous la vends pour…

Et là, Charlie prononça un prix qui parut exorbitant à Barry et insultant à Ermine.

— Je ne sais pas, Charlie… commença Barry.

Mais Charlie l'interrompit.

— Quel autre choix as-tu ? Saboter les caméras ? Kidnapper le réalisateur ? Crois-moi, ces studios sont machiavéliques. Ils trouveront toujours un moyen de s'en sortir. Les réalisateurs sont comme les hydres : tues-en un, et dix autres Alan Smithee prendront sa place.

— Bon… fit Barry qui mollissait. D'accord. Erm', est-ce que tu peux payer avec ta CB ? Je te rembourserai, promit-il.

À contrecœur, Ermine tendit son bout de plastique.

— Ouff, c'est lourd, fit-elle en prenant le projo dans ses mains. Pourrait-on simplement le prendre lorsqu'on en aura besoin ?

— Mais bien sûr, répondit Charlie.

Ermine fit tournoyer sa baguette magique au-dessus de l'objet. À présent, il se transporterait tout seul depuis l'arrière-boutique de Charlie lorsqu'Ermine lui en donnerait l'ordre. Quand même, parfois, la magie c'est sacrément pratique.

— Si j'achète ça, est-ce que tu accepteras de me le lire ? demanda Lon en montrant à Barry un exemplaire des *Nuits de la pleine lune.*

— « Le livre qui a révélé un million de derrières », lut Barry sur la quatrième de couverture. Euh, Ermine, est-ce que tu veux bien… ?

— Hé, depuis quand je suis Crésus ?

— Nan, j'me disais simplement que puisque tu vas lui lire le livre, autant que ce soit toi qui l'achètes.

— Très bien, fit-elle en ressortant sa carte de crédit et en la posant violemment sur le comptoir. Mais *pourquoi* est-ce que les mecs ressentent l'envie de baisser leur fute ?

— C'est génétique, expliqua Charlie.

— C'est pathétique, répondit Ermine.

C'était une soirée magnifique, le genre qui n'arrive qu'une ou deux fois par automne, lorsque le meilleur des deux saisons se mélange à la perfection, comme les éléments d'un sortilège convenablement lancé. À la tombée de la nuit, après une journée de ciel bleu, il faisait toujours assez chaud pour se balader en tee-shirt (ou en robe légère, si vous préférez). Parfois, une petite brise se levant un court instant. C'était le genre de soirée où tous les gens que vous croisez sur le trottoir sortent pour dîner.

Mais Barry, Lon et Ermine avaient des choses plus importantes à faire. Après un café au rade du coin – Barry avait besoin d'un coup de fouet car sa rencontre avec les Marketors l'avait épuisé –, ils se rendirent chez *Spirochete.*

Lorsqu'ils arrivèrent, Barry se tourna vers Lon.

— Essaie de paraître âgé, d'accord ?

— Désolé, c'est une soirée privée, fit le videur.

— Ouais, on sait, répondit Barry en montrant ses invitations.

On leur mit un coup de tampon sur les mains et ils entrèrent.

Le club avait un look vaguement médical ; tous les serveurs portaient des combinaisons chirurgicales bleues et passaient de table en table pour prendre les commandes sur des porte-blocs. Ermine remarqua que les barmen (tous mignons) portaient des blouses d'infirmiers, qui laissaient dépasser leur derrière. Les boissons étaient servies dans des vases à becs ou des compte-gouttes ; la nourriture, servie au bar, l'était dans des bassins.

Ils se trouvèrent une table, et Barry en profita pour appeler Jorge et Ferd. Il leur décrivit le dessin que le videur leur avait appliqué sur la peau, confiant que les deux frères pourraient le reproduire magiquement – cela faisait des années qu'ils faisaient ça. Moins d'une heure plus tard, ils étaient effectivement assis à leurs côtés.

La fête était morte ; les patrons restaient tous de leur côté, à parler stock-options en buvant de l'eau minérale. Les sous-fifres, sans portefeuilles d'actions pour venir alourdir leurs soucis, s'attaquèrent à l'open-bar avec un esprit revanchard.

Un flot constant d'employés flagorneurs s'approchait de Barry en rampant, ce qui le mit mal à l'aise. Lon, lui, était très content d'avoir son cocktail pour enfants et de regarder Jorge faire parler ses rondelles de citron ensemble. Ermine reluquait les barmen de manière éhontée, et bien que la mécanique ne soit pas son fort, elle les démontait des yeux, pièce par pièce. Elle renversa « accidentellement » son verre sur Susan Thompson, qui réagit pareillement de bonne grâce. Il y avait de la tigresse dans l'air.

Barry essaya de lier conversation avec des employées (les jeunes et jolies, bien sûr), afin de découvrir l'endroit où se trouvait J.G., mais pendant toute l'heure qu'il y consacra, avant que ne descendent sur lui des brumes aussi intoxicantes que celles de la Forêt Inédite, il n'arriva à rien.

Découragé et avec un mal de crâne dû à la fumée de cigarette, il se tourna vers Ferd et Jorge qui jouaient à un concours de boisson avec des sous-bocks enchantés.

— Hé les gars ! On s'arrache ?

— Pas d'problème, répondit Ferd.

— J'vais rester, fit Jorge, pour m'assurer que Lon et Ermine rentrent bien à la maison.

— Ermine ne voudra peut-être pas rentrer ce soir, objecta Ferd.

— Compris, répliqua Jorge.

Une fois que Barry eut récupéré son blouson militaire au vestiaire, lui et Ferd sortirent dans la rue. Il bruinait.

— Eh ben mon vieux, c'était pire que le Goûter Annuel de Frèrepétar, déclara Barry. Si c'est ça être adulte, j'y tiens pas, merci.

Ferd sourit.

— J'avais oublié les goûters, fit-il. Enfin, être adulte c'est pas si mal.

— Ouais, mais votre appartement…

— Oui, qu'est-ce qu'il a ?

Tout en marchant sans idée précise de l'endroit où ils se rendaient, Barry récita la longue liste d'aberrations qui caractérisaient le lieu de vie du duo Muesly, des murs roses à la baignoire chantante dans la cuisine, en passant par la moquette croustillante. Ferd laissa Barry parler un moment avant de prendre la parole.

— Changeons de sujet. Qu'est-ce que tu veux faire ?

— Regarde ça, dit Barry.

Haut dans le ciel nocturne, deux dragons – un sang-bleu du Connecticut et un aiguillesale de Newark – se tournaient autour en se jaugeant du regard.

— J'parie que c'est un trafic de drogue qui a mal tourné, commenta Ferd.

Le duo regarda le ciel, attendant que le grabuge commence.

Mais à la vitesse de l'éclair les Autorités Magiques de la Métropole s'interposèrent entre les deux dragons afin d'arrêter la rixe. Durant la Seconde Guerre mondiale, un dragon avait percuté l'Empire State Building suite à une blague entre fraternités. L'AMM avait jeté des sortilèges pendant des années afin que les Glandus croient qu'il s'agissait d'un accident de bombardier.

Ils entrèrent dans une épicerie magique et Ferd acheta un paquet de cacadmouettes. Elles riaient dans la bouche, pas dans la main.

— J'arrive pas à croire que tu manges de ça, confia Barry. Ça fait sauter les plombages.

Ferd haussa les épaules. Quelques blocks plus loin, ils virent un grand signe publicitaire qui disait : « Lecture Génitale - 5 $ ».

Barry était suffisamment saoul pour se laisser tenter.

— Faisons-le, Ferd. Allons nous faire lire les parties.

— Naaaaaan, rétorqua Ferd. Je ne veux pas qu'une

vieille folle joue à touche-pipi avec moi. J'ai eu mon compte avec Pludbus.

Barry éclata de rire.

— Allez viens, elle pourra peut-être nous dire où se trouve J.G. Rollins.

Et il prit Ferd par le bras.

Comme l'alcool venait progressivement à bout du jugement de Ferd – et il n'en avait jamais eu beaucoup, il faut bien le dire –, il se laissa convaincre et ils entrèrent. Ils furent accueillis par plusieurs générations de femelles très moustachues, certainement toutes génitomanciennes ; on disait que le don se transmettait génétiquement et qu'il était impossible de l'enseigner. La plus âgée ne remarqua pas leur arrivée. Elle était assise dans une chaise avec un grand dossier, près d'une fenêtre, et regardait la circulation au-dehors, dans l'attente d'une collision. La plus jeune était captivée de la même manière par la télévision où passait un dessin animé insipide et mal dessiné. Des illustrations recouvraient les murs mal éclairés de la pièce, chacune légèrement mystique mais suffisamment explicite pour que Barry soit gêné de les regarder.

Tous les meubles étaient recouverts de plastique. Barry croyait se souvenir que dans la classe de Mme Tralala il avait appris que les housses en plastique permettaient de mieux voir l'avenir. Ou peut-être qu'il se souvenait mal. Barry pouvait se souvenir de tout, même des choses les plus bizarres. Est-ce qu'il avait entendu dire ça ou pas ? Est-ce qu'il avait appris quelque chose ou l'avait-il inventé ? Il allait et venait ainsi dans son esprit, un peu comme si son cerveau avait le hoquet.

La troisième femme – qui avait entre 25 et 60 ans – leva le nez de son livre et les accueillit.

— Bienvenus les garçons. Je suis Mme Charlemagne.

Vous venez pour un petit coup d'œil ou pour une lecture totale ?

— Euh, un p'tit coup…

— *La totale*, insista Barry.

— Très bien. Je vais vous prendre un par un. (Elle enfila une paire de gants en latex.) Suivez-moi. Passez derrière le rideau de perles et baissez votre pantalon.

Pour des raisons de décorum, nous laisserons le détail des lectures dans les brumes du Temps. Il suffit de dire que Mme Charlemagne n'était pas bidon ; et que Ferd et Barry ont tous les deux appris quelque chose de très important. Ferd apprit que le chemin qu'il parcourrait dans la vie serpenterait, mais pas suffisamment, d'après Mme Charlemagne, pour qu'il ait besoin d'avoir un jour recours à la chirurgie esthétique. Et ce que Barry apprit lui fit attraper Ferd par le bras et retourner au club aussi vite que possible.

Ils poussèrent la queue, montrèrent leur main tatouée au videur, et entrèrent en courant dans le club sinistre, renversant au passage les verres de certains, à la recherche d'Ermine. La lumière noire qui éclairait toutes les salles rendait toute identification quasiment impossible. Ils cherchèrent en vain – lorsque soudain, Ferd aperçut un bout de soutif dans une alcôve.

— Je l'ai trouvée, Barry ! cria-t-il par-dessus la musique.

— Elle nous ressort le grand jeu ! hurla Barry.

Quand Ermine avait trop bu, elle devenait exhibitionniste. Ses amis connaissaient le moindre recoin de son corps. Et, à dire vrai, ils en avaient marre. Mais comme le faisait généralement remarquer Jorge : « Au moins, elle a l'alcool joyeux. »

Barry et Ferd se frayèrent un chemin dans la foule. Quand ils atteignirent Ermine, elle les prit dans ses bras et leur fit un gros bisou. Elle était complètement chlass.

— Remets ton sweat, la gronda Barry. On sait où se trouve l'auteur !

— Les gars, je sais où se trouve l'auteur ! hurla Ermine qui n'entendait rien.

— Quoi ? s'égosillèrent à l'unisson Ferd et Barry.

Au même moment la chanson s'arrêta, les faisant sortir de cette impasse.

— Je sais où se trouve J.G., fit Ermine.

— Comment t'as fait ? s'enquit Ferd. Tu t'es fait lire la fente ?

— Hein ? s'exclama Ermine, complètement abrutie par l'alcool.

La musique assourdissante repartit de plus belle, aussi durent-ils se rendre dans une pièce plus calme afin de démêler tout cela.

— Donc, à présent, nous savons qu'elle se trouve dans les bureaux de Cannulard, déclara Barry. C'est déjà un début. La question, par contre, c'est : est-ce qu'on va la libérer nous-mêmes, ou est-ce qu'on attend qu'une acromandela errante le fasse pour nous ?

Tout lecteur de *Bêtes Fabuleuses et Comment Les Préparer En Sauce* qui se respecte sait qu'une acromandela est une gigantesque araignée noire passionnée par les droits civils. Malheureusement, on les trouve surtout en Afrique du Sud, et pas franchement à Manhattan.

— Moi, je dis qu'on ne peut pas attendre. Faisons-le nous-mêmes, proposa Barry.

Ils avaient récupéré Jorge et Lon et s'étaient réfugiés chez *Tiny*, un petit jazz-club souterrain adulé par la communauté centaure de New York. Ferd et Jorge étaient des réguliers, accros aux « Tremplins de Charmes », où des hommes avec des boucs et des femmes aux cheveux nattés essayaient leurs dernières incantations en rimes libres.

L'entrée de *Tiny* se trouvait dans une grille d'évacuation d'air du métro, en plein milieu de la Septième Avenue, à Greenwich Village. Même en y regardant de près, les Glandus n'y voyaient que du feu. En revanche, les sorciers et autres créatures magiques pouvaient passer par un interstice secret entre les barreaux et descendre ensuite quelques marches jusqu'à l'intérieur de chez *Tiny*.

Un quartet plaqua les derniers accords de *Il fait trop chaud pour travailler*, puis un emssi monta sur scène.

— Sorcières, Sorciers, Centaures et Centaurettes, veuillez accueillir… Miss Spatula Clark !

Il plaça une bouteille de chianti à fond d'osier sur scène. De la fumée rose commença à s'élever du goulot pour former les hanches et les courbes d'une femme. L'apparition vaporeuse se mit à chanter.

— Nuit magiiique… une histoire d'humour qui tourne « au secours !»…

Un déluge d'applaudissements. Pendant ce temps, le fantôme de Frank Sinatra arpentait le club, essayant d'en coller une à tous ceux qu'il croisait – mais comme il était un fantôme, ses poings passaient au travers des gens, sans leur faire de mal.

— Mais sommes-nous sûrs que J.G. veut partir ? demanda Jorge. Et doit-on lui dire que nous sommes venus la kidnapper ?

— Je ne crois pas que ce sera nécessaire, de toute façon. Mon informateur m'a dit qu'elle vivait dans la cave, dans une petite cellule, leur apprit Ermine. Le sol est électrifié et lorsqu'elle écrit moins d'un certain nombre de signes par minute, elle se prend une décharge (18). Je crois qu'elle sera contente de s'évader et qu'elle nous sera suffisamment reconnaissante pour nous aider.

Les mâles de la table étaient tous paralysés devant la chanteuse éthérée qui changeait sans cesse de forme, se transformant à chaque fois en femmes plus belles les unes que les autres. Ermine sentit monter en elle l'irritation familière d'être entourée par des hommes des cavernes.

— Les gars, vous écoutez ce que je dis ? On a un boulot à faire. Des idées ? Comment pouvons-nous arriver jusqu'à elle ?

— Eh bien, je ne sais pas si c'est important, dit Jorge, mais il y a réunion du conseil d'administration de Cannulard demain. Tout le monde en parlait à la fête.

— C'est bon, ça, commenta Ermine. Il y aura plein d'inconnus un peu partout.

Les rouages se mettaient à tourner. L'orchestre continuait de jouer et tout le monde était perdu dans ses pensées. Frank le Fantôme cherchait toujours à se battre avec n'importe qui.

— Si je me transformais en rétroprojecteur…, proposa Barry.

— … tout le monde te verrait. Et puis, Barry, il faut que nous y allions tous, juste au cas où les choses tourneraient mal. Non, j'ai une meilleure idée, fit Ermine. (Barry détestait être interrompu comme ça, mais il la laissa continuer.) Dans ce genre d'assemblée, ils commandent toujours à manger. Je me ferai passer pour le traiteur, et j'apporterai un sac de petits pains ronds.

— Je suis sûr qu'ils apprécieront ta gentillesse, dit Barry.

Ermine roula des yeux.

(18) Note de l'éditeur : Génial !!! Pourquoi n'y ai-je pas pensé plus tôt !!!

— Ce sera *vous* les pains ronds ! Toi et Lon et Ferd et Jorge. Je vous transformerai.

— Bon plan, admit Jorge. J'ai toujours rêvé de passer dans les canaux digestifs des huiles de l'édition.

— Ne t'inquiète pas, Jorge, je mettrai des vrais bagels sur le dessus. C'est ceux-là qu'ils mangeront ; vous, ils vous laisseront moisir, fit Ermine.

Ils y réfléchirent tous un instant, sauf Lon, qui ne réfléchissait jamais, et Ferd, qui s'était endormi. Barry brisa le silence.

— Je pense que c'est un plan débile – Ermine fit mine d'ouvrir la bouche pour protester –, mais comme c'est le seul que nous ayons, alors d'accord.

— Rentrons dormir un peu, suggéra Ermine.

— Hé ! Me tourne pas l'dos, toi ! Tu vas voir, j'vais te caresser les cheveux, moi. J'vais t'bousculer, moi ! Allez, lève-toi, lève-toi ! hurla Sinatra à Ermine en se jetant sur elle.

Elle ne le remarqua même pas ; le direct du droit passa à travers son menton sans le moindre effet.

— *Merde*, comme d'hab ! brailla Sinatra, dépité.

Chapitre Douze

La grande évasion

Alors que le *nec plus ultra* de Coudbar s'apprêtait, plein d'enthousiasme, à violer la propriété de Cannulard, un autre ancien élève ne voyait pas d'un aussi bon œil les courses, les acrobaties, l'éventuelle esquive de balles et peut-être même les coups de taser dans les testicules que ce matin promettait. Après que les autres furent allés se coucher, Ferd était reparti au *'Chete*. Il avait salué l'aube de façon exubérante, une infirmière-serveuse à chaque bras, et maintenant il le payait cher.

Il avait lampé des boissons d'intelligence – pas franchement futé pour quelqu'un d'une capacité intellectuelle plutôt moyenne –, et bien que le flot de pensées abstraites ait été plaisant le temps qu'il avait duré (il avait finalement compris *Ulysse*, l'art moderne et la trigo), la descente en trombe jusqu'au QI normal de Ferd lui avait provoqué une migraine du feu de Zeus. Il avait bu un grand verre d'eau et lu quelques pages de l'*Encyclopedia Universalis* avant de dormir quelques heures, mais cela n'avait été d'aucune aide. À présent, il alternait entre les faibles grognements et ses demandes habituelles de Pim's.

Gracieusement suspendues entre le gâteau et le cookie, ces charmantes petites confections au chocolat et à l'orange n'avaient absolument aucun effet médical. Pourtant, Ferd se cramponnait dur comme fer à elles, comme seul moyen de pallier ses gueules de bois. De fait, six paquets étaient actuellement en cours de livraison depuis Kelkoorss.com.

On sonna à la porte et Barry alla ouvrir. Là, un casque sous le bras, se tenait le livreur de Kelkoorss.com… et sur son front se trouvait un interrobang parfaitement dessiné.

La mâchoire de Barry s'affaissa. Avait-il un frère secret dont il ignorait l'existence ? Et si c'était le cas, pouvait-il avoir des trucs gratos sur Kelkoorss.com ?

— Le mien a l'air vachement mieux que le vôtre, se moqua le livreur. Je serais dégoûté si j'avais *ce* gribouillis de merde gravé sur le front.

Barry soupira en silence.

— Mais… pourquoi ?

— J'étais vraiment fan des livres quand j'étais petit, expliqua le mec en lui tendant les boites de Pim's. Et puis, j'ai découvert les filles. Signez là, dit-il en présentant le bloc-notes à Barry. (Le livreur soupira et joua encore un peu à l'oiseau meurtri afin d'obtenir un plus gros pourboire.) C'est ma dernière livraison ; la société va bientôt déposer le bilan. (Barry se demanda s'il n'était pas en train de se faire embobiner, mais lui donna quand même un billet de cinq dollars.) Merci, lui dit le livreur en partant.

Barry ferma la porte et passa les boîtes à Ferd qui les ouvrit avec la férocité d'un glouton.

— Merci mon Dieu ! Ma tête me fait un *mal* de

chien, dit Ferd.

— Oh, tu sais, Sartre a dit que « la vie n'est que souffrance ».

Ferd ne répondit pas, occupé qu'il était à mâcher comme un dingue ses gâteaux.

— C'était Bouddha, corrigea Ermine.

— C'est pareil, répliqua Barry en haussant les épaules.

— Allez, taillons la route, fit Jorge. Car comme le crime ne paie pas, je dois aller bosser à midi.

Barry, Lon, Jorge et Ferd se placèrent les uns derrière les autres en attendant d'être transformés en nourriture. Jorge fut le premier à y passer, et il en paya le prix : il fut d'abord transformé en petit nain et en petit bain avant d'être petit pain.

— Ces baguettes mettent du temps à être chaudes le matin, dit Ermine en secouant la sienne comme un thermomètre.

— Mets-moi des petites graines ! Mets-moi des petites graines ! hurla Lon qui sautait sur place pour donner de l'emphase à sa requête.

Il adorait les graines de pavot. Cela fit sourire Ermine ; dans des instants pareils, on pouvait presque penser que Lon était un petit garçon adorable, et pas un ancien petit ami exigeant ayant été étrangement blessé et peu au fait de l'hygiène personnelle d'un adulte.

Une fois que les garçons furent tous petits pains, elle les rangea dans un sac en papier, puis alla au bout de la rue en acheter une vingtaine de plus. Elle les disposa sur le dessus, à la consternation de ses collègues déjà à l'étroit. Toutefois, leurs jurons étouffés s'arrêtèrent assez vite ; Ermine en déduisit qu'ils devaient dormir. Elle bâilla par solidarité – la nuit avait été longue.

Elle sauta dans un taxi et indiqua l'adresse des bureaux de Cannulard. Elle profita d'un moment où le chauffeur était absorbé par son téléphone portable pour se donner un coup de baguette en marmonnant un sort ancestral.

— *Fromagi-uni !*

Les fringues normales d'Ermine furent remplacées par un uniforme horriblement approprié en polyester capteur de sueur. Une aiguille et un fil magiques brodèrent les mots « Sensations Goûtues » sur son chapeau vert et son tablier assorti.

Ermine passa mentalement le plan en revue pendant le trajet afin qu'en arrivant à Cannulard, tout se passe comme sur des roulettes. Elle arriva à la porte ; prit l'ascenseur jusqu'au dixième étage ; disposa rapidement les petits pains ronds (et de façon assez professionnelle, trouva-t-elle) sur la table de conférence ; et était juste sur le point de remporter le sac qui contenait les quatre humains petit-panisés lorsqu'un homme au visage rougeaud dans un costume gris terne la toucha au bras.

— Oh ! fit Ermine en sursautant.

— Pourquoi êtes-vous si nerveuse ? demanda le bonhomme. Je ne vais pas vous mordre.

Tu ferais davantage si tu savais pourquoi je suis là, pensa Ermine.

— Nous allons être plus nombreux que d'habitude, lui confia le type, alors autant laisser tous les pains.

— Mais… ceux-là sont rassis, répliqua Ermine en tenant le sac contre sa poitrine.

— C'est pas grave, fit l'homme en lui arrachant le sac des bras. On les fera en toasts.

Ermine pria pour que son visage ne reflète pas l'horreur qui l'envahissait.

— En t… to… toasts ?

— Ouais. Vous faites jamais griller de pain à New York ?

Il versa le contenu du sac sur le dessus de la confection artistique d'Ermine. Celle-ci déglutit bruyamment. Il lui rendit le sachet.

— Hé, vous aimez Barry Trotter ? demanda le mec en souriant.

— Ben, comme tout le monde, non ? répondit Ermine avec une pointe d'ironie.

— Alors, j'ai quelque chose pour vous, dit-il en sortant une figurine articulée de sa poche. Vous préférez qui, Barry ou Ermine ?

— Ermine ? Qui c'est ça, Ermine ? s'enquit Ermine. Je n'ai jamais lu les livres.

— C'est la petite amie de Barry.

— N'importe quoi ! cria Ermine en s'oubliant.

— Je croyais que vous n'aviez pas lu les livres, fit le gars en rigolant. Ne vous inquiétez pas, beaucoup d'adultes ne l'admettent pas au premier coup. Tant que vous les achetez, on s'en moque. Tenez, prenez Ermine. (Il lui tendit la figurine devant le nez.) Wao ! Vous pourriez être sœurs, toutes les deux.

— Vous trouvez ? demanda Ermine en souriant faiblement.

— On vient tout juste de livrer vingt millions de ces machins à McDaniel's. Cela encouragera sans doute les mômes à bâfrer plus vite la daube salée qu'on leur sert. J'y ai jamais touché, moi. C'est mauvais pour le palpitant, y paraît. (Il prit un petit pain noir.) Ça, en revanche, c'est faible en graisses.

Elle dut se retenir de lui arracher le pain des mains. Si elle le faisait, c'en était fini de leur tentative ; mais si elle ne le faisait pas, les garçons risquaient d'être tous mangés.

Il prit une grosse bouchée. Ermine s'attendit à de petits hurlements, mais heureusement, il n'y en eut pas.

— Je suis Brent, déclara l'homme en lui tendant une main pleine de miettes.

— Salut, Brent, moi je suis... (Ermine avait oublié de se trouver une identité secrète) ... vraiment en retard, je dois y aller...

La seule chose à faire était d'abandonner les garçons et qu'ils se défendent tout seuls (pour peu qu'un petit pain puisse se défendre), d'aller délivrer J.G. aussi vite que possible, et de revenir les chercher plus tard. Ermine s'excusa, rejoignit l'ascenseur et pressa furieusement le bouton. Celui-ci finit par arriver et elle appuya sur « Salle de Torture ».

Serre les fesses, pensa Ermine.

Elle descendit lentement : si le bâtiment avait l'air neuf d'apparence, ses entrailles étaient plutôt vieilles. Les portes s'ouvrirent, révélant un garde imposant, un flingue à la taille.

— Je suis désolé, mademoiselle. Vous devez vous être trompée d'étage. C'est une zone à accès réservé.

Ermine joua les débiles.

— Oh, je m'excuse. (Comment vais-je me débarrasser de ce gros lard ? pensa-t-elle.) Pouvez-vous m'indiquer comment rejoindre le hall d'entrée ?

— Sans problème, répondit le garde. Vous n'avez qu'à appuyer sur « 1», comme ça.

Les portes se refermèrent ; Ermine sortit sa baguette et se frotta avec.

— *Anorexianervosa !*

Elle ressemblait à présent à l'attachée de presse, Susan Thompson.

Si seulement je pouvais en profiter pour la mettre dans le pétrin, pensa Ermine.

Arrivée au hall d'entrée, elle appuya de nouveau sur « SdT », avant que quiconque puisse entrer. Les cris de protestations disparurent petit à petit.

Les portes s'ouvrirent. Le garde était toujours là. Mais cette fois-ci, il s'écarta pour la laisser passer.

— Bonjour, Mme Thompson. La prisonnière a été relativement calme.

Ermine lui fit face et essaya de parler d'une voix autoritaire.

— J'ai perdu la clé de la cellule de la prisonnière. Pourriez-vous l'ouvrir pour moi ?

Le garde flaira aussitôt l'arnaque, car il était plus intelligent qu'il n'y paraissait ; Thompson appelait *toujours* la prisonnière, « notre poule aux œufs d'or ».

— Vous n'avez pas besoin d'une clé, il suffit de passer votre carte d'identification magnétique devant la porte. Et vous êtes censée le savoir. (Il prit un téléphone.) Restez où vous êtes, qui que vous soyez.

— Oh, et puis merde ! (Ermine l'agrippa et l'assomma à l'aide d'un sortilège maison.) Je vais prendre ceci, merci beaucoup, dit-elle en lui ôtant sa carte d'identification.

Un instant plus tard, elle se tenait devant une grosse porte métallique où une pancarte disait : « Circulez, il n'y a rien à voir – c'est un placard à balais – Réservé au personnel autorisé. » Elle passa la carte magnétique devant le panneau en plastique situé sur la porte à hauteur de poitrine, et les grosses portes coulissèrent. Là, dans la pénombre, se trouvait l'autrefois si fière silhouette de J.G. Rollins.

— Hiiiiiiiiiii ! hurla-t-elle en se jetant dans un coin.

La pièce était visiblement taillée dans l'acier trempé du sol au plafond. À l'exception d'une ampoule qui pendouillait au plafond, les seuls objets dans la pièce étaient une table avec une machine à écrire, une commode genre prison, et un biberon pour hamster de taille humaine. Il y avait une pile de *Livres-Hebdo* déchirés dans un coin, probablement là où la plus populaire des auteurs jeunesse dormait à présent.

— Oh mon Dieu, non, on m'a déjà mis des électrodes hier ! coassa J.G. Je vous ai donné votre chapitre.

Comment est-ce que ceci avait pu arriver : Cannulard qui retenait son auteur phare en otage ? Le cinquième roman, *Barry Trotter et l'Ordre du Pénis*, parlait de la puberté tumultueuse de Barry dans un déluge d'idioties érotiques comme peuvent en écrire les fans, et avait fait exploser tous les records du plus gros tirage de tous les temps pour un roman. Cela avait été un choix risqué, mais qui avait fonctionné. Après le sixième roman, *Barry Trotter et le Machin-Truc Magique Effrayant*, les critiques avaient accusé J.G. de devenir feignante. Toutefois, ce volume fut suivi par le septième, de loin le plus ambitieux de tous avec ses 4 700 pages, *Barry Trotter et les Chevaliers de la Logorrhée*, où J.G. avait essayé de donner une conclusion à toutes les pistes qu'elle avait lancées dans les précédents tomes. Les procès intentés par les lecteurs qui s'étaient blessés avec ce pavé rendirent nécessaire le volume huit, *Barry Trotter pète les Plombs et tue un paquet d'Avocats* (que Cannulard avait choisi de réintituler *Barry Trotter et la Milice à Mallettes*).

Il était clair que J.G. était devenue folle, et des méthodes de coercition de plus en plus fortes étaient devenues nécessaires, ne serait-ce que pour qu'elle continue à écrire. Elle eut un mouvement de recul en voyant

Ermine agiter sa baguette, et Susan Thompson disparaître au profit d'Ermine « Sensations Goûtues » (19).

Aussitôt, J.G. arrêta de geindre et se releva.

— Désolée, je n'ai pas commandé à manger, fit-elle. Vous êtes sans doute descendue au mauvais…

— C'est moi, imbécile, rétorqua Ermine. Ermine Cringer.

— Oh, Dieu soit loué ! s'exclama J.G. Je vous en supplie, aidez-moi ! Je ferai tout ce que vous voudrez ! Je vous rendrai moins geek dans le prochain tome, je le jure !

— La première chose à faire serait de fermer votre gueule, répliqua Ermine.

L'auteur avait vraiment une drôle de dégaine – elle était venue pour une réunion avec les Marketors, et au lieu de cela, elle avait été conduite et enfermée dans ce donjon style Krupp. Ces quinze derniers jours, elle avait mené une vie de servitude dickensienne. Ermine en déduisit qu'elle avait porté le même accoutrement tout ce temps ; les pieds de ses collants étaient complètement usés et leurs lambeaux pendouillaient le long de ses mollets.

— Venez, dit-elle à l'auteur fabuleusement riche et pourtant dangereusement sous-alimentée en la prenant par le bras. Cassons-nous d'ici.

Elles coururent – enfin, l'une courut et l'autre avança en titubant – jusqu'à l'ascenseur. En attendant devant les portes, les deux femmes étaient agitées de tics nerveux. L'auteur tenta de parler plusieurs fois, mais fut réduite au silence par Ermine qui essayait de se concentrer. Comment allait-elle faire sortir J.G. ? Est-ce que les garçons avaient déjà été mâchouillés ? Et aurait-elle dû acheter ces chaussures qu'elle avait vues hier ?

L'ascenseur s'ouvrit, et là – comme l'esprit totem de

(19) Produit non encore disponible dans votre magasin de jouets.

Cannulard se dressant de colère pour protéger son bien le plus précieux – se tenait Randy le Joyeux Rottweiler.

Randy retira sa tête, révélant un jeune homme au crâne dégarni avec des problèmes de peau.

— Désolé, fit-il. Je me suis trompé d'étage. Je ne vois rien avec cette tête.

Ermine et J.G. rentrèrent dans l'ascenseur. J.G. était terrifiée, et *avec raison*, pensa Ermine. Pour elle, il n'y avait aucun doute que Cannulard préférerait tuer J.G. que de la voir partir pour tout déballer dans *Entrevue*. L'auteur ne pouvait pas les attaquer pour séquestration – Amnesty International fermait généralement les yeux avec les maisons d'édition – mais elle pouvait en tout cas les atteindre là où ça leur ferait mal : en emmenant tout ce qui concernait Barry chez un concurrent. Soudain, Ermine eut une illumination.

— Qu'est-ce qu'un gentil garçon comme vous fait dans un costume comme ça ? s'enquit-elle.

— Il y a un groupe scolaire qui vient visiter à dix heures, répondit l'homme-chien. Ils deviennent dingues dès qu'ils aperçoivent Randy. (Il émit un petit rire amer.) Et moi, pendant ce temps, je me demande sans cesse si…

— Génial, c'est tout ce que nous voulions savoir, fit Ermine.

Vingt minutes devraient faire l'affaire, pensa-t-elle.

Elle dégaina sa baguette magique et assomma l'homme-chien avec un sortilège de *Soporiffic Suplex*. Il s'écroula endormi sur le sol de l'ascenseur.

— Aidez-moi à lui ôter son costume, demanda Ermine à J.G. Et enfilez-le en quatrième vitesse !

Lorsqu'elles atteignirent la salle de conférence, au dixième étage, l'auteur était en train d'enfiler la tête de Randy. Elles sortirent de l'ascenseur en abandonnant l'homme en slip écroulé dans un coin, dans les bras de Morphée.

— Suivez-moi et ne dites rien, la prévint Ermine.

Elles marchèrent jusqu'à la salle de conférence, d'où sortaient les cadres sup en train de tousser et de s'étouffer.

— Il y a quelque chose de pourri au royaume des pains ronds ! s'exclama une femme en s'essuyant les yeux. Ce ne sont pas des pains cuits, ce sont des obscénités !

— Je sais, m'dame, avoua Ermine en prenant la balle au bond. Je viens de recevoir un SMS du quartier général qui nous prévient de l'existence d'un groupe de petits pains ronds complètement avariés. Je vais les prendre avec moi et m'assurer qu'ils soient détruits.

— Mon Dieu, je n'ai jamais rien senti de tel, fit un autre cadre qui tenait un mouchoir sur son nez. C'est quoi leur problème ?

— Ils sont expérimentaux, répondit Ermine. Fait à base d'olestra. Votre DRH vous a désignés comme sujets tests.

Elle s'excusa et partit, laissant derrière elle chaos et confusion.

Je m'demande ce qui a bien pu se passer, pensa-t-elle.

Pendant ce temps-là, un groupe de cadres était en train de provoquer Randy en lui donnant des coups de doigt ou en lui frappant la truffe. Ermine priait pour que J.G. ne se laisse pas entraîner à réagir. Gardant un œil sur eux, elle se dépêcha d'aller chercher les petits pains ronds qu'elle enfourna dans un sac.

— Hé, mais je les mange, moi, fit une grosse voix derrière elle.

Elle se retourna, une expression horrifiée sur le visage.

— Non ! Je veux dire, ne faites pas… vous ne pouvez pas…

— Oh, oui, je suis au courant pour l'odeur. Je ne devrais pas rester ici, mon costume va empester.

Il prit une grosse bouchée. Ermine vit les miettes de ses précédentes victimes nichées au cœur d'une somptueuse moustache à la gauloise. Ermine essaya d'entendre le moindre petit hurlement.

— Mais j'ai perdu la majorité de mes organes olfactifs pendant le Vietnam, alors ça n'a pas franchement d'importance pour moi. Je ne sens rien du tout.

Ermine essaya de décoller son regard des mâchoires de la mort qui, elle en était sûre, mastiquaient sans remords ses vieux potes d'école. Enfin bon, elle ne pouvait pas y faire grand-chose, à présent. Elle connaissait les risques de la transformation en nourriture et les autres aussi. Il était temps de partir.

— Attendez, laissez-m'en un ou deux… demanda l'homme.

— Non, je ne peux pas, répondit Ermine en essayant d'être aussi brusquement autoritaire que possible pour un Américain, selon elle. Ils sont mauvais. Merci. Au revoir.

Elle attrapa le sachet de petits pains, marcha à grands pas vers l'ascenseur et appuya sur le bouton « Descendre». L'engin arriva et tout le monde se précipita à l'intérieur – Ermine, les cadres, et Randy, qui passait toujours un mauvais quart d'heure. Tous des tyrans en puissance, les cadres prenaient leur pied à revivre cette phase merveilleuse de l'enfance.

— Allez, fit un loubard en costume, voyons voir qui se cache là-dessous.

Il se mit à vouloir dévisser la tête de Randy et J.G. plaqua ses pattes sur les avant-bras du jeune homme pour les repousser. Ils se mirent à lutter l'un contre l'autre.

Ermine s'interposa.

— Euh, il est très sensible.

Le loubard se tourna vers elle.

— Comment tu sais ça, toi ?

— Il me l'a dit. Il a en plus des problèmes de peau.

Le loubard se préparait à répondre avec les mots « va», «te» et « faire» quelque chose, lorsqu'un autre cadre, manifestement supérieur à lui, le retint.

— Bill, ça suffit, arrête de te conduire comme un imbécile. Nous ferions mieux de nous concentrer sur la meilleure façon de vendre *Barry Trotter* aux Aborigènes.

Elle avait déjà entendu cette voix... sur les « Carnets de Kuizine » audio du CPAN. Ermine sursauta. Elle venait de réaliser qu'elle se trouvait devant le PDG de Cannulard. Il avait l'air aussi inoffensif qu'un grand-père – ce qu'il était sans doute. Pourtant, de la sueur lui coula le long du dos.

À l'intérieur du costume, J.G. éternua.

— Désolé, fit-elle en essayant d'imiter une grosse voix.

Au bout de quelques étages, les portes s'ouvrirent et Susan Thompson apparut. Ermine fit semblant de tousser et en profita pour se dissimuler le visage.

— C'est complet, fit l'un des cadres.

— Je prendrai le prochain, répondit Susan.

Alors que les portes allaient se refermer, une main vint les retenir et Ermine entendit Brent beugler : « Susan, regarde cette fille – ne dirait-on pas le portrait craché d'Ermine ? »

Thompson leva le nez du rapport qu'elle était en train de parcourir et regarda Ermine.

Faites qu'elle ne me reconnaisse pas, faites qu'elle ne me reconnaisse pas...

— La vraie Ermine est plus rondelette, déclara Susan.

Elle retourna à son rapport et les portes se refermèrent. Furieuse, Ermine marmonna quelques mots, et cinq kilos de cellulite insuçable apparurent sans un bruit sur les hanches de Thompson.

Arrivés au cinquième étage, les cadres sortirent de l'ascenseur. Une fois les portes refermées, Ermine s'autorisa à respirer. Elle entendit une petite prière étouffée provenir du cou de Randy.

Elles atteignirent le rez-de-chaussée et se dirigèrent vers les portes. Les vigiles allaient-ils les arrêter ? L'acteur endormi ou le garde inconscient avaient-ils déjà été découverts ?

Le garde se retourna et les regarda.

— Hé, Randy, tu es attendu pour la visite guidée, fit-il.

— Euh… (*change ta voix*, pensa Ermine désespérément) je dois aller chercher quelque chose dans ma voiture.

— Quoi donc ? Ton collier antipuces ? répondit le garde en rigolant bêtement.

Alors qu'ils sortaient, Ermine percuta une femme en uniforme qui portait un gros sachet plein de nourriture.

— Pardon, s'excusa Ermine, en réalisant que le vrai traiteur venait d'arriver.

Ils avaient plutôt intérêt à partir et vite !

Comme la confusion éclatait dans le hall d'entrée, les deux femmes arrêtèrent un taxi et s'en allèrent sans demander leur reste. Quelques instants plus tard, un homme en slip percuta un garde et s'arrêta tant bien que mal sur le sol fraîchement ciré.

— Écoute, bonhomme, tu ne peux pas te balader comme ça, lui fit remarquer le garde. Il y a un groupe scolaire qui visite les bureaux en ce moment…

— Ce type m'a chouré mon costume ! J'ai payé deux cent cinquante dollars de dépôt de garantie !

Et c'est là que ça a commencé à vous-savez-quoi des bulles…

Chapitre Treize

Pour une aubaine c'est une aubaine

Dans la bizarrerie déchaînée de Manhattan, les taxis de la ville étaient devenus tolérants à l'extrême. Toutefois, même dans un quartier aussi débridé que celui-ci, une grosse mascotte en tissu éponge attirait l'attention. Le chauffeur de taxi mit sa radio à fond en espérant que ces débiles sur la banquette arrière ne lui causeraient pas de souci.

J.G. retira sa tête.

— Libre ! hurla-t-elle par-dessus la cadence sonore et non anglo-saxonne qui pulsait des baffles. Je suis libre !

De joie, elle embrassa Ermine.

Le chauffeur leur jeta un coup d'œil nerveux dans le rétroviseur. Mais après tout, on était à Greenwich Village…

— Contentez-vous de conduire, lui dit Ermine.

Elle n'appréciait pas les regards baladeurs, surtout lorsqu'elle s'apprêtait à jouer les sorcières bien-aimées. En effet, elle sortit un petit pain du sachet et le posa à côté d'elle sur la banquette.

— Merci, Ermine, mais j'ai eu assez de pain sec et d'eau pour toute une vie.

Ermine tapa sur le pain avec son bâton. Rien ne se passa, aussi le jeta-t-elle par la fenêtre ; elle dégomma une femme qui attendait l'autobus.

— Que faites-vous ? s'enquit J.G.

— Vous verrez bien, lui répondit Ermine en saisissant un autre petit pain.

Cette fois-ci, il y eut un flash d'une milliseconde et, soudain, Jorge se retrouva assis à la place du pain ; il se passa la main dans les cheveux afin d'en éliminer les graines. Ermine transforma ensuite Barry, Lon et finalement Ferd – qui (et ce n'est pas si surprenant vu le titre de ce chapitre) n'avaient pas la moindre empreinte de dents sur eux. Une fois qu'elle eut fini, la banquette arrière du taxi ressemblait à une soirée d'intégration : pour preuve, le pied de Barry dépassait par la fenêtre.

— Il va falloir payer un supplément, déclara le chauffeur qui n'en loupait pas une.

En arrivant à l'angle de la rue de Jorge et Ferd, Barry fut le premier à apercevoir la foule qui se réunissait de façon malveillante devant l'Oneida. Quelqu'un avec un mégaphone scandait des slogans : « S'il vous plaît, n'arrêtez pas le film ! », « Le film sera sublime ! » D'autres, encore, brûlaient des statuettes à l'effigie de Barry.

— Laissez-nous là, dit Barry au chauffeur. Jorge, tu as de l'argent glandu. Paie-le.

Jorge colla un billet de dix dollars dans la main du chauffeur et ils s'agglutinèrent à quatre pattes derrière la portière ouverte afin de ne pas se faire repérer. Quelqu'un devait les avoir informés que Barry était en ville, et pourquoi. Tout cela sentait franchement *Barbouze* de chez Fior. L'interrobang de Barry acquiesçait silencieusement mais douloureusement. Ils se faufilèrent au coin de la rue sans être vus.

— On ne peut pas y retourner, déclara Barry.

— Ils ne m'ont pas l'air de gros durs, objecta Ferd. Je suis sûr que c'est des Faux.

Les Faux étaient des créatures, genre zombies, créées et contrôlées par les Marketors. La plupart du temps, on les trouvait réunis en groupes d'opinions, qui gâchaient des films avec leurs préférences d'imbéciles, qui répondaient à côté de la plaque à des sondages importants, faisant ainsi élire certains politiciens débiles. Voici de fait une règle d'or : dès que vous vous dites « comment les gens peuvent-ils être aussi stupides ? », ne cherchez plus, ce ne sont pas des gens, ce sont des Faux.

— La ferme, boîte à prouts, lui dit Jorge. Barry a raison. Les Faux et les Marketors, on peut s'en débarrasser avec un sort de *Laveritae Tailleur*, mais il y aura peut-être des hommes de mains de Cannulard dans la foule.

J.G. déglutit bruyamment.

— Allons chez *Tiny*, proposa Jorge. Je parie qu'ils sont toujours en train de nettoyer après le concert de cette nuit. Mitch nous laissera entrer.

Quelques minutes plus tard, dans l'abri souterrain, au milieu de bouteilles de RhuTastic et de sandwichs achetés chez un Indien du coin, les camarades célébrèrent le succès de leur opération. Barry secoua son soda et aspergea Ermine comme si c'était du champagne. Le moral au beau fixe, les idées plutôt destructrices ; ils se seraient crus au bon vieux temps.

Pendant ce temps, un nouveau groupe de musiciens vint s'installer dans la pénombre et les bougies, répétant, s'accordant et échangeant des blagues que seuls des musiciens de jazz sont à même de comprendre. Aucun groupe ne fit attention à l'autre.

— Alors, que s'est-il passé dans la salle de conférences ? s'enquit Ermine. Lorsque je suis arrivée, tout le monde sortait pour aller vomir.

Les garçons se tournèrent tous vers Ferd avec l'air d'attendre quelque chose.

— J'ai pas pu me retenir, grommela Ferd. J'avais des gros gaz.

La sagesse du vieux soiffard :

Boissons d'intelligence suivies de bière, rien à craindre derrière,

Cacadmouettes et boissons d'intelligence, tes pets puent le rance.

... s'était révélée encore une fois vulgaire mais exacte. Sauf qu'en plus, ce coup-là, elle avait sauvé la vie aux garçons.

Les cadres sup, affamés, avaient terminé rapidement les vrais petits pains. Heureusement, Ferd, le premier de nos héros métamorphosés, qui devait finir avec du fromage frais sur le dos, avait eu une horrible attaque de flatulences toute la mâtinée (un effet secondaire des étranges concoctions pro-intello qu'il avait essayées la nuit d'avant). Alors qu'il allait disparaître entre les dents du vice-président de la distribution, la peur l'emporta et il laissa échapper un vent. Et comme d'habitude, dès qu'on en laisse sortir un, le reste suit, et chaque éruption fut plus dégueulasse et effroyable que la précédente. Bientôt, la salle tout entière fut remplie d'une brume verdâtre et puante. Le conseil d'administration de Cannulard était passé de la toux et des yeux qui piquaient aux récriminations perfides, puis s'était finalement jeté sur le sol pour ramper hors d'atteinte. Inutile de dire que personne n'avait plus mangé de petit pain après cela.

Tout le monde riait. Sur scène, une momie trompettiste avec une section rythmique zombie s'échauffait.

Grâce aux propriétés de la rhubarbe, élixir de vérité naturel, la conversation prit un tour sérieux lorsque Barry se tourna finalement vers J.G.

— Vous devez vous demander pourquoi nous sommes venus vous libérer. Nous devons arrêter le film *Barry Trotter* à tout prix, et nous nous sommes dit que vous deviez savoir comment faire.

À la mention du mot « film», J.G. se raidit et répondit d'une voix forte et monocorde.

— Je suis folle de joie que la Wagner Brothers donne vie à mes créations, les offrant ainsi à des millions de nouveaux fans à travers le monde.

Le groupe fut interloqué par l'illogisme de la réponse.

— Euh..., okay, fit Ermine. Alors, J.G., y aurait-il quelqu'un à Cannulard qui pourrait...

J.G. reprit la parole, mais d'une voix encore plus forte.

— Les gens de Cannulard sont les plus gentils, les plus courageux et les plus extraordinaires que j'aie jamais eu la chance de côtoyer.

— Vous plaisantez. Ces enfoirés de Cannulard...

— Les gens de Cannulard sont les plus gentils, les plus courageux et les plus extraordinaires que j'aie jamais eu la chance de côtoyer.

— Wao, fit Ferd. Je crois qu'elle a pété un câble.

— Je n'en suis pas si sûre, déclara Ermine. J.G. : film.

— Je suis folle de joie que la Wagner Brothers donne vie à mes créations, les offrant ainsi à des millions de nouveaux fans à travers le monde.

— Cannulard.

— Les gens de Cannulard sont les plus gentils, les plus courageux et les plus extraordinaires que j'aie jamais eu la chance de côtoyer.

— Elle doit être sous une emprise quelconque, dit Barry. Hypnose ?

— Je ne crois pas, répondit Ermine. J.G., tirez la langue, merci.

L'auteur s'exécuta, et révéla ainsi une puce brillante collée là. À la vitesse de l'éclair, Ermine l'arracha.

— C'était ça le problème. Chaque fois qu'elle entend certains mots, elle est contrainte de répondre d'une certaine manière.

J.G. avait l'air dans les vapes, comme si elle se réveillait d'un rêve agité.

— Merci de m'avoir enlevé ce truc. Je vous assure que ça fatigue d'avoir à répéter sans cesse les mêmes choses.

Jorge se fit alors entendre.

— C'est pour cela qu'elle a laissé la Wagner se conduire comme des salauds avec les fans de Barry toutes ces années, en faisant fermer leurs sites web et tout ça. Je me disais bien que cela n'allait pas avec son image.

— C'était le cas, commenta Ermine.

— Fais-moi voir ce truc, dit Barry.

Ermine lui tendit la puce. Sur son dos étaient gravés les mots « Propriété de Zed Malbouffe. » Barry était sous le choc – Zed était à la solde de Cannulard. Mais en fait, cela semblait logique. Zed avait certainement pensé qu'aider les méchants était le meilleur moyen de devenir célèbre.

Ermine et les autres expliquèrent la situation à l'auteur qui parut de plus en plus peinée au fur et à mesure, et peut-être même un peu effrayée.

— Je ne sais rien de tout cela, déclara J.G. Cela fait

deux semaines que je suis enfermée dans une cellule. Je ne suis pas responsable du film. Je suis désolée, je me fais l'impression d'une ingrate, mais je n'ai réellement aucun pouvoir. J'ai signé tous ces papiers il y a des années.

Barry prit une décision rapide.

— D'accord. Si vous nous promettez de rentrer chez vous et de rester tranquille, déclara-t-il, alors nous n'aurons pas à vous kidnapper.

J.G. parut offensée.

— Vous me prenez pour un sac à patates qu'on charge et qu'on décharge dans la cave ?

Ermine s'interposa.

— Mais J.G., évidemment que nous n'allons pas vous kidnapper ! Savez-vous qui est derrière toute cette affaire ? Qui va-t-il nous falloir convaincre ?

— Oh, je sais bien qui est derrière, va, fit J.G. en se fendant d'un étrange petit sourire apeuré. C'est Lord Valdemarne.

Sur scène, le trompettiste fit jaillir de la bave de son instrument.

— Suis-je le seul à ne pas être surpris ? s'enquit Jorge.

— Moi, je suis surpris ! s'exclama Lon qui était en train de dessiner dans un tas de sucre en poudre avec une cuillère à cocktail.

— Écoutez, dit J.G., si quelqu'un sait à quel point vous êtes intelligents, les uns et les autres, c'est bien moi. Et le nombre de fois où vous avez battu Valdemarne est tout bonnement impressionnant. Mais cette fois, c'est différent. Non seulement vous allez vous retrouver face au Seigneur du côté obscur de la Farce, mais également face à Hollywood, et eux, c'est pas des petits rigolos.

— Comment ça ? fit Barry d'un air de défi.

— C'est une industrie multimilliardaire, voilà pourquoi.

Cannulard m'a kidnappée pour quelques millions de dollars – autant dire des cacadmouettes. Vous risquez de coûter bien plus à la Wagner Brothers, les gars : les millions qu'ils ont déjà dépensés en publicité, plus les millions qu'ils vont investir pour faire le film, sans parler des cinq suivants. Ils vont être violents. Impossible de prédire de quoi ils sont capables. Dites-vous que ce sont les mêmes personnes qui contrôlent les chaînes du câble. (J.G. laissa ses propos agir quelques instants.) Personnellement, je n'ai pas l'intention de les prendre à rebrousse-poil. J'ai déjà eu droit à un avant-goût de ce qu'ils peuvent faire, et moi je n'ai pas de magie pour me protéger.

Elle saisit le téléphone portable d'Ermine et se mit à composer un numéro.

Ferd prit conscience de ce qu'elle était en train de faire et lui donna une tape. Le téléphone tomba par terre.

— Calmos, mec, fit l'un des musicos.

— Hé, mais c'est mon phone ! hurla Ermine.

Elle le ramassa et appuya sur quelques touches afin de vérifier s'il fonctionnait encore. La sonnerie jouait *War Pigs.*

— Vous n'allez pas nous dénoncer ! cria Ferd. Le premier qui bouge, j'enfume le club !

Barry avait l'air sérieux, presque… adulte.

— Puisque vous ne nous êtes d'aucune utilité, vous allez partir d'ici, rentrer en Écosse, et faire comme si rien ne s'était passé. Vous n'allez rien raconter à personne, parce que si vous le faites, je dirai à Cannulard que vous prévoyez d'arrêter d'écrire des romans.

— C'est faux ! Qui vous a raconté ça ? demanda J.G.

— Votre mari, répondit Barry.

— Oh, je vous en *prie.* Ce n'est que mon petit ami. Trevor n'a jamais pu garder un secret, fit J.G.

Barry vit qu'Ermine donnait des petits signes d'inquiétude.

— Prenez le premier requin en partance pour l'Écosse, lui conseilla Barry, et pas un mot tant que nous n'avons pas arrêté le film. Si vous faites ne serait-ce que mine de tousser, je passerai un coup de fil à Cannulard, et vous pouvez être sûre que vous vous réveillerez avec Randy le Joyeux Rottweiler sur le torse.

Il y eut un silence plus long que les autres. Finalement, ce fut l'auteur qui prit la parole.

— Très bien, je ne dirai rien, promit J.G. Écoutez, ils m'ont demandé s'ils pouvaient faire des films à partir de mes livres. J'ai répondu ce que n'importe quel auteur aurait répondu ; j'ai dit « Oh oui, par pitié ! » Et même s'ils m'ont bien payée pour cela, je suis davantage intéressée par la possibilité qu'un film poussera plus d'enfants à lire les livres. Qu'y a-t-il de mal à vouloir que plus de gens lisent mes romans ?

— Et vous vous moquez de ce qui peut arriver à Coudbar ? déclara Jorge.

— Y a qu'elle qui l'intéresse, fit remarquer Ferd.

— Bien sûr que non, je ne me moque pas de Coudbar. Mais cette école était sur le déclin, des décennies avant que je n'écrive un traître mot. C'est un dinosaure, expliqua J.G. Aujourd'hui, les meilleures écoles de sorcellerie sont sur le Net.

» Les choses évoluent. Ce qui est daté est remplacé. J'aime les livres – j'ai passé ma vie à en écrire – mais aujourd'hui, les gens veulent des films. On ne peut pas arrêter le progrès, dit J.G. avant d'ajouter, assez énervée : Je peux comprendre que vous aidiez Céldèlbore en souvenir du passé, mais pourquoi m'en voulez-vous autant ?

— Parce que vous avez fait de moi une arnaque,

rétorqua Barry. Tout le monde pense que je suis ce grand sorcier qui peut sauver le monde en agitant sa baguette magique. Je ne peux pas – personne ne le peut. Je passe la plupart de mon temps, soit à jouer le gros con prétentieux que tout le monde attend de moi, soit à me battre contre Celui-Qui-Pue ! Avant que vous fassiez de moi quelqu'un de célèbre, Valdemarne essayait juste de me compliquer la vie parce qu'il n'aimait pas mes parents. À présent, il essaie vraiment de me *tuer* !

» Et pour couronner le tout, ajouta Barry, je n'ai pas un kopeck.

J.G. resta silencieuse un instant, le temps de cogiter. Puis, elle sortit son chéquier, son stylo et fit un chèque à Barry.

— Barry, dit-elle, je ne peux pas vous rendre décélèbre, mais je peux vous aider dans d'autres domaines.

— Oh, non, J.G., vous ne pouvez pas m'acheter… commença Barry.

Elle lui tendit le chèque. Vingt-cinq millions de livres sterling.

— … ou plus exactement, vous pouvez.

Le chèque était tellement énorme qu'il semblait vibrer dans la main de Barry.

— Voilà qui devrait être suffisant pour prendre soin de vous et de vos amis. Vous pouvez disparaître. Changer de nom. Faire enlever cette cicatrice. Ou pas. C'est à vous de voir, à présent.

» En ce qui concerne votre quête en cours, je ne chercherai pas à vous mettre des bâtons dans les roues. Je ferai comme vous me l'avez demandé ; je vais rentrer chez moi. (L'auteur écrivit un nom et un numéro de téléphone sur l'un des paquets de sucre de Lon.) Voilà quelqu'un qui pourra peut-être vous aider à approcher du film. Comme son site web a été fermé, elle réalise actuellement un document vérité où elle suit les gens de la Wagner partout où ils vont, leur pose des questions impertinentes, et se fait jeter dehors des différents bureaux.

Ermine lut le papier.

— Phyllis DeVillers. 310-555-5902.

— Hé, c'est la fille dont vous avez parlé, fit Ferd.

J.G. se leva pour partir.

— Merci à tous – pour vos vies, vos histoires, pour m'avoir rendue riche, pour m'avoir fait évader. Je suis désolée que mes romans aient compliqué les choses. Si jamais vous avez besoin de quoi que ce soit, n'hésitez pas à venir me voir, dit l'auteur.

La tablée était toujours sur le cul, alors que J.G. ramassait son portefeuille, finissait la dernière goutte de son verre, et s'en allait vers la sortie. Juste avant de l'atteindre, elle se retourna.

— Un dernier conseil, Barry ? proposa-t-elle.

— Oui ?

— Ne donnez pas votre Carte Bleue à Siroz, lui dit J.G. Il me téléphone deux à trois fois par semaine pour de l'argent.

Elle lui fit un signe d'adieu et s'engouffra dans les escaliers qui menaient à l'air libre.

Ils restèrent assis à contempler le chèque.

— Cette J.G. Rollins, c'est quelqu'un de bien, déclara Barry.

Ce fut comme si un sort venait d'être brisé : le groupe courut à la banque la plus proche pour déposer le chèque de Barry.

— Et maintenant ? demanda Ferd.

Tout le monde avait les poches remplies de l'argent tout chaud de Barry.

— Vous ne ressemblez plus tant que ça à des Muesly, pas vrai les gars ? fit Barry. Vous allez le dire à vos parents ?

— Évidemment, dit Ermine. Comment allons-nous nous débarrasser de ces fans ?

— On pourrait les appâter avec des billets de mille dollars, proposa Jorge en tirant sur un barreau de chaise.

Jorge ne fumait pas vraiment, il avait juste l'impression qu'il était de bon ton, au vu des circonstances, d'avoir un cigare à la bouche.

— Oublie-les. Nous n'avons qu'à passer la nuit au Club des Sorciers, proposa Barry. Siroz peut nous avoir des chambres.

— Pour autant que je puisse douter des paroles de Siroz, fit Ermine, j'ai tellement besoin d'une douche que je suggère d'y aller tout de suite.

Et à l'étonnement général, Siroz ne plaisantait pas à propos de son contact au Club des Sorciers ; une fois que l'accueil eut contacté le bureau de la présidence, le nécessaire fut fait – quatre chambres communicantes au dix-septième étage.

— Vous avez de la chance, fit le chasseur en ouvrant la porte de la chambre de Barry. Il y a une convention d'oracles en ville. Ce sont les dernières chambres. (Barry lui donna un pourboire de cent dollars.) Wao ! Merci ! s'extasia le chasseur. Votre copain au chapeau de laine m'a donné un biscuit pour chien.

Enfin seul, Barry examina la chambre. Elle n'était plus de la première fraîcheur, mais sympathique quand même ; elle sentait peut-être un peu le renfermé – on aurait dit Coudbar, loin de Coudbar. Il y avait des gravures sur les murs, toutes avec un thème magique ; une description guindée d'un alchimiste découvrant la recette de la merde en plaque (aucun lien de parenté avec le parrain de

Barry – ni avec le Caca© non plus, d'ailleurs) pendue au-dessus du lit. Le mobilier était purement académique : plein de livres, un grand bureau, une petite télé écaillée. Barry s'écroula sur le lit et alluma le tube cathodique.

Il zappa un moment pour s'arrêter finalement sur une chaîne qui donnait l'antenne au public. Un personnage en treillis, solidement charpenté, apparut à l'écran devant un drapeau américain ; il tenait des propos outranciers sur les « races bâtardes ». À l'entendre, tout homme plus brun qu'une pêche faisait partie d'un complot gigantesque visant à « réduire la race aryenne en esclavage. » Même à notre époque où la télé-réalité règne en maîtresse absolue de l'audimat, il était rare de voir quelqu'un d'aussi manifestement dingue à l'écran ; Barry était sur le point de changer de chaîne lorsqu'une idée machiavélique lui traversa l'esprit.

Sa baguette était toujours dans l'étui qu'il avait posé sur le montant du lit. Il l'attrapa et revint vers la télévision. Il réfléchit un instant pour s'assurer que son sortilège était correct et attendit que l'abruti se lance dans une tirade décapante ; puis il tapota l'image de cet homme sur l'écran.

— *Arsenio !* incanta-t-il doucement.

À la vitesse d'un rot, le fou se transforma en Afro-Américain, aussi noir que n'importe quel fils du Congo. Il continua son discours, inconscient de ce qui venait de lui arriver, ce qui rendait la chose plus ironique de seconde en seconde. Les cris horrifiés des cameramen finirent par l'arrêter. Barry observa l'idiot passer de la colère au refus d'y croire, puis du marchandage à la douleur, pour finalement accepter son sort, le tout en moins de cinq minutes. Barry s'endormit avec le sentiment du travail bien fait.

Quelques heures plus tard, le bruit ambiant de la chambre – l'air conditionné, les ronflements de Lon et le son des dessins animés provenant de la chambre d'à côté

– s'arrêta comme quelqu'un tapait à la fenêtre de Barry. Celui-ci se réveilla et regarda la vitre lugubre qui donnait sur un puits d'aération. Vieilletige se tenait sur le rebord de la fenêtre. Un mégot tordu de cigarette pendouillait à son bec ; elle avait chopé cette sale manie à force de regarder les expériences capricieuses de Barry avec le tabac. Aujourd'hui, elle était devenue accro et récupérait les mégots dans les caniveaux, abordant ensuite les gens et les picorant jusqu'à ce qu'on lui donne du feu.

La fenêtre était collée par la peinture.

— Attends une seconde, lui dit Barry en enfonçant un coupe-papier entre le rebord et le cadre afin d'ouvrir la fenêtre. (Le coupe-papier cassa.) Bon, ben j'vais devoir la briser, fit Barry à voix haute comme pour s'en donner la permission.

Il attrapa le presse-papier sur le bureau – un buste de Céldèlbore – et asséna un grand coup à la vitre. Celle-ci se brisa avec un bruit agréable, mélange croustillant et tintant, et les éclats tombèrent dans le puits. Il jeta le presse-papier par la fenêtre afin que le Club ne puisse trouver d'empreintes.

Vieilletige sauta à l'intérieur, présentant son mégot avec enthousiasme. Barry l'alluma. Elle avait l'air toute sale, son plumage, autrefois blanc comme neige, jauni par la fumée de cigarette. Son familier était devenu le témoignage ultime que la nicotine vous transformait en affrosité démoniaque, nerveuse et grincheuse. Barry détacha les messages attachés à sa patte. Il lui caressa doucement la tête et elle prit son pied. Puis, il lut le premier message.

De Pludbus Céldèlbore
École Coudbar
Dicté par stylo magique

Mon cher Barry,

Juste une petite lettre pour connaître l'avancement des choses en ce qui concerne le plan que tu sais. Ici, ça va de mal en pis. Hier, deux Glandus ont pénétré par effraction dans l'école et ont marqué des insanités partout, sans même avoir la décence de les orthographier correctement. Je ne te répéterai pas les mots exacts, mais je t'assure qu'ils font naître dans l'esprit des images répugnantes et durables et qu'ils représentent l'ultime frontière de la dépravation verbale. Les Glandus ont également allumé quelques feux.

Un petit groupe de Glandus a décidé de squatter autour de L'If Bourrepif. Ils ont l'air de bien s'amuser, ce qui gâche complètement le moral de l'arbre. Il ne s'en prendrait même plus à toi, aujourd'hui. C'est bien triste.

Jusqu'à présent j'ai réussi à contenir un contingent d'étudiants anti-Glandus qui voudraient bien prendre la situation en mains, mais je ne suis pas sûr de pouvoir les retenir encore bien longtemps. D'ailleurs, je ne suis pas sûr de le vouloir.

Entrez. Oh, salut, Grobid. Des Glandus ont pénétré dans ta cabane et t'ont volé tes Objets Sacrés ?

Barry fronça des sourcils. « Les Objets Sacrés » – c'était le terme utilisé par Grobid – étaient des gribouillis au fusain représentant la grosse directrice de l'académie Beaubeaux en costume d'ours (20). Céldèlbore n'appréciait

(20) Il s'agit de l'académie pour sorciers la plus chic de France, leur version de Coudbar. La troisième école européenne était un endroit mystérieux et à moitié civilisé, appelé Schadenfraude. Les trois écoles rivalisaient de temps à autre, pour obtenir des prix sans importance, poussant au passage des dizaines d'étudiants à s'entretuer. Personne n'a jamais dit qu'être magique voulait dire être intelligent.

guère que Grobid les garde – et pas seulement parce que son homologue ressemblait dessus à un bébé beluga pris dans un filet à thon – mais comme le reste de la race de Grobid avait été annihilé, il fermait les yeux. Tout était préférable plutôt que de laisser Grobid arpenter les bas-fonds de Piliédbar. Barry reprit sa lecture.

Je comprends que tu sois énervé. D'accord. Non, je ne crois pas que tuer une personne par jeu et planter sa tête sur un pieu devant chez toi les fera revenir. Ils ne comprennent rien ; c'est un peuple ignorant. Je vais t'aider. Attends une seconde… je suis en train d'écrire à Barry.

Barry, que se passe-t-il ? As-tu déjà réussi à arrêter le film ? Si tu n'y arrives pas, je crains d'avoir un vrai bain de sang, ici. La Blair Witch a proposé son aide – c'est une administratrice de l'école – mais je prie Merlin de pas avoir à accepter. On tomberait jusqu'au cou dans les tripes de Glandus et les reportages caméra à l'épaule en un rien de temps.

Sinon, les choses vont comme d'habitude. Grobid te dit bonjour et veut savoir « ce que je dis aux filles cette semaine ? » (???)

En espérant que – pour l'amour de Dieu – tu vas réussir à arrêter ce film,

Pludbus Céldèlbore

PS – Un groupe de souris occupe à présent la bibliothèque et a pris Mme Ponce en otage. Elles viennent de me faire parvenir une liste de revendications. Es-tu au courant de quoi que ce soit ?

Barry chiffonna la lettre.

Génial. S'il pense que la situation est désespérée,

attends un peu que les fans de là-bas s'aperçoivent que nous sommes en train d'arrêter le film, songea Barry en imaginant la pelouse de l'école recouverte de la foule occidentale en révolte.

Barry accueillit cette pression supplémentaire avec la même joie qu'Elephant Man qu'on aurait forcé à danser la gigue. Céldèlbore pouvait décidément réagir de façon excessive. Néanmoins, si ce n'était pas le cas, Barry pourrait sans doute compter deux mille fans en moins d'ici la fin de la semaine prochaine. Et si Rato Malaufoie et tous les autres loulous de l'école entraient en action, Coudbar se retrouverait bientôt nez à nez avec les forces armées britanniques – et peut-être même l'Otan – en moins de deux.

Pas entièrement persuadé du côté qu'il rejoindrait, Barry s'attaqua à la seconde lettre. Vieilletige était assise dessus comme une chatte. Il la chassa, mais le regretta aussitôt : c'était une injonction de payer de Fuselage & Fils, pour l'avion d'occasion qu'il avait acheté pour Dali. Depuis le cadeau de J.G., il pouvait largement le payer, et même ajouter cinq minutes d'intérêt en bonus. Mais il n'aimait pas leur ton. Aussi écrivit-il en dessous de la facture : « Suce mon balai. » Il replia la lettre et fit geste à Vieilletige de s'approcher afin qu'elle la remporte en Angleterre. Mais au lieu de s'avancer, elle fit deux pas en arrière et tira sa petite langue ; elle était fatiguée, affamée, et n'irait nulle part.

— Moi aussi j'aurais bien besoin de manger, déclara Barry.

Après avoir appelé la réception et s'être plaint qu'un « petit météore » venait de casser sa fenêtre, lui et sa chouette décatie partirent se rassasier en bas.

Secoue-toi un peu, vieux, pensa-t-il. *Ce n'est pas une bonne idée de montrer à tes adversaires que tu es fatigué. L'heure a sonné de redevenir l'Invincible Barry Trotter.*

Chapitre Quatorze

Anti-saucisse tu perds ton sang froid

L'ambiance scolastique du Club s'étendait malheureusement à la bouffe. Les clients assez imprudents pour manger là étaient confrontés aux habituels – comprenez immangeables – plats de réfectoires scolaires. Si bouilli était bon, alors frit était mieux, et cuit à la vapeur, puis bouilli, puis frit, semblait être leur idée du nirvana culinaire. La viande provenait d'un quadrupède d'origine indéterminée. Le tout était recouvert d'une chapelure épaisse, qui tuait pour le coup toute saveur qui aurait pu survivre au traitement vapeur-bouillir-frire. Les plats du jour n'étaient que les entrées du menu noyées dans un fromage fondu dégoûtant orange fluo que la plupart des dîneurs évitaient avec sagesse. Des noms mignons masquaient les plats les plus dangereux ; le friand à la viande avait à son actif, pourtant sans effort et en tout cas sans remords, plus de victimes que n'importe quelle mitrailleuse lourde.

Côté architecture, la salle à manger était plutôt

agréable. Elle avait été bâtie pour ressembler à la Grand-Salle de Coudbar. La seule chose qui brisait l'illusion était le flot constant de pollutions sonores qui émanait des rues de New York en arrière-fond. La salle était éclairée par des chandeliers aux bougies scintillantes, ce qui signifiait – Dieu merci – qu'il était presque impossible de voir ce qu'on avait dans son assiette. Sur les murs se trouvaient les représentations picturales des membres les plus célèbres ; leur air sévère suggérait que tous avaient subi un repas au Club des Sorciers avant de poser pour leur portrait.

La puissance de la nostalgie était telle que la salle était sans cesse bondée d'hommes et de femmes engloutissant de la nourriture immonde, préparée sans soin, dans les recoins d'une caverne mal éclairée. Comme à la grande époque, l'ambiance était tapageuse – on jetait des charmes comme de la bouffe, on retirait la chaise au moment où la personne allait s'asseoir, un familier s'échappait et allait mordre un client, etc. Au bout du compte, c'était une expérience dînatoire des plus exécrables.

À une extrémité de la salle, près des ascenseurs, Barry fut le témoin d'une scène bien triste : le tripeau grâce auquel d'innombrables étudiants de Coudbar avait été assignés à une maison plutôt qu'une autre avaient finalement été mis à la retraite.

À présent, la répartition était faite par ordinateur dans une société de Glandus à Londres, pour un coût réduit. Le tripeau, comme les voitures de sport italiennes, demandait beaucoup d'entretien, et certaines pièces devaient parfois être commandées de l'autre côté de l'Atlantique. Complètement sénile, le chapeau grommelait seul sur une chaise.

— Frèrepétar ! Non, Frittondpor ! Non, attendez : Aboudsouffle ! Non…

Jorge lui fit un signe de la main. Les trois Muesly et Ermine étaient assis à une table près des serveurs. Barry donna Vieilletige au vestiaire des familiers, sur sa gauche, et les rejoignit.

Jorge faisait du gringue à une jolie sorcière assise à une table voisine.

— Mon frère et moi avons inventé les cercles dans les cultures, vous savez... Salut, Barry ! Je vous présente mon ami, Barry Trotter. Vous avez peut-être entendu parler de lui ?

Barry abandonna Jorge à sa drague ostensible et salua les autres.

— Wao, j'ai grand faim, leur dit-il.

— Eh bien, c'est tant pis pour toi, répliqua Ermine l'air chagrin.

Le menu était une insulte au concept même de cuisine, et Barry passa commande en essayant juste de limiter les dégâts.

— Est-ce qu'ils mangent aussi mal que ça, à Beaubeaux ? s'enquit Ferd. Vol-au-déviant ? Qu'est-ce que c'est que ça ?

— T-E-C-K-E-L pané, je crois, répondit Ermine en épelant le mot de façon à ne pas inquiéter Lon.

— Mais pourquoi s'inflige-t-on cela ? On est pleins aux as, fit remarquer Barry. Allons manger dans un endroit *sympa.*

— Non, Barry, on ne peut pas prendre ce risque, rétorqua Jorge qui venait juste de se prendre une veste. Quelqu'un pourrait reconnaître ton fameux minois, et te mettre en pièces.

— À ce moment-là, tu peux aller dans un restaurant de plats à emporter et me rapporter quelque chose, dit Barry en jetant son menu sur la table. Je mange la même bouillie à l'école, tous les jours.

— Okay pour moi, fit Ferd. J'ai vu un chinois ouvert au coin de la rue.

Barry passa commande et ils partirent tous au *Mandarin* – qui s'avéra ne pas être un restaurant chinois du tout, mais un restaurant italien tenu par des grecs. Ils n'avaient pas encore changé l'enseigne.

Mais quelle qu'en soit la nationalité, la bouffe était savoureuse. Ils s'assirent par terre dans la chambre de Ferd et se mirent à manger. Ils racontèrent à Barry comment Ermine avait gagné cinq cents dollars en jouant au bonneteau dans la rue.

— Je portais les lunettes de ma grand-mère, expliqua-t-elle. Je voyais tout. Le pauvre gars était persuadé qu'il plantait tout ce qu'il faisait !

— Puisqu'on en est à parler de jouer avec les sens des Glandus, intervint Jorge, j'ai passé un coup de fil anonyme au concierge de notre immeuble pour dire qu'il y avait une fuite de gaz. Tous ces crétins de fans devant chez nous devraient bientôt se barrer en courant.

— Jorge, maintenant que nous avons de l'argent, si nous nous achetions un nouvel appartement ? proposa Ferd.

— Okay, répondit Jorge. Et vous les gars, qu'est-ce que vous allez faire, maintenant ? s'enquit-il.

— On va aller à Los Angeles et voir si Phyllis y est, je pense, déclara Barry la bouche pleine de raviolis.

— J'y songeais justement, intervint Ermine. Apparemment, Valdemarne sait où nous sommes et ce que nous faisons. Je pense que si nous empruntons un moyen de transport magique, cela risque de nous retomber dessus. Je vote pour qu'on voyage à la sauce glandue.

— Comment ça ? Par avion ? demanda Barry.

Ermine se remémora les dragons qui jouaient à

« faites chauffer le jet ».

— Je propose le train.

— Jusqu'à Los Angeles ? s'exclama Barry. Mais ça va nous prendre, euh, trois jours, au moins.

— Exactement. Aux États-Unis, quiconque ayant les moyens de voyager en avion ne prendrait jamais, *jamais*, le train. C'est pour cela que le Seigneur du côté obscur de la Farce ne pensera jamais, *jamais*, à nous y chercher.

— Elle a pas tort, commenta Jorge.

— Oh mon Dieu ! lâcha Barry.

Il y avait un mégot de cigarette enfoncé dans son *cacciatore*. Il perdit aussitôt l'appétit.

Un peu plus tard dans la soirée – après que Lon eut battu tous les volontaires au ping-pong – nos héros réintégrèrent leurs chambres respectives. Ermine convainquit les garçons de rester pour la soirée afin de ne pas renseigner les forces du côté obscur de la Farce sur le lieu de leur présence actuelle.

— De plus, ajouta-t-elle de façon masochiste, nous devons être à la gare un peu avant huit heures du matin !

Tirant le meilleur parti d'une mauvaise situation, Jorge, Barry et Lon restèrent assis dans la chambre de Ferd pour jouer au rami. (Pendant ce temps, Ferd, lui, était au cinquième étage, en train de participer à un stage en douze étapes pour les ex-accros aux Légumes Multiparfums de F.X. Potin.) Ils discutèrent, tout en jouant, de la meilleure façon de se venger de Zed Malbouffe, et il fut décidé que Jorge et Ferd ne viendraient pas à L.A. afin de préparer une revanche non létale. Barry remarqua soudain que la chambre ressemblait déjà à un champ de bataille – pourtant Jorge n'y avait fait qu'une sieste.

Enfin bon, pensa Barry, *on a tous un talent qui nous est propre*.

L'adézif que Barry avait bu pendant le repas afin de tuer tout germe qu'aurait contenu le mégot de cigarette le faisait somnoler un peu. Après seulement quelques donnes, et malgré les protestations des frères Muesly qui avaient une chance insolente à ce jeu (même celui qui avait de la pâtée pour chien en guise de cerveau venait de le mettre minable à répétition), Barry s'excusa et alla se coucher.

Encore cassé, pensa Barry. *Un vrai boulot ne demanderait pas autant de travail.*

Sur ce, il s'endormit.

À l'heure où blanchit la campagne, Barry, Ermine et Lon sortirent en rang serré du Club des Sorciers (qui s'était magiquement délocalisé vingt pâtés de maisons plus loin) et partirent en direction de la gare. Elle utilisa sa carte de crédit – « le crédit, c'est la magie des Glandus », disait-elle toujours – pour acheter un billet et lança un sort mineur afin de le dupliquer pour Barry et Lon.

Siroz serait fier de nous, pensa Barry.

Ils montèrent dans le train, un wagon couleur pie qui affichait son âge et sentait comme si on n'avait jamais ouvert les fenêtres. Barry et Lon, bien que moins ennuyés par l'esthétique du train, le furent autant par les fauteuils peu confortables. Aussitôt, Ermine les fit surclasser en compartiments privés.

— Quelque chose de plus prétentieux attirerait forcément l'attention, dit-elle.

Barry se retrouva donc engoncé dans son propre cube tout confort, les yeux rivés sur la fenêtre rêche et sale, son casque sur la tête où beuglait Neuf Quatre. Leur dernier album, *Te Tuer ? D'accod'ac' !* venait juste d'être couronné disque de platine, et Barry en avait acheté le CD à la gare. Les paroles salaces et le rythme hyperagressif des chansons le calmèrent d'une façon qu'aucun vieux (pas dans le vent, quoi) ne pouvait comprendre.

Comme ils s'éloignaient de New York, Barry eut sa dernière vision de Manhattan. Il se mit à songer qu'il aimerait bien revenir là un jour, en touriste, peut-être en tant que musicien célèbre. Le roulis du train le fit lentement s'endormir, perdu qu'il était dans la berceuse hostile susurrée dans ses oreilles. Ermine gratta doucettement à sa porte. Comme Barry n'entendait pas, elle entrouvrit la porte et passa le bras pour faire un signe. Barry retira son casque.

— Qu'est-ce qui se passe ? s'enquit-il.

— Lon et moi allons dans le wagon panoramique. Est-ce que tu veux venir avec nous ? lui demanda Ermine.

— C'est quoi ce wagon ?

— Le wagon panoramique se trouve cinq voitures plus bas. On y trouve à manger et à boire et des tables auxquelles s'asseoir. Il y a même un plafond en plexiglas – même si je doute qu'il y ait quoi que ce soit d'intéressant à voir à travers ; après tout, nous sommes dans le New Jersey.

— Non, je crois que je préfère rester tranquillement ici.

— Comme tu veux, lui répondit Ermine en souriant avant de refermer la porte coulissante.

Barry retourna à la glossolalie bouffie de testostérone de Neuf Quatre.

— « Je vais t'couper en rondelles, pour de bon, Te tailler la rondelle, passe que j'suis con… », gueulait Rene Mardoval au-dessus du tempo bégayant.

Pour une quasi-nymphomane « je-sais-tout », Ermine est quand même sympa, pensa Barry.

Elle se débrouillait toujours pour que Lon s'amuse un peu.

Un jour, je devrais faire quelque chose de gentil,

pour elle, décida Barry en se tournant vers son roman.

C'était un thriller qu'il avait acheté en vitesse à la gare. La lecture du dernier recours ; il avait toujours trouvé que ces histoires étaient peu réalistes. Il n'y avait jamais de magie.

Ermine regardait par la fenêtre en sirotant son soda depuis moins de cinq minutes lorsqu'un homme lui demanda la permission de s'asseoir à côté d'elle.

— Bien sûr, répondit-elle.

Il était grand, plutôt maigre, des cheveux châtains coupés court et de grosses lunettes. Il avait une pomme d'Adam protubérante, et un énorme grain de beauté, de la taille et de la forme d'une loupe, juste au-dessus de la lèvre supérieure – une de ces choses qui empêchaient de se concentrer sur quoi que ce soit d'autre.

— Je me présente : Joël, fit-il en guise d'introduction.

— Bonjour grain de be…, euh, je veux dire, Joël. Je me nomme Ermine.

— Vous allez À FOND jusqu'à L.A. ? s'enquit Joël en mettant une étrange emphase sur certains mots.

— Hein ? Ouais, répondit Ermine.

OK, encore un dingue.

— Formidable. J'adore le train : tous ces wagons à la QUEUE leu leu, fit Joël. Et puis, on n'est pas à la BOURRE, au moins. Même si c'est LONG quand on voyage seul, je me TROMPE ?

Et voilà, ça gonflait déjà Ermine.

— Excusez-moi, mais… c'est quoi *ton* problème ?

— Ça y est ? Vous êtes toute excitée ? fit Joël tout joyeux. Caressons-nous !

Ermine éclata de rire. Ce type était trop maigrichon pour lui poser des problèmes.

— Excitée ? Par qui ? Toi ?

Ses manches de chemises étaient trop longues d'au moins une taille.

— Zut ! Zut, zut, zut ! gémit Joël. J'ai dépensé mille dollars dans un séminaire de « Super Séduction » et ça ne marche pas ! Je suis censé parsemer ma conversation de « mots à connotation sexuelle », et vous, vous êtes censée devenir bien chaude. Mais non ! Ça ne marche jamais !

Il tambourina la table en Formica de ses petits poings rageurs, produisant un faible bruit de martèlement.

— Écoute, je vais te donner un tuyau, de la part d'une fille du monde réel, d'accord ? fit Ermine. Arrête les techniques de séduction, et fais-toi retirer ce grain de beauté.

— Je peux pas, rétorqua-t-il. J'en ai besoin dans mon travail.

Oh, Dieu, pensa Ermine. *Les profondeurs de la démence glandue.*

— Je suis écrivain, j'écris des tee-shirts, voyez-vous. Est-ce que vous connaissez celui qui dit : « Votre problème est évident » ?

— Non, répondit Ermine en prenant bien soin de ne joindre aucune trace d'enthousiasme dans sa voix.

— C'est celui avec ce dessin, là, où on voit un homme avec la tête dans le cul. C'est un classique.

— Ta mère doit être très fière de toi.

Le corps de Joël fut parcouru de frissons.

— Ne vous moquez pas de moi, je gagne bien ma vie. Enfin bon, mon grain de beauté, c'est la clé de mon succès. Il est magique. C'est mon porte-bonheur.

» Je sais que c'est pas facile à expliquer, mais chaque fois que j'ai pris rendez-vous chez un dermato, il s'est passé quelque chose de grave. La dernière fois, j'ai perdu un chèque, celui de : « Dix raisons pour lesquelles une bière est meilleure qu'une femme ».

— J'ai toujours trouvé que c'était particulièrement insultant.

— Hé, j'ai aussi pondu : « Dix raisons pour lesquelles un concombre est mieux qu'un homme », fit Joël sur la défensive. Je ne fais que mettre sur le marché ce que le marché demande. Si Shakespeare écrivait aujourd'hui, il ferait des tee-shirts. Qui va au théâtre de nos jours ?

— Moi, répondit Ermine.

— J'm'en doutais un peu, c'est pour cela que je l'ai dit. Enfin bon, j'ai perdu le chèque de la Bière et de la Femme (et si vous vous posez la question, moi je préfère les femmes). Puis, j'ai fait un rêve où mon grain de beauté me disait : « Écoute-moi, bonhomme, si je pars, toi aussi. » Ça a l'air débile, comme ça, mais je ne vais pas tenter ma chance. Il avait l'air vachement sérieux. On aurait dit la voix d'un tueur à gages.

Barry arriva à leur hauteur, en milieu de wagon. Il se rendait au bar.

— Salut Erm', dit-il.

Qui est ce drôle de type à qui elle parle ? Décidément, c'est un aimant à dingos.

Sur sa droite, il découvrit Lon en train d'escroquer un groupe d'enfants qui jouaient aux cartes avec lui. Ça le rassurait : il n'était pas le seul à qui Lon essayait de piquer de l'argent.

— Rami sec ! s'exclama Lon. Allez, j'arrête pour aujourd'hui. (Un ronchonnement juvénile monta du groupe de ses adversaires comme Lon remballait la petite monnaie dans un sac en papier.) Ha Ha ! Vous avez perdu ! lança-t-il aux enfants en dépliant les billets de un dollar humides que ceux-ci avaient tirés de leurs chaussettes.

— Hé, tu dois nous donner une chance de nous refaire ! protesta un enfant avec un gros nez.

— Ouais, mongol, fit un autre enfant qui n'avait pas l'air de plaisanter.

— Tu rêves, Herbert, répliqua Lon en se rendant vers le bar où se tenait Barry. Barman, fit-il d'un ton magnanime. Un cocktail pour enfant, pour moi et mon ami ici présent. (Il tendit son sac en papier à Barry.) Tiens-moi ça deux secondes. (Le verre à la main, Lon se rendit à la table des enfants vaincus et leur dit :) Pour vous montrer que je ne suis pas un salaud, je vous propose du chewing-gum.

— D'accord, dit Gros Nez.

Les autres l'imitèrent et tous prirent une tablette de chewing-gum. Barry contempla la scène médusé – on pouvait enlever le cerveau d'un frère Muesly, mais on ne pouvait enlever le frère Muesly du cerveau.

Lon, se retenant férocement de rire, alla prendre son verre au bar et rejoignit Barry où celui-ci était assis, en train de regarder à travers le plafond en Plexiglas.

— Regarde ce nuage, Lon. On dirait un dragon.

— Et celui-là, répliqua Lon en en montrant un autre du doigt, on dirait un cercle. Ou peut-être un rectangle.

— Rectangle. Et l'autre, près du soleil, on dirait une tarentule.

— Aïe ! Aïe !

— Plisse les yeux, Lon.

— Ah, c'est vachement mieux comme ça, Barry ! Mais où est-ce que tu as appris tout ça ?

— Messieurs, cela vous ennuierait si je m'asseyais là ? demanda un petit homme d'extraction asiatique indéterminée en se laissant tomber sur le siège face à eux.

Il était entièrement chauve, avec une moustache fine et une petite barbichette. Il portait une robe couleur lavande et tenait à la main un bourdon avec un nœud au bout. Si Lon et Barry avaient été Glandus, ils auraient décidé aussitôt que ce type était un taré et auraient décampé illico presto. Mais le monde des sorciers était tolérant concernant les excentricités vestimentaires, parfois même trop. De fait, la seule pensée qui vint à Barry fut : « Je me demande s'il connaît Fu Manchu ? »

— Les nuages ne sont-ils pas exquis ? demanda-t-il en voyant à quoi les deux jeunes gens s'amusaient. Être un nuage... Voilà une profession des plus... exquises. (Il ajusta sa robe lavande et posa son bourdon sur le siège libre à côté de lui.) Le seul problème, c'est le salaire...

Tout à coup, dans le coin du wagon, au fond, le chaos éclata comme le chewing-gum lacrymogène entrait en action. Lon gloussa en voyant ses adversaires sortir du wagon en courant, renversant des tables au passage, et se précipitant à l'aveuglette aux toilettes, hurlant de douleur, pleurant et toussant.

— Qu'est-ce qui leur arrive ? s'enquit l'homme.

— Je ne sais pas. Des mongols, sans doute, suggéra Lon.

Un instant, pensa Barry. *Est-ce que Lon vient de faire de* l'ironie *? Est-il en train de retrouver son sens de l'humour ?*

Dans le temps, il n'arrêtait pas de faire des blagues à Barry, mais c'était avant que l'accident lui construise une véranda crânienne.

— Je me nomme Curtis. Mes amis m'appellent frère Curtis, parce que je suis un moine. J'espère que je peux vous considérer tous les deux comme des amis ?

— Et comment, Curtis, fit Barry en serrant sa main singulièrement caoutchouteuse. *Frère* Curtis, voulais-je dire.

— Barry, il pue comme le Band Aid ! s'exclama Lon dans ce qu'il croyait être un murmure.

Barry, gêné, se mit à rougir.

— Je suis désolé. Je vous prie d'excuser mon ami. Il est…

Puis Barry articula silencieusement « handicapé du développement ».

Curtis acquiesça poliment. Il donnait l'impression de planer quelques centimètres au-dessus de son fauteuil.

— Mais certainement. Nous devons tous suivre notre chemin, et ils ne sont pas tous équitablement valides, même les plus stupides d'entre eux qui ne mènent nulle part.

— C'est quoi un moine ? fit Lon.

— Quelqu'un qui s'enferme avec d'autres personnes pour étudier et prier, répondit Curtis.

— C'est comme une université, mais de Dieu, expliqua Barry à Lon. Quel genre de moine êtes-vous donc ?

— J'*étais* un pratiquant du bouddhisme zen. J'ai étudié et médité durant des années auprès d'un ordre spécial tibétain afin d'atteindre l'Illumination, où les moines se font gonfler afin de flotter plus près de Bouddha. Et ça a marché. Peut-être même trop : lorsque j'ai atteint l'Illumination, j'ai trouvé ça si rigolo que je me suis mis à rire.

» Et voilà t-y pas que je flottais en hennissant doucement. Mon Maître est venu me voir et m'a dit : « Frère Curtis, pourquoi ris-tu ? »

» — L'existence est délirante, répondis-je.

» — C'est pas faux, me rétorqua-t-il.

» Et puis il est parti. Douze heures plus tard, je rigolais encore, de plus belle, même. Alors mon Maître est venu me voir et m'a dit : « Frère, je ne voudrais pas passer pour un rabat-joie, mais plus personne n'arrive à méditer avec le ramdam que tu fais. Les chèvres ne veulent même plus manger. Et puis, tu me fous les jetons. »

» « Tu me fous les jetons » ? Incroyable comme l'intolérance religieuse se pare toujours des mêmes formules. « Frère, ferme-la où nous appelons la police ! », « Frère, on ne plaisante pas, si tu la fermes pas on va te péter la gueule ! », « Frère, as-tu envisagé le fait que si on te jette dehors, tu devras payer plein tarif au ciné ? » Mais je m'en moquais. Je rigolais tant, et si fort, qu'ils m'ont attaché à une corde et m'ont traîné à l'extérieur du monastère, le seul foyer que j'aie connu, raconta Curtis. Je flottais un peu au gré du vent. Alors maintenant je porte des semelles de plomb.

— Quelle histoire affreuse, fit Barry avec compassion.

— Quels esprits étroits ! Je leur apprendrai un koan ou deux, moi ! (L'espace d'un moment, le visage placide du moine fut en proie à la rage, mais celle-ci ne dura pas.) Je me rends en Californie pour créer ma propre religion. Je l'appellerai le « Rigolisme ».

— Fascinant, reconnut Barry. Qu'est-ce qu'un koan ?

— Un koan est une question, ou une histoire, qui met ton esprit en situation difficile. Les Grands Maîtres zen – comme bientôt, les Grands Fendards du Rigolisme – s'en servent pour paralyser l'esprit, afin de transcender toute logique. S'ils ont la foi – et donc, dans ce cas, s'ils sont irrévérents – ils auront un rigolorgasme, comme moi. Est-ce que vous voulez entendre quelques koans rigolistes ? s'enquit Curtis.

— Avec plaisir, répondit Barry.

Lon, dont l'esprit était paralysé en permanence, regardait un insecte grimper le long de la fenêtre.

— Très bien, fit Curtis en rajustant sa robe. Souvenez-vous quand même que je viens juste de commencer à en écrire. « Pourquoi Bodhidharma est-il venu de l'est ? Et depuis quand a-t-il son permis de conduire ? »

Barry regarda fixement Curtis.

— Je ne sais que dire, lâcha-t-il.

— Exactement ! C'est pas génial, ça ?

Curtis se mit à glousser. Puis il se pencha vers Barry.

— « Un moine a demandé à Maître Tungshan : "Qui est le Bouddha ?" et Tungshan a répondu : "C'est toi, mais y a pas que le physique qui compte." »

Barry éclata de rire.

— Hé, c'est assez drôle. Euh, c'est censé être drôle ?

— Mais oui. Car tout n'est qu'une Immense Blague Cosmique.

Le moine se rapprocha encore un peu, en souriant. Barry se sentit tout à coup légèrement claustrophobe, mais ne voulut pas paraître impoli. La restauration était fermée jusqu'à Denver et le wagon était vide. Frère Curtis était presque assis sur les genoux de Barry. Son haleine était étrange – elle sentait l'hélium.

— Voilà ma préférée, jeune Barry : Joshu demanda à Nansen, son professeur, « La mort est-elle le début ou la fin ? » Nansen y réfléchit un moment et répondit : « À quel point tiens-tu à le savoir ? »

— Un instant, fit Barry. Comment connaissez-vous mon nom ?

Soudain, il y eut un fort souffle d'air et l'étrange prêtre se mit à gonfler, tel un ballon, agité d'un rire inquiétant. Barry et Lon se levèrent en vitesse et reculèrent. Curtis devenait de plus en plus gros, son petit rire se muait progressivement en un énorme gloussement, et finalement un déluge de rire insensé. Il était devenu si gros qu'il bloquait la porte à l'une des extrémités du wagon ; le duo essaya l'autre porte, mais elle était fermée à clé.

— C'est un moine du monastère de l'Attrape ! hurla Barry.

Ils allaient être broyés. Le saint homme continuait de grossir avec un sifflement menaçant – les chaises étaient renversées, les tables englouties. Les sortilèges s'avéraient inutiles face à une telle créature ; ils rebondissaient dessus.

Frère Curtis avait rempli presque tout le wagon panoramique ; Lon et Barry étaient accroupis à l'une des extrémités, tirant de toutes leurs forces sur la poignée de la porte. Ce n'était plus qu'une question de secondes avant que le prêtre surgonflé les tue.

C'est alors que Barry vit Lon retirer la petite épée en plastique de son cocktail pour enfant et poignarder le moine avec. Un étrange mélange d'hélium et d'odeur corporelle se mit à s'échapper du petit trou.

— Hein ? fit Curtis.

Son rire s'était transformé en une série de hurlements inhumains, si forts que Lon et Barry durent se boucher les oreilles avec les doigts. Et en quelques minutes il ne resta plus qu'un moine dégonflé aplati sur le sol de la voiture. Barry le toucha du bout du pied ; certain que Curtis n'était plus, il le ramassa et se rendit entre les deux voitures pour le glisser sous la porte, afin de le laisser sur la voie.

— … et ta religion était aussi complètement conne ! hurla Barry en ajoutant ainsi l'outrage aux dommages corporels.

Lorsqu'il revint dans la voiture, il réalisa que le wagon panoramique était quasiment détruit ; Lon en profitait pour choper des sachets de chips gratos de l'autre côté du bar.

— Barrons-nous d'ici avant que quelqu'un vienne et nous en tienne pour responsables, fit Barry dont la voix était déformée par l'hélium qu'il avait respiré. Bien joué, Lon.

— Merci, répondit celui-ci.

Peut-être que tu es plus intelligent qu'on le pense, songea Barry.

Après leur évasion ric-rac, nos héros décidèrent de rester dans leurs compartiments, les portes bien fermées, par mesure de sécurité. En traversant les Grandes Plaines, Barry aperçut les nuages qui planaient lourdement au-dessus du sol. Il voyait également les wagons de tête qui serpentaient au loin, l'imposante locomotive tirant le tout. À mi-distance, Barry se rendit compte que les nuages devenaient beaucoup plus gros et plus noirs ; il pouvait presque déjà distinguer les gouttes de pluie. Ils avançaient droit vers la tempête, et Barry en ressentit un peu d'excitation – c'était un peu comme aller faire laver sa voiture. Soudain, un éclair et le grondement du tonnerre le firent sursauter. Une étrange sensation s'empara de lui – la peur ?

— Hmmm… fit Barry. C'est donc ça qu'on appelle un « pressentiment ».

Chapitre Quinze

Les cauchemars peuvent être très instructifs (surtout dans les bouquins bien nazes comme celui-ci)

Les lecteurs attentifs pourraient se demander ce que c'est que tout ce bordel. Du genre : « Si Barry et son gang ont quitté New York il y a quelques pages, comment se fait-il qu'ils soient déjà dans les Grandes Plaines ? On veut de la magie, pas du réalisme magique, tête de nœud ! »

La question est valide. Malheureusement, la réponse le sera moins : leur train n'est plus un simple moyen de transport glandu. Il a été transformé par de la vieille magie noire. (Sonnerie du téléphone d'Ermine) Et donc, le paysage que Barry voyait à travers sa fenêtre n'était pas celui des plaines que nous connaissons, vous et moi, mais un endroit magique où les règles du temps et de l'espace, et des parodies bien tramées, ne s'appliquaient pas.

La disparition du New Jersey, de la Pennsylvanie, de l'Ohio, de l'Indiana et de l'Illinois était alarmante, ou du moins aurait dû l'être. Mais si Ermine, alors endormie, connaissait suffisamment la géographie des États-Unis pour noter quelque chose, ce n'était pas le cas de Barry – tout ce qu'il savait de l'Ohio, c'était que Rene Mardoval y avait été arrêté une fois pour avoir fait l'amour à un Basiluc sur scène lors d'un concert à Cincinnati (21). Et donc, à grands renforts de tchou-tchou, le trio approchait de la destination DANGER !

Barry regarda par la fenêtre encore un moment, constatant que les nuages noirs se rapprochaient de plus en plus – un peu comme s'ils s'accrochaient avidement au train. Mais Barry n'y prêta pas attention ; bercé par le roulis du train, il tomba dans un sommeil profond et se mit à ronfler.

Tout d'abord il rêva qu'il était de retour dans la Forêt Inédite, avec son lot de groupies nocturnes. Elles l'attendaient dans l'infâme Arboretum de l'Amour de Barry, sous la voûte d'un immense saule pleureur. Les choses suivaient leur cours normal, dans un déluge de rire, de bisous et de câlins. Des lucioles – à moins que ce soient des pixies en train de se suicider ? – clignotaient dans le ciel nocturne et frais. Il était en train de poursuivre une jeune fille autour d'un arbre ; il se sentait tout particulièrement attiré par elle, et ce peut-être parce qu'elle se refusait à lui. Ils couraient ainsi autour du tronc, encouragés par toutes les autres. À chaque nouveau tour, Barry gagnait un peu de terrain, et finalement il réussit à capturer sa proie. Haletant et hilare, il la retourna pour l'embrasser – et découvrit que là, sur le gazon, se trouvait Ermine !

---

(21) Pour reprendre les termes exacts du manuel de J.G. Rollins, *Célèbres Bêtes et Comment les Préparer en Sauce*, « Le Basiluc, aussi appelé roi des Cherpents, est excellent dans une petite sauce au vin blanc. »

— AAAAAAAAAAARGH ! hurla Barry en se réveillant en sursaut. (Puis, il réalisa que ce n'était qu'un rêve.) Dieu merci, grommela-t-il.

Et son pouls retrouva sa cadence normale. Il se retourna sur sa petite couchette – elle était assez fraîche, un peu dure et carrément pas confortable – et se rendormit.

Malheureusement, le rêve suivant fut encore plus terrifiant. Barry était assis dans sa chambre à Coudbar et regardait le vidéo-clip du dernier morceau de Neuf Quatre, *Donne un coup de crosse au gosse.* Puis, ce fut la coupure publicitaire et tout d'un coup, Lord Valdemarne apparut au milieu d'une pub, en train de vanter les mérites du côté obscur de la Farce. Il parcourait à grandes enjambées le gazon bien entretenu d'une grande propriété. On voyait défiler des images de belles gens en train de s'adonner au golf, mangeant dans des restaurants dix étoiles, jouant au tennis, faisant des cabrioles dans les vagues.

— Et ze zont touz mes diziples, fit Valdemarne à travers sa « big moustache ». Vous z'en afez marre d'être moins bien payé que ce que fous falez ? demanda-t-il en prononçant ses *v* comme des *f* et ses *c* ou ses *s* comme des *z*, enfin vous foyez, heu vous voyez le topo, alors que le soleil se reflétait sur son chouette casque à pointe. Trafaillez pour le côté obzcur de la Farze, et gagnez l'argent que fous méritez. Appelez ze numéro si fous foulez en zafoir plus.

Et d'un coup d'un seul, il se mit à parler à Barry en particulier.

— Tu fois zette fie, Barry ? Tu fois comme elle est chouette ? Je ne zuis pas azzis zeul dans ma chambre qui pue des pieds afec des pozters pourris zur les murs, faizant une entaille chaque vois que je m'enfoie en l'air afec une Glandue. Non, je zuis en train de m'éclater zous le zoleil de L.A. !

Un ballon de plage roula aux pieds de Valdemarne. Il le ramassa et le tendit à un petit groupe de filles toutes bronzées en bikinis. Puis il posa sa main sur le pommeau de sa dague : une tête de mort.

— Z'est ma plage, Barry – tout za ! Tu fois combien j'ai d'argent ? (Valdemarne se retourna en agitant les bras afin de bien mettre l'emphase sur le luxe de la propriété derrière lui.) Tu fois ze que peut te rapporter le côté obzcur de la Farce ; tout ze que tu as besoin de faire, z'est de grandir et de rejoindre le programme. Prends l'ozeille, Barry – la chanze ne te tendra pas toujours les bras. Merzi, Alicia.

Il prit un cocktail tropical des mains d'une serveuse en string.

— Salut à toi, Lord Valdemarne, fit-elle en gloussant.

— Attends-moi à côté de la pizine – j'ai enfie de me faire mazer plus tôt aujourd'hui. (Il fit alors un gros clin d'œil complice à la caméra et marcha en direction de la plage.) Ez-que tu crois que tes parents zeraient fiers de toi z'ils te foyaient aujourd'hui, Barry ? Un éternel étudiant, qui échange za popularité aczidentelle pour faire tac-tac avec des Glandues ? (Valdemarne s'arrêta et pointa sur Barry un doigt accusateur.) Je connaizais tes parents, Barry. Oh, bien zûr, je les ai tués, mais je les connaizais afant de les tuer. Et je ne crois pas qu'ils zeraient fiers, Barry, oh non. Ils foulaient tellement que tu defiennes afocat.

» Tout zezi n'est pas à fendre, Barry, z'est à acheter. Tu pourrais afoir toute zette fille dans le creux de la main. Tu pourrais créer quatre ou zinq zit-coms afant d'en afoir marre ! Zi zeulement tu foulais bien t'allier avec moi…

Il aspira bruyamment sa pina colada. Difficile d'imaginer que le Seigneur de la Farce buvait des boissons de filles, et pourtant.

— Moi non plus je ne foudrais pas grandir zi tout ze

qui m'attendait était une petite fie, dans zette petite île humide, afec zeulement mes petits prinzipes pour me tenir chaud.

» Non, monzieur, je préférerais me faire de l'argent. Et être puizant, auzi, très puizant.

C'est vrai que ce serait classe, pensa Barry.

— Rejoins-moi, Barry. Enzemble, nous régnerons sur Hollyvood – comme père et fiz.

Qu'est-ce que c'est que cette connerie, réalisa Barry.

— Je ne suis pas…

— Je zais, je zais, j'ai juzte pas pu m'empêcher de foler la réplique à Darth, avoua Valdemarne. Z'est une fraie poule mouillée. Enfin bon, on pourrait ze faire plein de thunes. Rejoins-moi.

— Z'est d'accord… je veux dire, c'est d'accord, rêva Barry.

Et il se réveilla.

Le rêve de Barry persista encore quelques secondes après son réveil, comme un mauvais goût dans la bouche. Valdemarne avait-il raison ? Mais plus important encore, est-ce que Barry, en son âme et conscience, était d'accord avec lui ? Il se leva, enfila sa veste militaire et se rendit au wagon panoramique pour chercher un peu de compagnie. Heureusement, tout avait été nettoyé. Plus heureusement encore, Ermine était assise là, regardant les acres défiler dans la nuit. Elle était seule dans la voiture ; une petite loupiotte brillait au-dessus d'elle. Barry vint se glisser sur le siège d'en face et eut comme un étrange pincement au cœur en réalisant qu'elle ressemblait trait pour trait à l'Ermine de son rêve.

— Est-ce que le bar est toujours ouvert ? lui demanda-t-il. J'aurais vraiment besoin d'un verre.

— Le gars est en pause, ou il est parti manger, répondit Ermine. (Avec ses franges qui lui grossissaient le visage, Barry ressemblait à un Beatles devenu méchant.) Que se passe-t-il, Ô Balai à Franges Démoniaque ? Tu es malade ?

— Non, j'ai fait un mauvais rêve, expliqua Barry.

— C'est à cause de la sale musique que tu écoutes, suggéra Ermine.

— Non, c'est à cause de Valdemarne. Il n'est pas loin – je le sens. Écoute, Ermine, peut-être qu'on devrait abandonner, dit Barry d'un ton découragé. Qu'ils fassent donc le film, que Coudbar ferme, qu'on puisse vivre tranquillement. Avoir un vrai job ne doit pas être si dur que ça, affirma-t-il. Regarde le nombre d'imbéciles qui en ont un.

Ermine, qui avait un vrai job, prit un instant la mouche. Mais puisqu'elle était, de loin, la personne la plus mature de toute cette histoire, elle en fit abstraction. En fait, elle était sous le choc de voir Barry, son compagnon d'innombrables batailles, parler de défaite.

— On ne peut pas abandonner maintenant, Barry, déclara-t-elle. D'une part, parce que j'ai déjà investi trois jours de congés dans cette aventure. Et d'autre part, parce que je crois que nous allons gagner. Comme toujours.

— Mais que se passera-t-il si l'on n'arrive pas à arrêter le film, ou si Coudbar doit fermer ?

— Eh bien, tu te trouveras un vrai job. Ce n'est pas si mal que ça d'être adulte, franchement. Mais il faut en tout cas que nous fassions de notre mieux. C'est la seule chose qui compte.

— Sans doute. Et si le film était vraiment *à chier* ?

— Il ne faut pas raisonner comme ça, le réprimanda Ermine. Nous trouverons bien un moyen de l'arrêter. Tiens, on a quand même le fameux projo maudit !

Barry se sentait déjà mieux.

— Erm' ? fit-il. Pourquoi est-ce qu'on n'est jamais sortis ensemble, tous les deux ?

L'excitation qu'il avait ressentie dans son rêve fut accueillie dans son corps réel comme le retour d'un héros conquérant. Il consulta un exemplaire de *Les Femmes viennent de Vénus, les Hommes viennent de mentir* et choisit une réplique à son goût : « Ne t'inquiète pas : si ça ne marche pas entre nous, nous resterons quand même amis. »

— Je te l'ai déjà dit, Barry, tu n'es pas mon genre, expliqua Ermine.

En fait, la vraie raison, c'est que les lunettes que portait Barry lui donnaient un aspect à la Todd Browning – il avait un œil presbyte, l'autre myope, ce qui lui faisait un gros œil vraiment énorme et l'autre tout riquiqui. Cela avait toujours agacé Ermine, en tout cas suffisamment pour que la moindre attirance ne prenne jamais racine. Et avant cela, lorsqu'ils s'étaient rencontrés pour la première fois, c'était pour des raisons d'hygiène. Enfin bon, peut-être qu'un jour… mais pas aujourd'hui. Elle cita alors une phrase tirée de son exemplaire de *Les Femmes Offrent des Pommes, les Hommes Avalent n'importe Quoi.*

— Tu sais ce qu'on dit : « Les petites amies vont et viennent, mais tes amis seront toujours là pour toi. »

— Comme un horrible tatouage que tu te serais fait faire pendant une cuite.

— Oui, c'est tout à fait ça, fit Ermine en riant. Et maintenant que te voilà riche, j'espère que tu vas devenir un peu moins con, dit-elle. C'est pas que tu aies à prouver quoi que ce soit. Mais tu peux enfin être toi-même, non ?

— Je ne sais pas, répondit Barry. Je me suis comporté comme M. la Star Invincible pendant si longtemps que je ne sais pas si je vais pouvoir changer. Je ne sais même pas s'il y a un « moi-même » à redevenir.

Ermine y réfléchit quelques instants.

— Il existe bien un sortilège pour ce genre de chose. Est-ce que tu veux que je te le jette ?

— Un sort pour quoi ?

— Pour te permettre d'être toi-même, tout le temps, quoi qu'il arrive, expliqua-t-elle. Je l'ai appris en septième année, pendant que tu séchais la classe pour ingérer certaines substances.

Elle sortit sa baguette.

— Je ne sais pas, Ermine. Je suis un peu…

— Chuuuut.

Ermine se mit à parler très vite dans un faible murmure. Sa baguette décrivit d'étranges formes géométriques dans le vide, suivie d'une légère traînée luminescente. Puis, il y eut un petit « pan ! ».

— Voilà, c'est fait, affirma-t-elle.

Barry sentit un calme olympien s'emparer de lui.

— Woa, Ermine. Je me sens déjà différent.

— Bien. (Il n'y avait pas vraiment eu de sortilège, mais si Barry le croyait c'était tout aussi bien.) Nous pouvons retourner nous coucher, alors. Nous arriverons de bonne heure à L.A. et tu as besoin d'être frais et dispo. Et puis – elle jeta un coup d'œil à sa montre – mon nouvel ami ne devrait plus tarder.

Barry se leva. Il se pencha par-dessus la table et prit Ermine dans ses bras.

— Merci pour le sortilège. Et pour ton amitié.

Il essaya de ne pas la peloter au passage, mais les vieilles habitudes ont la vie dure.

— De rien, fit Ermine que ça ne dérangeait pas. (Elle regarda encore une fois sa montre, dont les aiguilles brillaient dans la pénombre de la voiture.) Et maintenant, dégage.

— Incroyable, fit Barry en secouant la tête. Ermine, y a-t-il quelqu'un qui ne te fasse pas mouiller ?

— Hé, fais attention à ce que tu dis, répliqua Ermine, insultée. Au moins, moi, je ne me tape pas mes groupies.

— C'était dit plutôt comme un compliment. Elle me paraît bien loin, la jeune fille studieuse et timide que j'ai rencontrée il y a si longtemps.

Ermine sourit, l'air un peu gênée.

— Tu ne peux pas savoir ce qui est bon si tu n'as pas essayé tout ce qu'il y a au buffet.

Barry éclata de rire.

— Bonne chasse, dit-il en disparaissant dans le couloir.

Alors qu'il ouvrait la porte coulissante qui séparait les wagons, il heurta un homme qui venait à grands pas dans le sens inverse. C'était Joël.

— Pardon, fit-il.

Tout en retournant dans son compartiment, Barry ne put se retenir de glousser.

Puisqu'il faisait nuit, la seule chose à faire semblait dormir. Mais Barry venait juste de se réveiller et tout ce qu'il arrivait à faire était somnoler. Le temps passa et les kilomètres défilèrent. Il fut réveillé d'un coup par la voix du chef de train qui déambulait le long de l'allée.

— Las Vegas dans cinq minutes. Las Vegas.

Son interrobang se mit à le lancer, aussi goba-t-il une aspirine ; c'était peut-être l'effet de la prostitution légale. Il s'assit en essayant de repousser la douleur. Il y avait quelque chose de familier dans la voix de ce chef de train – elle était plus rêche que ce qu'on serait en droit d'attendre du personnel des chemins de fer. Ce sourire avec les dents du bonheur… ce nez et ce visage balafrés… Tout à coup, Barry se souvint : c'était le même homme qui l'avait poussé dans le drôle de toboggan au chapitre trois !

— Mince alors, je ferais peut-être bien d'en parler à Ermine, se dit Barry à lui-même.

Il pourrait aussi en parler à Lon, mais cela ne servirait pas à grand-chose.

Puisqu'on parlait du loup, Lon passa soudain sa tête par la porte.

— Barry, le type que tu aimes bien, là, vient de monter dans le train.

— Quel type, Lon ? demanda-t-il impatiemment.

Sa migraine ne s'arrangeait pas ; c'était même pire.

— Celui qui chante.

Celui qui chante, celui qui chante…

— Raffi ? John Tesh ?

Lon fit « non » de la tête.

— Rene quelque chose…

— Pas Rene Mardoval, quand même ? Le chanteur de Neuf Quatre ? SANS DÉC' !

Toutes les pensées antérieures – et le mal de crâne – furent aussitôt balayés par le pouvoir déraisonnable de la passion fanique de Barry.

Celui-ci commença aussitôt à rêver tout éveillé. Il allait rencontrer M. Mardoval. Ils allaient s'entendre comme larrons en foire, dès qu'il réaliserait que Barry, aussi, appartenait à cette fraternité mystique forgée par ceux qui ont du talent. Ils plaisanteraient, riraient, et peut-être même offrirait-il à Barry l'une de ses « compagnes ». Puis, comme l'aube se lèverait, M. Mardoval (que Barry appellerait maintenant par son surnom, « vieux salaud puant ») demanderait à Barry de participer à son prochain album.

Barry feindrait d'être gêné, puis il accepterait de s'occuper de Neuf Quatre pour leur prochaine tournée, et peut-être même après.

Le train eut un léger à-coup pendant qu'on attachait la voiture personnelle de Rene. Car comme le savait tout fan qui se respecte, le chanteur de Neuf Quatre avait juré de ne plus jamais voler après avoir été empoisonné par un plateau-repas d'une grande ligne aérienne. (D'aucuns pourraient dire qu'il aurait pu tout simplement refuser de manger un autre plateau-repas, mais les génies ont leurs lubies.) Barry dut faire des efforts surhumains pour ne pas se précipiter vers son idole, mais il se doutait que Rene aurait besoin d'un peu de temps pour se rafraîchir et se préparer à l'arrivée de son héritier naturel. Barry s'assit donc et gigota devant la vitre, se recoiffant toutes les cinq secondes.

Mais ne pouvant plus tenir, notre héros se leva d'un bond. Il traversa le couloir si rapidement que le chef de train à l'apparence inquiétante lui intima de ne pas courir. Barry attendit que la porte se referme derrière lui et se remit à sprinter, par provoc. De fait il arriva au seuil de la voiture de Rene Mardoval complètement essoufflé.

Alors qu'il allait taper à la porte, celle-ci coulissa.

— Je t'attendais, fit une voix familière.

Chapitre Seize

Relax, la fin est plus proche que vous le pensez

Barry pénétra dans la voiture personnalisée qui était facilement aussi longue qu'une voiture de voyageurs normale, mais couverte d'une moquette si épaisse que sa cheville fragile céda.

— Aïe ! fit-il en sautillant jusqu'à une chaise.

— Enlève tes chaussures, je ne veux pas que tu salisses ma moquette, lui dit Rene depuis la pièce à côté. (Barry revint sur ses pas en sautillant et enleva ses chaussures.) Il y a de la liqueur de malt dans le fridge. Fais comme chez toi. Je suis dans la salle de bains, j'en ai pour une seconde.

Barry entendait de petits rires niais et aigus en provenance de la salle d'eau.

Il regarda autour de lui. Pour plein de petites raisons, cet endroit était un vrai paradis. Les lumières étaient tamisées ; des chandelles faisaient danser les tigres sur le papier peint d'une manière hypnotique ; il y avait aussi des posters de femmes en bikinis (signés de la mimine même du top model : « À Rene, le meilleur coup de tous les temps ») collés aux murs, aux côtés des disques d'or et de platine de Neuf Quatre.

Dans un coin trônait un bar bien achalandé pourvu d'une chaîne hi-fi dernier cri, d'où pulsait le dernier hit de Neuf Quatre, *Sugar, Sugar*, une reprise d'un vieux tube bien guimauve avec cette fois une ligne rythmique qui se respecte et surtout des « gros mots ». Dans un autre coin dormait un canapé en cuir noir. Un grand écran plat tombait du plafond tels ceux qu'on voit dans les vols long-courriers ; on y projetait *Scarface*. La rumeur voulait que Rene Mardoval finance un remake plan par plan du film, fournissant la b.o. Barry avança jusqu'au canapé sur la pointe des pieds et s'assit pour regarder le film.

— Attendez-moi toutes là, dit Rene.

La porte de la salle de bains s'ouvrit. Il était là, le Chanteur Ultime selon Barry, dans une sortie de bain de soie couleur léopard. Il était un peu maigre sur les bords, mais avait quand même l'air d'un dur ; sa peau pâle était couverte de tatouages (professionnels, ou qu'il s'était lui-même infligés) qu'on disait être des runes maléfiques dans une langue qu'il avait inventée lui-même. Ses cheveux mauves étaient courts et laqués en pointes, il était rasé sur les côtés, et sa barbe était teinte en rose. Ses dents étaient dans un tel état qu'elles auraient fait vomir un dentiste du tiers-monde. Il était à la fois Jim Morrison, Sid Vicious et Elton John. Et Barry l'idolâtrait. Un peu. Beaucoup. À la folie. Rene était moche, sa musique était moche, mais – comme Barry l'avait fait judicieusement remarquer au cours de multiples discussions avec des païens – la vie aussi était moche.

— Salut Barry, désolé de t'avoir fait attendre, dit Rene. J'avais une affaire… à terminer. (Il se moucha et s'approcha du bar.) Est-ce que tu veux boire quelque chose ? Tequila ? Whisky ?

Barry était bien trop nerveux pour boire, mais il ne voulait pas passer pour une tapette.

— Vous avez de la bière ?

— Bien sûr, Barry. C'est bon pour se mettre en jambes. La nuit risque d'être longue.

Barry n'était pas très sûr de la façon dont il fallait comprendre cette phrase, mais elle semblait riche de promesses, aussi se contenta-t-il de sourire.

Rene lui tendit une bière et vint s'asseoir à côté de lui sur le canapé.

— À la tienne, fit-il en avalant son verre cul sec (c'était quelque chose d'assez fort au vu de la grosse grimace qu'il fit après avoir avalé). Qu'est-ce que tu penses de mon bercail-loin-du-bercail ?

— De la balle, répondit Barry.

— Oh, allons, Barry, tu peux me parler en toute franchise. À quoi cela sert d'être de vieux amis comme nous si l'on ne peut pas se parler honnêtement ?

Rene se versa un autre verre.

— De vieux amis ? M. Mardoval, je crois bien que j'ai tous vos CD, mais si nous nous étions déjà rencontrés, je m'en souviendrais !

Rene éteignit la projection ; la musique braillait toujours.

— Voyons, Barry, ce n'est que ta première bière. Regarde-moi bien. Concentre-toi. Es-tu *sûr* de ne m'avoir jamais vu auparavant ?

Barry était perplexe. Il avait envie de répondre « oui », parce que c'était ce que Rene voulait visiblement entendre, mais il n'y arrivait pas.

— Dieu, ce que tu peux être nouille ! Je n'arrive pas à croire que tu m'aies donné autant de fil à retordre. (Rene posa violemment son verre sur la table, aspergeant au passage la moquette du liquide qu'il contenait et se leva.) Regarde !

Rene retira sa sortie de bain et aussitôt – comme par magie – il se mit à changer. Son frêle torse couvert de gribouillis se transforma en un poitrail garni de médailles, et une dague avec un pommeau représentant une tête de mort, passée dans une large ceinture pourpre, apparut à sa taille ; ses cannes de serin nourri à la malbouffe se métamorphosèrent en deux jodhpurs noirs en bottes lustrées, qui montaient jusqu'aux genoux, et munies de vicieux éperons ; sur sa lèvre, une grosse moustache à la gauloise se mit à pousser ; ses cheveux multicolores et saccagés disparurent sous un casque noir et argent, surmonté d'une pointe brillante.

— Oh mon Dieu ! s'exclama Barry. Vous êtes Lord Valdemarne ! Ou Nunnally !

— Dans tes rêfes ! rétorqua Valdemarne.

Barry était sous le choc.

— Mais comment ? Quand est-ce que tu…

Valdemarne fit un geste d'impatience pour le réduire au silence.

— Magie de la Farze. Z'était fazile. (22)

— Un instant, fit Barry d'un air suspicieux. Si tu es Valdemarne, comment se fait-il que ma cicatrice ne me fasse pas mal ?

---

(22) Note de l'auteur : C'est le grand chapitre de Valdemarne et écrire avec un faux accent allemand ne fa pas fazi… euh… ne va pas faciliter les choses. Alors je vais écrire normalement. Mais chaque fois que Valdemarne prendra la parole, il faudra juste imaginer qu'il a un accent teuton ridicule genre théâtre de boulevard. Voilà, vous pouvez retourner à la lecture du chapitre. Merci.

— Je pense que tes parents étaient fatigués que tu n'y fasses pas davantage attention, ils te l'ont donc retirée. Tu ressembles à ces gens qui enlèvent les piles de leur détecteur de fumée et qui se mettent à pleurer sur leur maison réduite en cendres, dit Valdemarne.

Barry se planta devant un miroir. Il souleva sa frange ; bon sang, *la marque avait disparu.*

— Tu es vraiment un crétin, Barry – chaque fois que ta cicatrice te faisait mal, tout ce que tu avais à faire, c'était d'aller en parler à Céldèlbore... enfin, à l'époque avant qu'il commence à utiliser des philtres. Mais non, tu essayais quand même de résoudre les énigmes, déclara Valdemarne d'un ton moqueur. J'ai perdu des années à essayer de te tuer, alors que j'aurais pu te laisser livré à toi-même. Ton mauvais jugement pathétique t'aurait fait arrêter ou tuer, et j'aurais été libre de me dévouer pleinement à ma musique.

— Un instant : tu es vraiment Rene Mardoval ?

— Et Neuf Quatre.

— Ce n'est pas possible, non, pas possible ! cria Barry.

— Mais si. Réarrange les lettres, fit Mardoval. J'attendrais.

Il ralluma le projecteur et se mit à regarder le *soap* si populaire *L'Hôpital amateur*.

Un long moment embarrassant plus tard, Barry brandissait un petit bloc-notes tout gribouillé.

— ... Peut-être, mais Neuf Quatre ne donne pas Lord Valdemarne ! dit-il d'un ton indigné.

— Quatre-vingt-quatorze, c'est le numéro départemental du Val-de-Marne, crétin, rétorqua-t-il sans même quitter l'écran des yeux.

Barry se releva d'un bond.

— Mais alors, tu es vraiment Lord Valdemarne !

Il essaya de dégainer prestement sa baguette

magique… qui n'était pas là.

— Dans ta hâte de rencontrer ton idole, tu as oublié ton arme dans ton compartiment, gloussa Lord Valdemarne. Plutôt ironique, non, pour quelqu'un comme toi assailli par les fans ? (Il se retourna vers Barry.) Mais bon, ne crains rien, tu peux te détendre. C'est *toi* qui *m*'as invoqué, tu te rappelles ?

— Jamais de la vie !

— Oh mais si, répondit Valdemarne. Regarde, quand je t'ai demandé de me rejoindre du côté obscur de la Farce…

Il appuya sur un bouton de sa télécommande et les images maladroites d'une coloscopie faite soi-même furent remplacées par celles de Barry dormant tranquillement dans son compartiment.

— Z'est d'accord… je veux dire, c'est d'accord, grommelait la silhouette endormie.

— Tu vois, c'est toi qui l'as dit, c'est toi qui y es, déclara Valdemarne.

Barry était crucifié. Il ouvrit plusieurs fois la bouche pour parler, mais la referma à chaque fois, car rien de sensé ne lui venait à l'esprit. Comme Barry était assis le regard perdu dans le vide, Valdemarne se rendit jusqu'au mur et déroula du plafond un graphique intitulé « Entreprises Valdemarne »

— En 1960, alors que j'étais exilé en Argentine, j'ai inventé le concept de « musique d'ascenseur ». Et à partir de cette seule invention – bien secondé par quelques pratiques commerciales hautement discutables – j'ai créé cette holding.

En plus de son empire médiatique – qui allait d'une trentaine de chaînes pornos à vous soulever le cœur jusqu'à, eh oui, *L'Hôpital amateur* – le Seigneur de la Farce avait également des parts dans des centres de cartes de crédit, dans des pesticides et autres additifs alimentaires, dans des traiteurs institutionnels, dans des fabricants d'armes et dans l'architecture moderne. (23) Si c'était louche, mal fait et dangereux, alors les Entreprises Valdemarne étaient derrière.

— Contemple la pieuvre Valdemarne, fit-il fièrement. Nous ne fabriquons pas d'ascenseur, mais nous les *ralentissons.* Nous ne fabriquons pas de lunettes de toilettes, nous les rendons plus *froides.* Tu comprends ? (Il gloussa et éteignit son pointeur.) Regarde-moi ce nouveau slogan : « Entreprises Valdemarne : l'Entre-Prise de Tête ! »

— Wao ! s'exclama Barry.

Pour la première fois de toutes ses aventures, il voyait enfin l'étendue de la puissance de Valdemarne. Il s'arma de courage et tenta de jouer l'insolence.

— Si tu es si riche et si puissant, comment se fait-il que tu parles comme le colonel Klink du *Stalag 13* ?

— Tu es anglais, et pour les Anglais, les Allemands resteront toujours l'ennemi ultime. Si tu étais mexicain, je serais américain. Indien, pakistanais ; israélien, arabe. Enfin, je serais de la nationalité contre laquelle tu as le plus de préjugés. Cela me permet de garder un niveau idoine d'hostilité. (Valdemarne ramassa sa sortie de bain léopard et la plia proprement.) Enfin bon, tout cela n'a aucun intérêt. Allez, laisse-moi te rendre riche, célèbre, adulé au-delà de tes rêves.

— Mais je suis déjà riche et célèbre, rétorqua Barry.

— Tes rêves sont bien étriqués. Quelques millions de livres sterling et une volée de dindes clearasilées.

---

(23) En fait, il était le propriétaire de « Sensations Goûtues », la compagnie pour laquelle Ermine avait fait semblant de travailler. Dieu, quelle délicieuse ironie !

Attends un peu d'avoir ta propre ligne de vêtements, ou de te faire choper en essayant de faire passer un AK-47 aux Sept d'Or, ou encore de parler de ta dépendance à l'aspirine dans une émission de Fauxgiel, fit Valdemarne. Ça, c'est *vraiment* de la gloire, binoclard. Et tu n'as même pas commencé à en gratter la surface. Rejoins-moi – on pourrait enregistrer un single cet aprèm. Je pourrais appeler Kul Shen.

Oh, tout cela était horriblement tentant…

Un long moment passa et Barry se retourna pour faire face à son vieil ennemi.

— Jamais !

Le visage de Valdemarne se transforma en masque rageur.

— Espèce de… de… DE GROS ENCULÉ, hurla-t-il. (Les gloussements de la pièce d'à côté s'arrêtèrent aussi sec.) J'ai refusé un supergig au Caesar's Palace pour venir te voir ici !

Il commença à faire furieusement les cent pas dans la pièce, renversant tout le mobilier sur son passage : chaises, lampes, tables. Bientôt, la voiture ressembla à une version roulante de l'appartement de Jorge et Ferd.

— J'aurais dû m'en douter ! Tu as toujours été un crétin égocentrique et immature, amoureux des Glandus.

Barry remarqua que Valdemarne faisait attention à bien rester tout le temps entre lui et la porte. Avec Lon et Ermine, il aurait ses chances, et Valdemarne le savait.

Finalement, Valdemarne retrouva son calme ; il se redressa, lissa sa moustache et parla calmement.

— Quand il faut, il faut. Je vais devoir te tuer.

Valdemarne dégaina sa baguette à toute vitesse – qui, comme sa dague, avait une tête de mort grimaçante à son extrémité – et la pointa en direction du sol. Il y eut une explosion assourdissante et tout disparut dans un énorme nuage de fumée mauve.

Lorsque Barry reprit conscience, il était attaché par les chevilles et les poignets à une grosse dalle en pierre dans un donjon sombre et humide. Des rats couraient le long des murs ; des toiles d'araignées pendaient un peu partout. Des araignées ensorcelées les avaient tissées en forme de lettres, qui disaient « Bienvenue ! » et « Au meilleur patron du monde ! » Dans un coin se trouvait une rangée de petits cercueils taillés grossièrement à même la pierre.

Valdemarne se dressait devant lui, tapotant le creux de sa main avec sa baguette.

— *Guten Tag*, Barry. Bienvenue dans ma nouvelle maison du sud de la France. C'est dommage que ta visite ne soit que de courte durée, sinon je t'aurais fait un peu visiter la région. Nous sommes ici dans ce qui était dans le temps une garçonnière de templiers.

» Au-dessus, il y a un monastère, où des moines font une eau-de-vie à neuf cents degrés, lui apprit Valdemarne. Elle est très bonne. Je crois que Grobid en raffole.

Il a des espions partout, pensa Barry.

— Oui, partout, répondit Valdemarne. Je peux entendre toutes tes pensées, Barry, mais toi, tu ne peux pas lancer un de tes satanés sorts… Tss, Tss – comme tu es vulgaire. Ne juge pas cet endroit si durement. Ce n'est que l'espace de travail souterrain – il a servi à la torture pendant près de mille ans. Je l'ai acheté à George Harrison. Si tu savais quel genre de lambris il avait mis au mur, tu hallucinerais.

» Excuse-moi de m'asseoir. Je ne suis plus aussi jeune que toi.

Valdemarne prit place dans une sorte de chaise pour bébé qui avait été taillée grossièrement à même la pierre (24) et continua son monologue.

À côté de Barry ronronnait un petit déshumidificateur TGAMLP.

— Tu remarqueras, Trotter, que toute tentative d'évaporation ne servirait à rien. Tu pourrais échapper à tes liens, certes, mais tu mourrais aussitôt dans les boyaux mécaniques et déshydratants de cette machine. (Valdemarne sourit et tapota gentiment le haut de la machine.) Cela empêche la moisissure de s'installer. Ces salles de tortures médiévales peuvent être si humides ! (Valdemarne brandit sa baguette.) Tu as été un adversaire valeureux, aussi vais-je t'accorder le Traitement de Faveur James Bond. D'abord, je pense que tu voudrais savoir ce qu'il est advenu de Lon et Ermine.

De la fumée blanche se répandit sur toute la surface du mur opposé jusqu'à former une sorte d'écran. Puis, deux rayons argentés jaillirent des yeux du petit crâne de la baguette de Valdemarne.

— Désolé, ce n'est pas *Scarface*. Ha Ha. J'adore plaisanter.

Valdemarne se tourna vers l'écran et les images se mirent à bouger. Il se racla la gorge et reprit la parole.

— Où en étions-nous ? Ah oui. Après ta mort, tes amis comprendront à quel point ils se trompaient et se joindront à moi. (Barry découvrit Ermine vêtue d'habits magnifiques, dans des réunions d'affaires, donnant des ordres à plein de gens.) Oui, je suis content que finalement elle n'ait pas épousé Nunnally. Il n'aurait pas été bien pour elle, et en plus cela aurait compliqué les choses pour que je puisse l'épouser moi-même.

(24) À partir de maintenant, nous utiliserons l'abréviation « TGAMLP ».

Barry hurla. Valdemarne grimaça.

— Si tu pouvais éviter de hurler, j'apprécierais. Tu me fais mal au cerveau. On dit que derrière chaque génie diabolique sur le point de conquérir le monde se tient une grande femme. Eh bien, Barry, je crois que c'est vrai. Trèèèèèès vrai, même.

L'écran devint laiteux un instant, puis la couverture d'un numéro de *Téléramdam* apparut, révélant le visage confiant et souriant de Lon.

— Son QI de 62 a finalement payé. Il a réussi dans la programmation télé. Lon est devenu l'un des hommes les plus puissants de cette industrie – juste après moi, bien sûr. (Valdemarne agita une nouvelle fois sa baguette, et l'écran se dissipa.) Passons à présent à la phase deux de ta mort : je vais te faire part de mes projets. (Barry jeta un coup d'œil aux cercueils.) Exact. Ce sera ton lieu de repos éternel. Enfin presque. C'est dans ces cercueils que je garde les âmes des livres pour enfants, après en avoir fait des films débiles à gros budget. Ton corps continuera d'exister, mais ton âme – cette partie de toi qui te rend si unique, et si totalement incontrôlable – sera là-dedans, dans ce cercueil. Je dois admettre que si tu avais accepté de te joindre à moi, la même chose serait quand même arrivée, mais au moins tu aurais profité un peu du succès.

» Depuis tout ce temps que nous nous battons, Barry, je suis devenu de plus en plus fort – tu n'imagines pas combien j'ai dépensé en Marketors ! Toi et tes amis n'avez jamais eu l'ombre d'une chance ! (Celui-Qui-Pue se prélassa.) Je suis partout. Je suis le gars qui te fait payer 17,99 dollars pour un CD qui coûte 1 dollar à fabriquer. Je suis tous les additifs chimiques dans ta bouffe. Je suis la publicité, la pollution, le boulot à deux balles. Je vide les têtes et j'enfouis des déchets chimiques partout.

Seigneur Jésus, pensa Barry. *Je ne me suis jamais autant fait chier de ma vie. Dépêche-toi de me tuer qu'on en finisse.*

— Patience, Barry. Je te tuerai bien assez tôt. Mais aussi puissant que je sois, j'ai un problème. Certaines personnes arrivent à faire la différence entre ce qui est bien et la merde. Pas beaucoup de monde – et de moins en moins avec le temps –, mais quelques-uns quand même. J'ai donc décidé de m'en prendre à eux avant qu'ils ne me résistent. Il fallait que je gagne leur loyauté dès *l'enfance.* C'est là que tu es entré en scène. (Valdemarne fit une pause.) Bien sûr que c'est machiavélique, Barry. C'est moi qui y ai pensé. Et maintenant, si tu veux bien faire attention, je vais te tuer et aller manger un morceau. J'ai sauté le dîner à cause de cette stupide histoire dans le train.

Un rat sortit de l'ombre et vint ronger l'une des chaussettes de Barry. Un poing éthéré jaillit de la baguette de Valdemarne et vint lui cogner la truffe. Le rat se leva sur ses pattes arrière et se prit la tête entre ses pattes avant, en proie à la douleur et à la confusion.

— Non, non, pas tout de suite, agent X-13, lui dit Valdemarne. Barry, je te prie de bien vouloir excuser mon associé.

» Après ma dernière défaite, donc, j'ai eu comme un coup de folie : au lieu de perdre encore des années à te combattre en vain, pourquoi ne pas me servir de toi pour appâter toutes ces jeunes têtes blondes impressionnables ? Les films *Barry Trotter* – oui, il y en aura plein – remplaceront les livres. Tu ressembleras à ce à quoi je veux que tu ressembles, et tu diras ce que je veux que tu dises, et tu feras ce que je veux que tu fasses. Tes fans oublieront vite le décent adolescent des romans et ne se souviendront plus que du nigaud édulcoré que je vais créer !

Valdemarne se leva et arpenta la pièce ; il avait manifestement du mal à contenir son excitation.

— Tous les enfants du monde paieront cher pour voir leur héros, Barry Trotter, vaincre ce vieux crâne d'œuf de Lord Valdemarne. Ils ignoreront tous que chaque dollar, yen ou roupie qu'ils paieront me rendra encore plus puissant ! Et tous les produits dérivés complètement nazes, et toutes les promos éhontées – tout cet argent me reviendra également ! (Valdemarne colla son visage contre celui de Barry, si près que son haleine couvrit de buée les lunettes de Barry.) Je vais pomper jusqu'au dernier sou que tu peux me rapporter ! Je vais le faire sauvagement et sans scrupule, tant et si bien que même tes plus grands fans finiront par en être malade. Je vais faire en sorte qu'ils te *détestent*, Barry Trotter ! (Valdemarne se calma une fois de plus.) Et pour répondre à ta question, le film est superbon. Peut-être pas aussi bon que les romans, mais c'est « un moment magique inoubliable pour toute la famille ». Tu vois, j'ai déjà écrit les textes promotionnels.

» Mais attention, voilà l'idée de génie : chaque suite sera un peu plus nulle que la précédente, un petit peu plus expédiée, un peu plus bébête. Est-ce que tu as vu *Les Dents de la mer 4* ? À côté de ça, *Barry Trotter 4* passerait pour *Hamlet*. Au bout du compte, la série deviendra tellement mauvaise que plus personne ne voudra la voir, mais ils seront quand même obligés, poussés par un sentiment malavisé d'accomplissement, ou les jérémiades de leurs gosses, qui eux n'y verront que du feu. Et pourquoi en serait-il autrement ? Les films *Barry Trotter* auront été là toute leur vie. Ils seront au-delà du « bon » ou de « la merde ». Ces films feront partie de leur enfance. La nostalgie est une chose très puissante – tu as déjà mangé au Club des Sorciers ?

» Il y aura des baguettes *Barry Trotter*, des robes, des balais, des figurines, des jeux de plateau, des fournitures scolaires, des bonbons, des tee-shirts, des tasses à café, des calendriers, des romans audio, des statuettes, des cartes à collectionner, des BD (ou des mangas, en alternance et de manière régulière), des restaurants à thèmes, des parcs d'attractions, un jeu vidéo – et peut-être même une équipe de hockey sur glace, si j'arrive à trouver suffisamment de Russes. Les enfants auront des autocollants, des pastilles fluo, des shampoings qui te lavent « magiquement » les cheveux, mais qui en fait sont les mêmes merdes que d'hab' dans d'autres bouteilles. Maman portera les boucles d'oreilles Vieilletige, papa aura son 4x4 Trotter série limitée et familiale. Je suis tellement infâme que j'ai du mal à me supporter moi-même.

» Chaque sou qui tombera dans mon escarcelle deviendra une série ou un show télévisé complètement idiot, un livre ou un jeu vidéo abrutissant... Avec toute la merde que je vais y déverser, leur cervelle va se transformer en gloubi-boulga, tant et si bien qu'ils ne pourront pas *imaginer* qu'il puisse exister une autre forme de vie. Tu peux plaindre ces pauvres Glandus, Barry. L'imagination est la seule magie dont ils disposent – et tu vas m'aider à les en débarrasser une bonne fois pour toutes ! (Valdemarne fit une pause, les yeux brillants, et s'appuya contre une barre genre danse classique TGAMLP.) Excuse-moi, fit-il. Quand je m'emporte comme ça, je manque à chaque fois de m'étrangler.

Il se tourna vers Barry et avança d'un pas résolu vers lui. Il posa sa baguette sur le cœur de sa victime.

— Les meilleures choses ont une fin, déclara Valdemarne d'une voix ferme. Prépare-toi à rejoindre le Grand Bac des Occases du Ciel, Barry Trotter.

Quand soudain, une voix cria : « COUPEZ ! »

Chapitre Dix-Sept

Oui, être adulte, ça pue, mais songez à l'alternative

— Parfait, Mel, tout simplement parfait, déclara le réalisateur.

— Comme si Jésus avait pu en faire trop, répondit l'acteur qui jouait Barry tandis qu'un machiniste venait le détacher.

— On est bon ? demanda le réalisateur à plusieurs personnes en même temps.

Comme il reçut presque aussitôt une réponse affirmative de l'ingé son et du chef op', celui-ci s'exclama d'une voix franche : « Mesdames et messieurs, c'est dans la boîte ! »

La foule, principalement l'équipe technique, mais aussi des gros bonnets comme Barry, applaudirent à tout rompre.

Chloé, l'assistante de production, s'approcha de Barry qui était assis derrière le réalisateur, en invité d'honneur.

— Qu'en pensez-vous ? lui demanda-t-elle. Vous a-t-on rendu justice ?

— Et comment, répondit Barry qui avait somnolé entre les prises 17 et 27. Le vrai Valdemarne jure beaucoup plus, mais si j'ai bien compris c'est un film pour enfants. J'aimerais bien en connaître la fin, dit-il. Valdemarne perd, bien sûr ?

Chloé lui rendit son sourire.

— Bien sûr. Barry survit – le tube de Gelée Loyale qu'il a dans sa poche de poitrine absorbe le sortilège qui devait le tuer – mais il est affaibli. Lorsque Lon et Ermine réalisent que Barry n'est plus dans le train, ils déchiffrent l'anagramme et contactent alors Céldèlbore. Utilisant des copies enchantées du *Financial Times*, il attire Valdemarne dans une vieille mine de phosphore désaffectée, et y envoie Culsek le phénix en mission suicide.

— Ouille !

— Ouais. L'explosion est magnifique. Et avec du THX derrière, il y aura de quoi faire saigner les oreilles. Mais je n'en dirai pas plus – il faudra découvrir le reste par vous-même, M. Trotter.

— Je vous en prie, appelez-moi Barry.

Elle lui tendit une vidéocassette.

— Très bien, Barry. Voici une version brut de décoffrage du film – il s'y trouve tout ce que vous avez vu aujourd'hui. (Elle agita son doigt devant lui.) N'allez pas mettre ça sur le Net ni quoi que ce soit d'autre – c'est top secret.

Barry éclata de rire.

— Je vous le promets.

L'acteur qui jouait Barry s'approcha du modèle original.

— Barry, je suis un de vos plus grands fans, déclara-t-il. J'espère que vous vous êtes bien amusé sur le plateau.

— Moi aussi je suis un de vos fans, Jimmy, répondit

sincèrement Barry. Je suis ravi qu'ils vous aient laissé sortir du centre de réinsertion pour faire le film.

— Si ça se trouve, c'est à cause de ce métier que je me drogue, répliqua Jimmy d'une voix lasse.

Jimmy Thronton avait environ vingt ans, en paraissait quarante, mais faisait quinze ans à peine à l'écran. Il avait la réputation de ne pas être fiable, d'avoir un sale caractère, et d'avoir recours plus que de raison à certaines substances illicites. Certaines personnes n'étaient pas contentes qu'il incarne Barry, mais il amenait une sorte d'intensité à la Brando au personnage, et Barry trouvait ça génial. À un moment, il mettait même un coup de genoux dans les couilles de Valdemarne, se remémora Barry avec joie. Comme si !

— Enfin bon, on se voit à la fête ce soir ? s'enquit Jimmy.

— J'ai bien peur que non, répondit Barry. Je dois rentrer en Angleterre aujourd'hui même.

Il donnait une nouvelle conférence intitulée : « Barry Trotter : La Magie derrière les Mites » pour un groupe londonien le lendemain. C'était très bien payé, mais Dieu que c'était ennuyeux.

— J'en suis navré, fit Jimmy en retirant sa perruque.

Barry réalisa qu'il avait une calvitie naissante et que ses follicules se comptaient à peine par centaines. C'était peut-être de la naïveté, mais Barry n'arrivait pas à s'habituer au fait que les acteurs ne ressemblaient jamais à leur image dans la vraie vie.

— Puis-je vous raccompagner jusqu'à votre voiture ? s'enquit Chloé.

En bonne employée bien dressée qu'elle était, elle avait gardé ses distances lorsque les deux poids lourds avaient fait connaissance.

— Mais bien sûr, répondit Barry. À la prochaine, Jimmy.

Ils sortirent du bâtiment sous un soleil de plomb californien. Barry mit aussitôt ses lunettes de soleil. *Je n'arrive pas à comprendre pourquoi les gens sont dingues de ce temps*, pensa Barry. *La luminosité est trop forte, c'est monotone, peut-être chouette pour un cactus mais pas pour un être humain.* Chaque fois qu'il venait en Californie, il repensait toujours à son arrière-grand-oncle qui était mort de la canicule au Soudan, en se battant pour l'Empire. Barry venait juste de refuser un gig très juteux de « chauffeur de salle » dans un casino de Vegas, une boîte avec une thématique heroic fantasy du nom de Château Camelot. Il était difficile de dire non à cinquante mille dollars par semaine, mais il n'avait pas vraiment besoin de cet argent, et de plus, le soleil du désert risquait de lui carboniser le cerveau.

— Merci, fit-il au chauffeur trapu qui venait d'ouvrir la porte de la limousine.

— Eh bien… j'espère que vous apprécierez le film, dit Chloé.

— Je suis impatient de le voir. J'adore les explosions.

Barry ne prêta pas vraiment attention aux rêves du chauffeur de devenir un jour un *guitar hero*, parce qu'il avait accepté de participer à un chat online afin de promouvoir le film.

Modo : Nous avons la chance de recevoir un invité très spécial cet après-midi sur Yowser.com. Le seul et unik Barry Trotter ! Vous pouvez lui envoyer vos questions dès maintenant.

Sam : Je croyé ke vous étié mor.

Modo : Pour LA DERNIÈRE FOIS, les « indices » sur les quatrièmes de couverture des romans sont faux. Barry va très bien.

Sgroumpf : VIV BARRY !!!!!!!!!!!

BT : Merci !

Dracosolis : Dans *Machin-Truc Magique*, qd vous affrontez le dragon de gerbe et ke l'esprit de vos parents émerge du Robinet des Âmes pour vous sauver, est-ce que votre mère porte une toge pourpre ? Parce que dans *l'alcool dans l'gosier* il est écrit n/b qu'elle portait une toge pourpre avec des liserés BLANCS lorsque Valdemarne l'a tuée. Il y a un pari en cours là-dessus.

BT : Il faut demander à J.G. Ce n'est pas moi qui ai écrit les romans.

Dracosolis : Dézol

BT : Le dragon de gerbe est basé sur mon combat avec une limace de jardin assez hostile et résistante. Grobid l'a tuée en soufflant dessus.

Modo : Wao ! Vous entendez, les fans : ça c'est de l'exclu !

BT : Et comme je l'ai dit plus d'une fois, Terry Valdemarne n'a pas tué Papa & Maman. C'est vrai, en revanche, qu'il a confectionné la bombe qu'ils ont planquée dans le bâtiment de chimie – pour des raisons encore peu claires aujourd'hui, mais qui devaient avoir un sens dans les années 60. Je présume que « l'Homme » a été invoqué plusieurs fois et passionnément. Enfin bon, Terry était complètement défoncé, mais ce n'est pas comme s'il avait ESSAYÉ de les tuer. Révolutionnaire, c'est un taf plutôt dangereux.

Modo : De révolutionnaire à ministre des Finances ! Celui-Qui-Pue a bien changé avec le temps !

BT : Les frontières sont bien plus étroites qu'on ne

le pense. Enfin bon, Maman, Papa et Terry faisaient tous partis du mouvement underground « Sport et Météo ».

Mémé : Donc M&P étaient des hippies ?

BT : Oui. J'ai grandi dans une ferme du Larzac, au sein d'une communauté. Tout le monde était nu et on écoutait Antoine.

Beirla : WASSUP !!!!!!!

Kettch : Le prénom de Valdemarne = Terry ?

BT : Terence. Mais il déteste qu'on l'appelle comme ça. C'est pourquoi il a mis « Lord » devant son nom. Dans le temps, à la ferme, on l'appelait tous « Celui-Qui-Pue ». On n'avait pas l'eau courante.

Modo : Barry, dites-nous, qu'avez-vous fait depuis que Coudbar a fermé il y a cinq ans ?

BT : Pendant un moment, je n'ai rien glandé. Puis, je me suis associé à mon oncle Siroz dans une société qui transformait magiquement les écrevisses en homards, pour le marché glandu. Pour l'heure, cette société est en cessation d'activité. Je dois attendre que mon oncle sorte d'Aztalan.

Mémé : Aïe.

BT : Non, il va bien. On le traite un peu comme une star, là-bas. Aujourd'hui, je parcours le monde en donnant une séries de conférences intitulées : « Barry Trotter : La Magie derrière les Mites. »

Siegfried : Je croyé que vous étié riche. Pq travailler ?

BT : Parce que sinon je deviendrais un pudding géant !

Modo : Avez-vous vu le nouveau film ? Qu'en pensez-vous ?

BT : Je pense qu'on dira de ce film qu'il est l'apothéose du (...)

Barry s'arrêta de taper et alla à la pêche dans sa bouche à l'aide de son index ; celui-ci sentait le plastique et la crasse habituelle des claviers. Mais bon, il avait un petit morceau de chips coincé sous la langue. *Je n'aurais jamais dû manger au restaurant de plateau de la Wagner Brothers*, pensa Barry en jetant le morceau récalcitrant par la fenêtre de la limousine. Il effaça son début de réponse.

Beirla : WASSUP !!!!!!!!!!!!

Modo : Barry ? Vous êtes toujours là ?

BT : Désolé. Je reviens tout juste du plateau. C'était cool. Je crois que les gens devraient aimer.

Modo : De quoi est-ce que ça parle, pour les gens qui ne connaissent pas ?

BT : De moi, Lon et Erm, qui tentent d'arrêter un film sur moi.

Modo : Ce qui est vraiment arrivé, pas vrai ?

BT : Oui. Mais dans la vraie vie, je n'ai fait qu'envoyer une ou deux lettres de protestation.

Siegfried : Barry T et la Receveuse des Postes Mal Embouchée.

BT : MDR

Mémé : Ça fé 4 ans que j'en entends parlé. Pq ça a priq autant de temps ?

BT : En fait, il s'agit de la DEUXIÈME tentative de film. La première était basée sur les romans, et s'est interrompue en préproduction. Kubrick devait réaliser, mais il est mort en s'empoisonnant avec sa barbe. Martin Scorsese était très excité par l'idée, jusqu'à ce que J.G. lui explique qu'il ne pouvait pas situer l'action dans l'Italie des années 70. Puis, l'argent des droits est tombé – Siroz l'a pris, ce qui explique pourquoi il est aujourd'hui en taule. À ce moment précis, personne ne pouvait croire qu'un film

Barry Trotter verrait le jour. Mon agent a essayé tous les sortilèges qu'elle connaissait, mais l'argent est plus puissant que la magie. À Hollywood, en tout cas !

Modo : Que s'est-il passé, alors ?

BT : Je rendais visite à J.G. dans sa retraite des Caraïbes en Écosse, et l'idée nous est venue d'écrire un AUTRE film, mais basé cette fois sur une tentative d'arrêter le PREMIER.

Modo : Wao ! Meta. Le second parle d'un premier qui n'a jamais existé ?

BT : Ouaip. J'ai vécu ça il y a cinq ans, et J.G. et moi l'avons écrit il y a trois ans. Puis, les frères Farrelly l'ont optionné et il a été en prod depuis lors.

Alianor3 : Est-ce que beaucoup de libertés ont été prises avec l'histoire réelle ?

BT : Comme toujours. Par exemple, J.G. Rollins n'a pas été retenue en otage par Cannulard. Elle avait juste un contrat très restrictif.

Alianor3 : Donc, c'est métaphorique.

BT : Pas plus métaphorique, d'après moi, que ce que n'importe quelle bande d'écrivaillons assis dans une pièce pourrait pondre.

Modo : Êtes-vous en colère ?

BT : Ce n'est pas le film que j'aurais voulu faire. Il y a toujours quelqu'un qui vomit ou qui pète. C'est vulgaire. Je pense qu'ils n'avaient simplement ni le talent ni l'imagination de faire autrement… Je ne comprends toujours pas pourquoi certaines personnes trouvent que les fonctions corporelles sont rigolotes. J'ai toujours l'impression d'avoir affaire à quelqu'un qui a refusé de grandir. En fait, c'est ça, j'ai l'impression que tout le monde a dix ans à Hollywood.

Histrion : Esse ke vous avé envie de rakonté votr vrai histoir ?

BT : Mon Dieu, NON ! Contrairement à ce que croient

les gens, j'ai une vie assez ennuyeuse. Je fais un peu de magie de temps à autre, mais principalement pour éviter de faire ce dont je n'ai pas envie. Mais la plupart du temps, je regarde simplement la télé ou je traîne au pub. Des choses plutôt normales, en d'autres termes.

Modo : Donc le Barry Trotter que nous connaissons et que nous aimons n'est qu'un personnage fictif ?

BT : Je mène une existence tout ce qu'il y a de commun. Comme un peu tout le monde – c'est pour cela que nous avons besoin de livres et de films.

Herbefol : Est-ce que vous détestez les Glandus ?

BT : Bien sûr que non ! Certains de mes meilleurs amis etc.

Histrion : Êtes-vous marié ?

BT : Fiancé.

Modo : WHAO ! De plus en plus exclusif ! Avec qui, Barry ?

BT : Je préfère ne pas répondre.

Histrion : DIS-MOI KI C'EST, BARRY, QUE JE LA TUE !!!!

Beirla : WASSUP !!!!!!!!

Modo : Espèce de crétin.

Beirla : Va te faire foutre WASSSUP !!!!!!!

BT : Et WASSUP à toi aussi, l'ami.

Milamber : J'❤ la choucroute, c'est de la balle !

Guiz : Grenouille Bleue et Chris tiennent pas l'alcool.

Herbefol : Chris est une GLANDUE

Guiz : Ta gueule enculeur de troll…

Barry arrêta de lire les messages et ferma son portable ; les *flooders* avaient pris le contrôle du chat (25). De toute

(25) NdT : un peu comme ils voudraient le faire sur le forum de bragelonne.fr mais celui-ci résiste encore et toujours à l'envahisseur ! ;)

façon, ça commençait à le gaver. Il ferma les yeux et se laissa bercer par la voix du chauffeur qui continuait son long monologue.

— Je me souviens de la première fois que j'ai entendu Jimmy Page – aussitôt j'ai su ce que je voulais faire de ma vie ! Cette guitare à double manche était vraiment impressionnante…

Comme la limousine approchait de l'aéroport de L.A., le chauffeur regarda dans le rétroviseur central pour observer la banquette arrière. Une fois qu'il fut certain que Barry dormait à poings fermés, il donna un grand coup de volant et poussa un hurlement à glacer le sang : « Mort au Trotter ! Vive Valdemarne ! »

Barry se réveilla en sursaut. Le chauffeur ululait de façon incohérente tandis que la limousine franchissait le terre-plein central et fonçait dans la circulation venant en sens inverse. Pas le temps de faire autre chose que s'enfuir ; il avait appris à toujours laisser ses fenêtres ouvertes, en cas d'urgence. En une incantation rapide, Barry s'évapora.

Devenu un nuage de vapeur doué de raison, Barry regarda à distance respectable les voitures s'écarter. Aussi incroyable que cela puisse paraître, la limousine passa sans encombre au milieu de la circulation, défonça la grille d'enceinte de l'aéroport et déboula sur le tarmac. Le chauffeur, sans doute persuadé que Barry était toujours sur la banquette arrière, chercha une destination finale : il la trouva dans un camion-citerne sur lequel était marqué « DANGER : KÉROZÈNE ». Barry s'en aperçut et lança aussitôt un sort à action rapide :

— *Mêmpapeur !*

Le camion-citerne fut aussitôt transformé en caoutchouc mousse rose et doux. La limousine le heurta de plein fouet, et rebondit sans mal. Le chauffeur, intrigué, sortit de son véhicule et se jeta lui-même tête la première contre le camion, bien déterminé à périr, d'une manière ou d'une autre. Mais la surface tendre se contentait de le repousser gentiment, jusqu'à ce qu'enfin il abandonne et s'assoie par terre pour pleurer.

— C'est pas grave, mon gars, lui dit un flic en venant l'arrêter. Allez, viens avec nous.

Que faire d'autre avec ce genre d'idiot ? pensa Barry en regardant tranquillement tout ce remue-ménage depuis le ciel, porté par un doux zéphyr (26). Environ une fois par mois, les Mangeurs de Terre, qui ne recevaient jamais les mémos du Quartier Général, essayaient de se faire Barry. Ce dernier flotta jusqu'à l'aéroport et se désévapora.

— Génial ! fit-il. À présent mon costume pue le moisi.

Bien au-dessus de l'Atlantique, et en essayant de ne pas penser aux ramifications aéronautiques de la loi de Murphy, Barry ressassait dans sa tête ce qu'il avait vu de la version ciné de Terry Valdemarne. En tout cas, il serait content de voir qu'ils lui avaient ôté son bégaiement.

Il y a quelques années, Valdemarne avait été arrêté pour fraude fiscale, mais comme d'habitude il était retombé sur ses pieds : il avait passé un accord avec les autorités et donné tous ses complices. Il s'était retiré dans les Bermudes et avait commencé à financer le parti conservateur anglais. Lorsque celui-ci arriva au pouvoir, Valdemarne fut nommé ministre des Finances. Il venait juste de publier (grâce à un nègre) son autobiographie – *Le Crime paie !* – où il apostrophait Barry et ses cohortes, les traitant de « jeunes anarchistes ignorants ». Barry ne savait pas s'il devait s'en offenser ou s'en réjouir.

(26) NdT nostalgique : le genre de zéphyr à souffler sur les kumquats du clown gracieux... (sic)

L'avion rendait toujours Barry pensif – peut-être à cause des émanations des réacteurs. Il se mit à repenser au *chat*, et comment il lui avait été facile de revêtir sa personnalité de Barry l'Invincible dont il se servait en permanence avec ses fans. Ermine n'aurait jamais dû lui dire que le sort qu'elle lui avait lancé n'était qu'un placebo.

Pourquoi disait-il que sa vie était ennuyeuse aujourd'hui, alors qu'elle l'épuisait littéralement ? D'accord, il valait mieux toujours faire profil bas ; il n'avait pas envie que tous les apprentis sorciers ayant quelque chose à prouver lui sautent dessus, la baguette à la main, alors qu'il était aux toilettes. (C'était déjà arrivé.) Mais c'était autre chose, en fait : il était gêné que sa vie ne soit plus intéressante à lire. *Je travaille aussi dur qu'à l'époque où je sauvais le monde à vouloir être simplement une personne digne de ce nom*, pensa Barry. C'était démoralisant : ne pouvait-il donc faire que ça ?

Ermine lui disait toujours : « Ta vie n'est pas un livre, et c'est pareil pour tout le monde. Cherche l'héroïsme dans les choses quotidiennes. Essaie de rester marié sans étrangler ton conjoint, ou d'élever des enfants qui ne deviendront pas des psychopathes – ce n'est pas sexy, mais c'est aussi difficile que de donner une raclée à un dragon pulalkol irlandais avec une méchante gueule de bois. »

Elle était tellement sage que c'en devenait ennuyeux. Pourtant, parfois, il voulait retourner à Coudbar et la vie insouciante qu'il menait alors. Le premier film était peut-être mort en pré-prod, mais il avait emmené dans la tombe avec lui les meilleurs instants de sa jeunesse.

Autre mensonge sur le *chat* : il avait vraiment essayé d'arrêter le film, à l'époque. Il refusait de devenir adulte et voulait conserver la vie qu'il menait, mais en vain. Pourquoi avait-il menti pendant le *chat* ? Avait-il honte que Valdemarne l'ait finalement vaincu ? Ou était-ce parce qu'il ne distinguait plus bien aujourd'hui le côté obscur du côté lumineux ? Une poche remplie de Gelée Loyale n'était pas responsable ; Valdemarne ne l'avait pas tué parce qu'il avait réalisé à cet instant que Barry n'était *plus son ennemi.*

Sans le savoir, à un moment de cette ultime quête en compagnie de Lon et Ermine, Barry avait franchi la barrière magique qui séparait l'enfance de l'âge adulte. Il prêtait moins attention à ce qu'il faisait qu'à la somme qu'on le payait pour le faire. Valdemarne l'avait laissé partir, Coudbar avait fermé, et Barry s'était associé avec son oncle Siroz.

Siroz, Barry, J.G., Céldèlbore – tous voulaient de l'argent ; ils ne pensaient principalement qu'à ça. Céldèlbore plaçait sans cesse ses vidéos des « 101 Tours de magie sans peine et sans les mains. » dans les émissions télé de nuit ; Siroz avait un million de plans pour s'enrichir ; J.G. avait pondu livre après livre et Barry l'avait fait culpabiliser jusqu'à ce qu'elle lui donne une partie de l'argent qu'elle avait gagné. Ils avaient tous un petit Valdemarne en eux, y compris Barry : le jeune arrogant, si satisfait, idéaliste et débordant d'énergie qu'il était à vingt-deux ans était mort.

Ou peut-être pas ?

Barry repensa à ce qu'avait dit l'acteur jouant Valdemarne, la façon dont les films allaient castrer les livres. Seuls les romans de J.G. paraissaient demeurer purs. Ils donnaient du bonheur aux gens. Leurs lecteurs s'évadaient, et leurs imaginaires devenaient plus forts. À présent les films risquaient de changer cela.

Il songea à la version filmique de *Comment le Grincheux a violé Noëlle.* Combien d'enfants avaient regardé cette ineptie lourdingue sans jamais avoir vu l'élégant petit dessin animé sur lequel il était basé ? Des millions, sans doute. Sa vie, et les romans de J.G., risquaient d'être ternis par un déchet hollywoodien encore plus cynique. À moins qu'il fasse quelque chose pour l'empêcher. Mais quoi ? Il sortit la vidéocassette du compartiment au-dessus de lui. Il n'avait pas pu arrêter le premier film, mais il pouvait peut-être arrêter *celui-là*.

Le Concorde se posa ; Barry avait pris sa décision. Il n'allait rien dire à Ermine ; quel que soit son stratagème, il serait sans doute illégal, et elle se montrait toujours rabat-joie à ce sujet. Malgré le sourire qu'il affichait, il broyait du noir en dessous, et lorsqu'il arriva à son bureau le lendemain matin, il avait déjà établi les grandes lignes d'un plan d'action.

— Phyllis, demanda Barry, pouvez-vous contacter Sévère Gogue, je vous prie ?

— Mais certainement, répondit Phyllis.

C'était l'ex-présidente de son fan-club américain, et elle lui était devenue indispensable. Ermine le narguait sans cesse avec sa collégienne de secrétaire, mais elle n'avait rien à craindre ; si les gens étaient des légumes, Phyllis serait du céleri – agréable et légère, mais pas beaucoup de goût. Quelques instants plus tard, sa voix résonna.

— M. Gogue sur la ligne deux, M. Trotter.

Barry décrocha le combiné.

— Bonjour, Sévère. Je voudrais vous poser une question.

— J'écoute.

Gogue, l'ancien prof de Barry, travaillait à présent sur la guerre bio-magique pour le compte de l'armée de Terre. Gogue avait écopé d'une mauvaise réputation dans les romans ; J.G. en avait fait un méchant plus par nécessité artistique qu'il l'était réellement. En fait, c'était un mec correct, si vous n'aviez rien contre une bonne pincée de blennorragie aéroportée de temps en temps.

— Mettons que j'aie besoin de quelque chose qui n'ait pas son pareil, expliqua Barry. Quelque chose d'Unique. Y aurait-il un sort pour cela ?

— Évidemment. Et il n'est pas très compliqué, vous n'aurez donc pas besoin d'avoir recours à Ermine pour le lancer à votre place !

— Euh, ouais, cool, répondit Barry. (En y réfléchissant mieux, Gogue était quand même un enculé moyen.) Où pourrais-je trouver ça ?

— Ce devrait être dans le *Grimoire Commun d'Eccles.* Sinon, essayez dans *Potions, Sorts et Charmes de Goulobleu.* Et si vous ne trouvez toujours rien, alors rappelez-moi. (Gogue fit une légère pause.) Alors, comment étaient les Amériques ?

— Quelqu'un a proposé de m'acheter mon permis de conduire pour cinq mille dollars.

Gogue éclata de rire.

— Eh bien, j'espère que vous avez accepté.

Barry remercia son ancien prof et raccrocha. Il regarda sa montre – il arriverait à temps au dîner avec les radiesthésistes. En sortant de son bureau, avec son discours et ses transparents dans sa mallette, il demanda à Phyllis de lui trouver le sort en question.

— Sans problème, répondit-elle.

Phyllis était d'une efficacité effrayante.

Tout en contemplant une marée de faciès de radiesthésistes, Barry fit son discours mollement, concentré en fait sur les différents détails de son plan. Une radiesthésiste le ramena à son bureau dans une petite voiture genre *Smart.* Phyllis était toujours enterrée sous une pile de livres, dont certains étaient même magiques et assez anciens (on les reconnaissait parce qu'ils étaient plutôt fluorescents).

— Vous avez trouvé quelque chose ? s'enquit Barry en accrochant son manteau.

— Presque, répondit-elle en tortillant une mèche de cheveux autour d'un doigt comme elle avait l'habitude de le faire quand elle travaillait. Pludbus Céldèlbore a appelé à propos du banquet.

Barry envisagea un instant d'appeler le vieux grincheux, mais se ravisa. Il serait bien capable de lui tirer les vers du nez et de lui servir une fois de plus son vieux couplet comme quoi c'était mal d'enfreindre la loi. Barry avait fait la sourde oreille à ce discours depuis l'âge de onze ans.

— Je l'appellerai plus tard, promit-il.

— Aha ! s'exclama Phyllis. C'était ça que vous vouliez ?

Elle lui tendit un grimoire ouvert. Fait de vélin richement enluminé, l'ouvrage bourdonnait faiblement.

— « L'Unique Onction d'Uncumber », lut Barry.

Un rapide survol le convainquit que le sort conviendrait parfaitement. Il emporta le grimoire dans son bureau et appela Phyllis.

— Apportez-moi la vidéocassette que j'ai ramenée des États-Unis.

Elle s'exécuta.

— Vous n'allez pas la ramener chez vous ce soir ? Je voulais inviter mon couvent à venir la regarder.

Le « couvent » était le nom que Phyllis avait donné à un groupe d'Américains expatriés fanatiques de Barry Trotter et qui vivaient dans son quartier. De temps en temps, l'un d'entre eux venait la chercher au bureau et Barry était contraint de poser pour une photo… ou une dizaine. Mais cela ne le dérangeait pas, car les amies de Phyllis étaient uniformément composées de canons.

Il prit la vidéo.

— Ne vous inquiétez pas, vous pourrez la visionner tout à loisir, promit Barry.

— M. Trotter, que mijotez-vous ?

— Je vais rendre cette copie unique. Je refuse de devenir le joyau du plan marketing de qui que ce soit, déclara Barry. C'est affreux d'avoir tous les aspects de votre vie romancés et tournés en rigolade. J'en suis malade. Je veux que ça s'arrête maintenant.

— Oh, M. Trotter ! s'écria Phyllis. Vous ne pouvez pas détruire ce film. Il y a tellement de gens qui l'attendent.

— Ouais. Je leur ai parlé hier, sur internet. Ce sont des crétins. Enfin bon, je ne vais pas le détruire, expliqua Barry. Il existera toujours une copie. Et quand j'en aurais fini avec elle, vous pourrez en faire ce que vous voulez. La regarder, la faire tourner, la vendre – je m'en tape.

— Mais pourquoi ? demanda Phyllis franchement énervée. Vous savez bien à quel point les gens adorent vos aventures !

— Ils n'ont qu'à lire les livres, tiens, rétorqua Barry. Il y a plein de bonnes choses dedans. (Essayant de se remémorer autant que possible la discussion qui avait eu lieu sur le plateau, il déclara :) Lorsque ce film sortira, c'est lui qui sera *Barry Trotter*, et non plus les livres. Nous savons que les romans sont géniaux – quel est le pourcentage de chance que cette adaptation cinématographique leur arrive à la cheville ? Ce genre d'éclair de génie ne frappe pas deux fois dans la vie.

— Mais si les romans sont si géniaux que ça, plus il y en a et mieux c'est, non ?

— Pas nécessairement. Lorsque tu lis les romans, ils

génèrent des images en toi. Donc, non seulement tu te racontes une histoire qui a du sens à tes yeux – Céldèlbore ressemble à ton oncle préféré – mais tu fais aussi travailler ton imagination.

— D'accord, mais...

— Imaginons que je sois un enfant qui voit le film et qui va ensuite acheter les romans. Qui fait les images ? Les gens du film ! Et puisque le cinéma est une industrie – et relativement cynique de surcroît – les images qu'ils vont fournir seront les plus neutres possibles, les plus grand public qu'ils pourront composer. Ils vont te remplir la tête avec un truc d'étude de marché, testé en public et autres conneries de groupes de réflexion et vont appeler ça *Barry Trotter* ! (Barry fit une pause, brandissant la cassette en un geste théâtral pour marquer son propos.) Je suis Barry Trotter, et je dis : stop ! Je ne vais pas détruire le film. Je vais sauver les livres.

Phyllis qui ne pipait mot décida finalement de l'ouvrir.

— M. Trotter, non seulement je pense que vous allez vous retrouver avec le plus grand procès du siècle sur les bras (Barry haussa les épaules) mais en plus ça ne changera rien.

» Des films et des téléfilms, c'est ça que le public veut aujourd'hui. Faire en sorte qu'il soit impossible de voir ce film n'y changera rien. Ils regarderont un autre film à la place, et là, il y aura peu de chance qu'ils lisent les livres. Davantage d'enfants ouvriront un jour les romans si vous laissez le film sortir. Regardez ce qui s'est passé avec *Senlgraillon* – combien d'horreurs ont été filmées à partir de ce simple conte de fées ? Pourtant, les enfants le lisent toujours.

» Les meilleurs livres ont une vie propre, M. Trotter. Et pour autant que nous voulions les protéger de gens qui ne pensent qu'à se faire de l'argent facile, nous ne pouvons pas forcer les gens à les aimer. Faites donc confiance aux lecteurs. Jusqu'à présent, ils nous ont bien soutenus.

C'était au tour de Barry de rester coi. Finalement, il se leva et tendit la cassette à Phyllis.

— Éloignez ça de moi avant que je change d'avis.

Elle sourit et s'empara de la cassette. *À chaque jour suffit sa peine*, pensa Phyllis, heureuse d'avoir déjoué une fois de plus les plans maladroits de Barry. N'avait-il donc pas deux sous de jugeote ou était-ce un travers de sorcier ? Enfin bon, elle considérait que cela faisait partie de son travail.

— Merci pour votre confiance, M. Trotter, dit-elle en quittant la pièce.

— Et c'est pas parce que j'avais peur du procès ! l'entendit-elle hurler depuis son bureau.

Avait-il fait le bon choix ? Barry n'en savait rien. Tout à coup, il se sentit extrêmement fatigué pour quelqu'un de vingt-sept ans à peine. Il avait eu raison à l'époque – l'âge adulte, c'est vraiment la plaie. Mais bon, quand on songe à l'alternative…

Et il appela Pludbus Céldèlbore.

Épilogue

Plusieurs semaines plus tard, et après le succès triomphal du film – comprenez : lucrativement abrutissant – Barry et Ermine grimpaient d'un pas allègre à bord du Coudbar Express pour se rendre à une fête telle que l'école n'en avait jamais vu. Anciens élèves devenus célèbres, administrateurs et autres grands manitous convergeaient de partout en direction de Coudbar pour la réouverture de l'école. La BBC en faisait même un documentaire : « Coudbar : vous en reprendrez bien un peu ? »

Les administrateurs de l'école, cupides comme toujours, avaient loué le vieux château à la Wagner Brothers pour les besoins du film. Comme on pouvait s'y attendre, le script prévoyait que la vieille ruine vole en éclats – et ce, aussi extravagant que ce soit, dans une scène dont les administrateurs étaient persuadés qu'elle serait réalisée avec des effets spéciaux. À leur grand effroi, les studios leur avaient rendu quelque chose qui ressemblait moins à une école qu'à un site de décollage de fusée. Les administrateurs, au bord de l'apoplexie, avaient fait un procès et un accord à l'amiable, moyennant une somme d'un milliard de dollars, avait été signé. Après avoir vendu les morceaux des débris aux fans de Trotter avides d'avoir un bout de « l'histoire de Coudbar », les administrateurs avaient finalement réuni suffisamment de fric pour faire bâtir une nouvelle école sur les ruines de l'ancienne, plus grande, plus mieux, plus moderne et sans le moindre charme.

« D'aucuns pourraient regretter les particularités pittoresques de l'ancien Coudbar, mais les nouveaux locaux charmeront tout le monde grâce à leurs nombreuses installations (eau chaude 24/24, 7/7) et cette architecture résolument moderne, » piaillait le journal des étudiants de Coudbar. « Il y a toutes sortes de connections internet, et une piscine olympique qui n'est pas infestée de monstres glouglous. »

Barry avait détesté la piscine au premier coup d'œil – les parois étaient chromées et le bassin avait la forme d'un chapeau pointu de sorcier. Mais d'autres, en revanche, essayaient de rendre l'endroit amical et chaleureux. Même J.G. Rollins avait mis la main à la pâte, faisant don d'un nouveau terrain de Quichecuite, aussitôt baptisé « le Chaudron. »

Comme le paysage écossais défilait, Barry poursuivit sa lecture du journal. Les gros titres parlaient d'une statue offerte à l'école par Ridicul Malaufoie en mémoire de son fils, Rato. Rato, ancien compagnon de classe de Barry, était mort à la suite d'un tragique accident en milieu de septième année. La photo en première page montrait Ridicul en train de serrer la main de Lon Muesly.

Lon avait été nommé en remplacement du vieux Céldèlbore à la tête de l'école. Durant l'imbroglio du premier film, la guerre civile entre les souris et les chauves-souris avait échappé à tout contrôle et le pauvre Pludbus avait, lui, perdu celui de l'école. Tout le monde avait été contraint d'évacuer les locaux en vitesse, et les cours avaient été interrompus *sine die*, car il semblait impossible de dégager toutes les bestioles. Avant le deal avec la Wagner, les administrateurs avaient songé demander de l'aide à l'armée afin de déloger toutes les souris, chauves ou poilues.

Mais tout s'était arrangé. Coudbar n'avait jamais été aussi prospère que sous la houlette de cet imbécile heureux de Lon. Il avait la loyauté d'un labrador et la ténacité d'un doberman. Il ne savait vraiment pas quand il fallait arrêter. De plus, l'air absent et affable de Lon en faisait un redoutable leveur de fonds. *Si les choses continuaient ainsi, qui sait où Lon Muesly pourrait finir*, pensa Barry. *Président des États-Unis, peut-être ?*

C'était presque comme au bon vieux temps. Barry, Ermine, Lon et ses frères étaient tous assis dans le grand hall, à manger et à plaisanter. Comme d'habitude, Lord Valdemarne était le principal sujet de conversation.

— Peu importe que tu sois un grand sorcier du côté obscur de la Farce ou pas, personne ne peut jouer au plus malin avec les impôts, déclarait Céldèlbore. Croyez-moi, je suis bien placé pour le savoir !

Après la fermeture de l'école, Céldèlbore avait fait le tour de la plupart des conventions « Barry Trotter » afin de signer des photos dédicacées. Il n'avait jamais déclaré un centime de tout cet argent, et Persil Muesly, l'éternel préfet, avait craché le morceau. Seules la célébrité de Céldèlbore et ses années de bons et loyaux services rendus à la société lui avaient évité Aztalan. Il purgeait sa peine d'intérêt général en faisant des tours de magie dans des maisons de retraite. Lon l'avait nommé proviseur émérite. Ainsi, il était ravi de pouvoir faire ses tours de cartes en paix et de laisser l'éducation et la discipline aux autres. Même la libido noueuse de Céldèlbore semblait sous contrôle.

Barry trouva le nouveau Coudbar aseptisé. Ce sentiment fut hautement encouragé par les panneaux publicitaires qui décoraient les murs du Grand Hall. Les administrateurs avaient vendu cet espace, et relativement cher, à différentes entreprises soucieuses de cultiver « la prochaine génération de sorciers ». Mais un Coudbar stérile était mieux que pas de Coudbar du tout. *Et peut-être même qu'au bout d'un moment on finit par s'habituer à l'architecture*, pensa-t-il.

Tandis que tout le monde chahutait autour de lui afin d'attirer l'attention des caméras de la BBC, Céldèlbore fit un sort à son turbot, mais sans grand enthousiasme. Une fois qu'il eut fini son assiette, il se tourna vers Barry.

— Trotter, est-ce que je pourrais te dire un mot, en privé ?

— Certainement, répondit Barry.

Normalement, sa réponse à cette question était la fuite. Pourtant, ils se rendirent dans une alcôve tranquille.

— Barry, nous avons un peu discuté – enfin, des administrateurs pensent que ce ne serait pas une mauvaise idée – euh… Lonald m'a demandé de te dire…

— Mais crachez-la, votre Valda ! fit Barry sur un ton amical, même si Céldèlbore ne parut pas le percevoir ainsi.

De fait, il perdit son calme et se mit à postillonner un peu partout.

— Par le caleçon de Bragelonne ! Je n'y arrive pas – pas après toutes les crasses que tu m'as faites durant toutes ces années ! Et d'abord c'est toi qui as vendu la carte, et puis tu n'as pas arrêté le film…

— Est-ce que vous aviez quelque chose à me dire ou vous m'avez simplement fait venir ici pour le plaisir de m'insulter ? s'enquit Barry avec un grand sourire.

Après tout, le vieil homme avait tous les droits de se comporter ainsi, et Barry était trop éméché par le bon vin (provenant de la nouvelle vigne de Grobid, et dont Patrist Deuxverres détenait la moitié) pour en avoir quelque chose à foutre.

Céldèlbore se calma, prit une profonde inspiration et dit tout ce qu'il avait à dire d'une seule traite, comme quelqu'un qui s'arracherait un pansement collé à ses poils.

— Les administrateurs m'ont ordonné de te demander si tu pouvais envisager de devenir le nouveau responsable des relations publiques de Coudbar.

Barry fut surpris. Céldèlbore continua, bien malgré lui, à défendre cette demande.

— On te paierait quelque chose, mais évidemment pas autant que tu pourrais te faire dans le privé. Nous… ils ont le sentiment qu'il est important de donner une image à cette nouvelle école, et tu es l'ancien élève le plus familier des médias, expliqua Céldèlbore. Cela me fait mal au cul de dire ça, mais je crois qu'il y a une place pour toi dans ce nouveau Coudbar.

Barry n'avait pas besoin de temps pour réfléchir.

— J'accepte avec joie ! s'exclama-t-il en empoignant la main du vieux sorcier qui pendait sans enthousiasme le long de son corps. Topez là.

— Bon, bon, répéta Céldèlbore dont la voix trahissait toute l'angoisse de songer aux problèmes qu'un Barry adulte, riche et en bonne santé pouvait créer. À présent, si tu veux bien m'excuser, je crois qu'il y avait de la Farce obscure dans le turbot…

Barry retourna à son siège au banquet, qui n'allait pas en s'améliorant. Mme McGoogle s'était transformée en chat et bondissait joyeusement de table en table. Ferd et Jorge racontaient la revanche qu'ils avaient prise sur Zed

Malbouffe ; une arnaque qui l'avait conduit à se faire prendre la main dans le panier d'une elfe mineure. La mésaventure de Zed fut accueillie par un torrent de rires. La gloutonnerie loquace flottait autour de lui et d'Ermine.

— Est-ce qu'il te l'a enfin demandé ? s'enquit celle-ci.

— Tu étais au courant ?

— Évidemment. Tu as intérêt à avoir dit oui – je leur ai dit que j'acceptais de devenir la responsable de Frittondpor au début de la nouvelle année scolaire, lui apprit Ermine.

Barry sourit. Incroyable comme les choses tournaient pour le mieux. Il allait rester à Coudbar pour toujours. Il serra contre lui sa future femme.

— Ça va être génial, s'extasia-t-il. On va bien s'amuser.

— Je sais ce que veut dire « s'amuser » pour toi, Trotter, le taquina Ermine. Je vais diriger une Maison, pas un asile de fous.

L'automne qui suivit fut des plus agréables. Les étudiants adoraient leur nouvelle école, les rares à qui manquait l'ambiance funky de l'ancien Coudbar furent vite convertis par l'ADSL et les sites pornos sur lesquels il permettait de surfer, ainsi que les nouvelles douches. Bien sûr, il y eut également le mariage de Barry et Ermine sur les bords du lac, avec le kraken en guise de témoin, agitant son tentacule au bon moment au cours de la cérémonie, afin de déposer l'alliance dans la paume de Barry. De la réception orchestrée par les Muesly à Piliédbar, il suffit de dire qu'à la tombée de la nuit, les cellules de la prison regorgeaient des amis du couple et de leurs relations.

Après une lune de miel luxueuse dans la propriété pseudo-Caraïbes de J.G. Rollins, le couple reprit finalement son travail à Coudbar. Personne n'en fut surpris : Ermine s'adapta très bien à son nouveau boulot, et donna des ordres à tout le monde avec délectation. Barry eut, lui, un problème plus délicat à résoudre : il s'était fait une raison face à la perspective de plusieurs décennies de films *Trotter*, mais ils mettaient un sacré temps à venir. Comment donc pouvait-il perpétuer l'école dans l'esprit du public sans qu'Hollywood sorte quelque chose de ses entrailles ? Il ne pouvait pas retourner sans cesse chez Fauxgiel…

Et la réponse lui vint par un frais matin d'octobre, alors qu'il regardait l'équipe de Quichecuite de Frittondpor s'entraîner à quelques manœuvres interdites : il allait écrire une *parodie*, basée sur ses propres aventures et celles de ses amis ! Elle serait sans doute maladroite, mais bon, la barre n'était pas très haute pour accomplir ce genre de truc.

Tout en s'éloignant du Chaudron, et en donnant de grands coups de pieds dans des tas de feuilles marronnasses, les idées fusèrent. Une fois devant son nouveau bureau, Barry brancha son répondeur téléphonique, alluma son ordinateur et se mit à écrire :

« L'école des sorciers Coudbar était la plus célèbre école de sorcellerie au monde, et Barry Trotter en était l'élève le plus célèbre… »

FIN (27)

(27) J'ai lu et relu tout ceci, et je dois avouer que je n'ai pas la moindre idée de ce qui se passe. D'abord, c'était un livre sur un film. Puis, il apparaît que le livre avait été en fait un film depuis le début – dont le sujet était d'arrêter un film antérieur. Et maintenant, c'est une parodie écrite par Barry Trotter en PERSONNE ? Les enfants, que ceci vous serve d'avertissement : les outils post-modernes dans de mauvaises mains (à savoir les miennes) peuvent se révéler dangereux. Si vous savez – ou pensez que vous savez – où j'essaie d'en venir, je vous serais reconnaissant de bien vouloir me l'écrire de façon lisible sur une carte postale et de la manger. Ha, ha ! je plaisante : envoyez-la-moi, chez l'éditeur. On peut encore sauver ce livre ! Envoyez vos idées dès aujourd'hui !

SPÉCIAL BONUS SECRET

Je me doute que beaucoup d'entre vous ont pu se sentir insultés ou perturbés par ce livre. Les plus jeunes lecteurs ont peut-être même été dégoûtés *pour toujours* de la lecture. Ce serait vraiment dommage, mais le rythme intense de la vie moderne rend impossible le fait que je vous explique une ou deux petites choses. Donc, pour vous remercier d'avoir tenu jusqu'au bout, j'ai concocté pour vous une lettre d'insulte générique qui peut être photocopiée et envoyée à loisir et à mon attention. J'espère qu'elle vous plaira et merci, une fois encore, d'avoir lu *Barry Trotter et la Parodie éhontée !*

JE VOUS HAIS !

Cher Monsieur,

J'ai été profondément insulté(e) par votre livre, *Barry Trotter et la parodie éhontée.* Je suis…
(cochez les cases correspondantes)

- ☐ Un fan de Potter excessivement protecteur
- ☐ Un parent indigné
- ☐ Un adolescent perturbé…
- ☐ Un ado de quinze ans que le monde inquiète
- ☐ Un détenteur de copyright qui n'est pas amusé du tout par la chose
- ☐ J.K. Rowling
- ☐ Un confrère humoriste aigri
- ☐ Un aspirant assassin
- ☐ Une ex

Je me permets de vous écrire afin de vous dire à quel point je suis scandalisé(e)…

- ☐ Que vous ayez transformé une œuvre magnifique en quelque chose de sordide
- ☐ Par votre implacable scatologie
- ☐ Par votre grammaire hésitante, votre mauvaise orthographe et votre absence totale de ponctuation
- ☐ Par l'inexistence de tout scénario dans ce livre

- [ ] Par la manière dont vous avez recours à des méta-astuces à deux balles
- [ ] Par vos exaspérants personnages qui se ressemblent tous
- [ ] Par la mauvaise qualité de l'encre et du papier utilisés pour cet ouvrage
- [ ] Que vous m'appeliez, complètement ivre, afin que nous nous remettions ensemble
- [ ] Que vous appreniez à mes jeunes enfants des choses que la décence interdit de nommer publiquement

Quel effet cela fait-il, M. Gerber, d'être…

- [ ] Un parasite littéraire éhonté ?
- [ ] Handicapé par un cynisme oppressant ?
- [ ] L'accusé ?
- [ ] L'empoisonneur de jeunes esprits tout frais ?
- [ ] Manifestement le plus grand criminel de l'Histoire ?
- [ ] Immature ?
- [ ] Le roi de l'arnaque ?
- [ ] Sur la liste noire de Jésus ?
- [ ] Le seul dont le sacrifice fera TAIRE LES VOIX DANS MA TÊTE ???

J'espère que vous êtes content, espèce de con.

Votre dévoué(e),

Malheureusement pour vous...

Barry Trotter

...reviendra bientôt !

Aubin Imprimeur
LIGUGÉ, POITIERS

Achevé d'imprimer en octobre 2004
N° d'impression L 67502
Dépôt légal octobre 2004
Imprimé en France